JA KUN JE KRIJGEN

Astrid Harrewijn

Ja kun je krijgen

SIJTHOFF

ISBN 90 245 5890 5 / 9789024558902
NUR 300

www.boekenwereld.com

I

Mijn hakken tikten op het marmer van de grote, imposante hal van JVJ. Ik vond het tikken van mijn hakken op het marmer prettig. Het was kordaat. Er viel niet te spotten met mijn hakken en dus ook niet mij. Althans, dat dacht ik.

'Goedemorgen, Mieke,' riep ik spontaan naar de receptioniste.

'Rennen, Anne,' riep ze lachend terug.

Ik was te laat, zoals altijd. Met twee treden tegelijk nam ik de trap om precies om kwart over negen achter mijn bureau neer te ploffen. Het was me bijna gelukt om op tijd te komen.

'Anne, kan ik je even spreken?'

Het strenge hoofd van Kortewind gluurde om de deur van mijn kantoor.

'Maar natuurlijk, meneer Kortewind. Ik kom eraan.'

Shit, ik had mijn laatste waarschuwing twee weken geleden al gehad. Het geduld van deze brave man raakte ongetwijfeld een keer op. Zou ik ontslagen worden? Waarom kon ik nou nooit eens een keertje op tijd opstaan? Met trillende knieën en een bonkend hart vanwege het naderende onheil klopte ik op de deur van het kantoor van Kortewind.

'Binnen,' bulderde hij.

'Het spijt me heel erg, meneer Kortewind. Ik geloof inderdaad dat ik mijn leven moet beteren. Het gaat zo niet langer.'

Verbaasd keek hij me aan. 'Ga zitten. Waar heb je het over?'

'Ik was te laat.'

'Je bent altijd te laat en dat irriteert me mateloos. Als je niet oppast word je nog een keer op staande voet ontslagen maar daarom zit je hier niet. Ik heb een nieuw dossier voor je.'

Het duurde even voordat deze informatie goed tot mij doordrong. Ik had een nacht achter de rug met veel te weinig slaap. Daar kwam bij dat ik nog geen koffie had gehad en zonder cafeïne rolden over het algemeen de woorden erg langzaam over mijn lippen. Ik vermoedde dat ik hem glazig aankeek. 'Een nieuw dossier? Geweldig! Waar gaat het over?'

Hij keek me glimlachend aan. Hij mocht me wel, de ouwe. Als ik op een andere sectie had gezeten dan was ik vast al tien keer ontslagen maar op de een of andere manier kon ik wel een potje breken bij Kortewind.

'Luister goed, Anne. Dit dossier kan een geruchtmakende zaak voor JVJ opleveren. Als je dit goed doet dan maak je naam binnen het kantoor en je weet wat dat kan betekenen.'

'Eh, wat?'

'Partner. Ik zit eraan te denken om je voor te dragen, maar je hebt concurrentie. Er is een aantal collega's dat hun oog heeft laten vallen op Berthold, maar ik vind dat het een keer tijd wordt voor een vrouw binnen ons kantoor.'

Totaal verrast keek ik hem aan. Zo'n kans zou ik nooit meer krijgen. Ik was pas tweeëndertig! JVJ was een gerenommeerd advocatenkantoor met veertig medewerkers en vijf partners. Elke advocaat in Nederland zou een moord doen om bij JansenVoorstevoordehoevenJanssen te werken en ik kreeg nu te horen dat ik in aanmerking kwam om partner te worden!!

'Luister, Anne, dit betekent wel dat je werkhouding moet veranderen. De komende tijd ben je als eerste op kantoor en ga je als laatste weg,' zei hij op formele toon. 'Denk je dat dat mogelijk is?' Er verscheen een frons op zijn voorhoofd.

'Natuurlijk, meneer Kortewind.' Ik knikte heftig met mijn hoofd. Als hij mij had gevraagd de teennagel te knippen van zijn door voetschimmel ontstoken dikke teen had ik het ongetwijfeld ook gedaan, en voor het goede doel zou ik het nog opeten ook.

Ik zag mijzelf al zitten met de andere vijf partners aan de prachtige, ovale tafel. Het fantastisch gerenoveerde, oude pand had een torentje dat uitzicht bood over Amsterdam. Het torentje had rondom glas-in-loodramen en de vloer was bedekt met een weelderig, donkerrood tapijt. Dit heilige domein was alleen toegankelijk voor de partners, en de wekelijkse vrijdagvergadering vond daar plaats. In het torentje stond een hele grote vergadertafel, die het ovaal werd genoemd. Het ovaal was de natte droom van alle jvj-medewerkers en ik, Anne de Bree, zou geschiedenis schrijven en als eerste vrouw aanschuiven. Dat wil zeggen: als ik het niet hopeloos verprutste!

'En dan is er nog iets, Anne.' Hij schoof wat ongemakkelijk op zijn stoel.

'Ja, meneer Kortewind,' zei ik, en ik keek hem vragend aan.

'Je moet niet alleen je werkhouding veranderen maar we zouden het op prijs stellen als je ook...' Kortewind kuchte een paar keer. Het was duidelijk dat hij moeite had met het onderwerp. 'Het gaat over je fiets.'

'Mijn fiets?'

'Anne, een fiets is zwart, grijs of wat mij betreft blauw. Jouw fiets is knalroze met geel en groen en...'

'En paars,' voegde ik eraan toe.

'Ja, maar is het nu echt nodig om dat felgekleurde geval elke keer tegen de historische voorgevel van ons prachtige pand te zetten?'

'Nou, meneer Kortewind, als u daar problemen mee heeft, dan zet ik hem toch gewoon om de hoek,' zei ik vriendelijk.

'Dat is mooi, Anne, maar wat ik eigenlijk bedoel te zeggen is dat die fiets niet zo goed past bij een toekomstige partner van jvj.'

'Nee, dat is misschien wel waar.' Een auto met chauffeur, dat past er stukken beter bij, maar aangezien je met zo'n grote sloep geen gracht overkomt en ik ook niet zo goed zou weten waar ik de hele dag die chauffeur zou moeten parkeren, lijkt een fiets mij handiger, dacht ik bij mezelf.

Kortewind keek mij strak aan en zei helemaal niets.

'Ik begrijp u helemaal, meneer Kortewind,' zei ik zo snel mogelijk en wierp hem een lieve glimlach toe. 'En ik beloof u dat ik wat discreter met mijn fiets zal omgaan.' Ondertussen vroeg ik me af of die ouwe wel helemaal goed bij zijn hoofd was. Waar hadden we het hier over?

'Oké, dan wil ik het nu even met je hebben over het dossier. Het is een bijzondere zaak maar het moet nog wel tot op de bodem uitgezocht worden. Het gaat om een dame op leeftijd, die in het ziekenhuis is beland na een ongelukkige val met haar rollator. Ze heeft haar heup gebroken. Volgens haar dochter hebben er de afgelopen maanden meerdere ongelukken plaatsgevonden in datzelfde bejaardenhuis. De dochter vindt het een merkwaardige zaak en vraagt zich af wat er aan de hand is. Haar moeder beweerde dat de rollator er uit zichzelf vandoor ging en dat verhaal wordt door de buurvrouw bevestigd. De directie van het bejaardenhuis ontkent dit verhaal echter in alle toonaarden. Toen de dochter verder op onderzoek uit wilde gaan, werd ze op alle mogelijke manieren tegengewerkt.'

'Klinkt interessant,' zei ik. 'Een ongeluk met een rollator. Ik zou niet weten hoe je dat als bejaarde voor elkaar moet krijgen, maar het kan een leuke letselschadezaak opleveren.'

'Dat dacht ik ook en het leek me typisch iets voor jou om dit te onderzoeken.'

'Ik ga ermee aan de slag en hou u op de hoogte,' zei ik enthousiast. Bij de deur draaide ik me nog een keer om. 'Meneer Kortewind, ik vind het fantastisch dat u me deze kans geeft. Ik beloof u dat ik mijn best zal doen.'

Nadat ik de deur had gesloten, maakte ik een vreugdesprongetje en knalde daardoor bijna tegen Berthold aan.

'Zo, wij zijn vrolijk vandaag?' zei hij.

'Ja, wij wel!'

'Hebben wij daar een reden toe?' vroeg hij vals.

Het viel me nu opeens op dat hij zijn tanden had gebleekt. 'Wat heb jij opeens?' vroeg ik.

Hij liep door zonder nog wat te zeggen en ik keek hem peinzend na. Vuile relnicht! Waarom deed hij zo naar? Berthold
en ik waren vijf jaar geleden gelijktijdig bij JVJ begonnen. Ik
op letselschade en Berthold op belastingrecht. Na mijn studie
rechten had ik bij een aantal kantoren gewerkt maar sinds ik
bij JVJ op de sectie letselschade terecht was gekomen, had ik
het helemaal naar mijn zin. Bij elk nieuw dossier ging mijn
hart sneller kloppen en als ik een zaak goed had afgerond dan
kon ik daar dagenlang van genieten.

Ik klemde mijn nieuwe dossier nog eens goed onder mijn
arm en besloot niet te lang stil te staan bij Bertholds rare gedrag. Ik had tenslotte een prachtzaak en ik besloot dat ik aan
het eind van de dag bij Mo langs zou gaan om dat te vieren.
Mo had een trendy café aan de overkant. Twee jaar geleden
had Mo het kleine, oude pandje gekocht. Het was toen nog
zo'n donker café waarvan de buitenkant deed vermoeden dat
iedereen er binnen laveloos aan de bar hing. Ik was zijn eerste klant en ik kan me absoluut niet meer herinneren waarom
ik er naar binnen ben gegaan. In de hoek stonden blikken verf
en het was duidelijk dat de nieuwe eigenaar grootse plannen
had. Ik weet nog goed dat ik een kopje koffie nam en er een
speculaasje bij kreeg, wat ik nogal truttig vond en dat natuurlijk ook meteen meldde. Ik schijn met mijn wijsvinger in
zijn borstkas te hebben geprikt en ik heb hem verteld dat niemand zat te wachten op zo'n akelig, donker café met als toppunt van vreugde een speculaasje. Mo begon keihard te lachen
en vroeg me waar ik dan wel behoefte aan had.

Ruige seks en lekkere broodjes, antwoordde ik. Hij beloofde me dat hij voor het tweede zou zorgen en dat deed hij. De
volgende dag kwam ik terug en maakte hij het heerlijkste
broodje klaar dat ik ooit had gegeten. Het geheim wilde hij
niet vertellen. Vanaf dat moment lunchte ik elke middag bij
Mo terwijl hij ondertussen de hele boel in vrolijke kleuren
schilderde. Onder mijn ogen zag ik het donkere café verande-

ren in een trendy geval. Misschien had ik er verstandiger aan gedaan om deze unieke lunchlocatie lekker voor mezelf te houden maar ik kon natuurlijk mijn mond niet houden. Binnen een maand tijd was Mo het adres waar JVJ lunchte. Het werd eigenlijk gewoon een plaatsvervangende kantine en Mo's café ging als een speer. Hij breidde uit, kocht het pand ernaast, en binnen een halfjaar was Mo een begrip in Amsterdam. Niet alleen om te lunchen, maar ook om te borrelen. Mo daarentegen bleef hetzelfde. Een wit T-shirt, gebleekte spijkerbroek. Gespierd bovenlijf en strakke kont. Dat is Mo.

2

De hele dag werkte ik als een bezetene om alle rotzooi op mijn bureau weg te werken, zodat ik de volgende dag met de rollatorzaak aan de slag zou kunnen. Tegen zes uur vond ik het wel welletjes. Het leek me dat ik mijn nieuwe werktempo in alle rust moest opbouwen en vooral niet in één keer te gek moest doen. Ik had tenslotte nog een heel leven voor me om een burn-out te krijgen en ik kon niet wachten om naar Mo te gaan.

Toen ik het café binnenkwam was het nog redelijk stil, maar dat vond ik heerlijk. Even lekker met Mo kletsen om dan tegen zevenen alle stamgasten binnen te zien komen, waaronder natuurlijk veel van mijn collega's.

'Hé, mijn lieve Anne. Hoe gaat het?' Hij gaf me een dikke zoen op mijn wang. Ik bekeek hem goedkeurend van top tot teen. Hij zag er weer goed uit met zijn ontblote, gespierde armen die heel subtiel waren bedekt met een laagje zwarte haartjes. Het waren armen om aan te raken.

'Je raadt nooit wat mij is overkomen?' zei ik op geheimzinnige toon.

'Ruige seks?'

'Nee, was het maar waar.'

'Wat? Vertel? Ik ben nieuwsgierig!'

'Ik word misschien partner. Aan niemand verder vertellen hoor. Het is nog strikt geheim.'

Hij begon keihard te lachen, liep naar me toe en sloeg een van zijn verbazingwekkend sterke armen om mij heen. 'Je bent geweldig! Kom, we gaan het vieren. Wat wil je drinken?'

'Een witte wijn. Nee, doe maar een Spa. Ach, doe toch maar een wijntje. Weet je wat Kortewind tegen me zei? Dat ik mijn werkhouding en mijn fietsgedrag moet veranderen.'

'Je fietsgedrag?'

'Hij vindt mijn fiets iets te gezellig, te roze.' Ik wees op mijn voorhoofd. 'Zeg Mo, vind jij eigenlijk dat ik de uitstraling heb van een veelbelovende advocate?'

'Ik vind je bloedmooi.'

'Dat vraag ik niet. Ik vraag of ik het heb.'

'Wat?'

'Nou gewoon. Heb ik het in me om partner te worden?'

Mo keek me lachend aan. 'Anne, je bent blond, je bent mooi, je bent grappig en je bent lief. Ik zie je liever in een spijkerbroek dan in zo'n carrièrerok, maar in mijn ogen ben je de perfecte advocate.'

'Mo, hier heb ik dus helemaal niets aan!'

'Lieve schat, ik heb het beste met je voor en die Kortewind ook. Hij heeft gelijk: een andere fiets kan geen kwaad. Weet je hoe vaak ik het afgelopen jaar jouw band heb geplakt?'

Ik zuchtte even diep en zei spottend: 'Jij zou het ideale vriendje zijn, weet je dat Mo?'

Hij keek me aan met een blik in zijn ogen alsof hij iets wilde zeggen, maar net op het moment dat hij mijn naam uitsprak, riep een lange vent aan de bar om drie biertjes. Mo liet zijn blik nog even op mij rusten en draaide zich vervolgens om.

Langzaam liep het café vol met stamgasten en voor ik het in de gaten had was het weer na twaalven. De meesten van mijn collega's waren allang naar huis en ik bleef achter met Arnoud, de saaiste medewerker van de sectie arbeidsrecht, die maar over één ding kon praten en dat was over arbeidsvoorwaarden.

Mo was druk bezig achter de bar en ik keek hem ongelukkig aan. Met een grote grijns op zijn gezicht zette hij een wijntje en een biertje voor ons neer. Hij boog zich voorover en zei met een bloedserieus gezicht tegen Arnoud: 'Ik wil binnenkort extra personeel aannemen maar ik vind wel dat ze op een knalroze step naar hun werk moeten komen. Denk je dat ik dat in het arbeidscontract kan vastleggen?'

Arnoud keek niet-begrijpend en met lodderige ogen eerst Mo en vervolgens mij aan. Hij had duidelijk een biertje te veel op. Ik schoot in de lach, gaf Mo een dikke zoen en liep de deur uit.

Toen ik thuiskwam, was ik te moe om mijn tanden te poetsen en me te wassen. Ik kleedde me uit en rolde mijn bed in, uiteraard zonder de wekker te zetten.

De volgende ochtend werd ik om acht uur wakker met een bonkende kop en een vieze smaak in mijn mond. Dat laatste wijntje had ik beter niet kunnen doen. In de spiegel keek een opgezwollen hoofd met akelig uitgelopen mascara me aan. Bah wat onaantrekkelijk, ik werd bijna onpasselijk van mezelf. Een halfuur lang liet ik mezelf wakker worden onder een gloeiend hete douche waarna ik heel voorzichtig een kopje thee dronk. Ik zou rechtstreeks vanuit mijn huis naar Huize Boterbloem gaan. Het toeval wilde dat de oma van mijn vriendin Merel in hetzelfde bejaardenhuis woonde. Ik kende het oude mensje en ik had besloten haar met een bezoekje te vereren. Infiltreren deed je tenslotte van binnenuit.

Het bejaardenhuis lag in Slotervaart en was het beste per tram te bereiken. Het was inmiddels halftien en de ergste drukte was gelukkig voorbij. Bij elke bocht die de tram nam, voelde ik mijn maag een beetje omhoogkomen. Ik voelde me gammel en besloot dat dit de laatste keer was dat ik zonder ontbijt de deur uit ging.

'Is deze plek vrij?'

Een grote, blonde man met een joekel van een aktetas wilde naast me komen zitten en ik had zo snel even geen argument om nee te zeggen, behalve dan dat de tram praktisch leeg was en het mij volstrekt onzinnig leek om nu uitgerekend naast mij te komen zitten.

Ik bekeek hem eens goed. Keurig geschoren, zijn haren netjes gekamd en iets te overdadige aftershave.

'Ga je aan het werk?' vroeg hij belangstellend.

'Ja, jij ook?'

'Ja, ik woon hier nog niet zo lang. Ben net begonnen bij mijn nieuwe werkgever.'

'O.'

'Ben jij een echte Amsterdamse?'

'Zoiets,' antwoordde ik ongeïnteresseerd.

'Het is een geweldige stad maar ik heb nog niet echt de leuke cafés en restaurants gevonden. Ik ga vanmiddag lunchen met mijn vriendin maar ik zou absoluut niet weten waar ik naartoe moet.'

Ik keek hem verrast aan. Ik had even gedacht dat het een slappe versierpoging was maar hij had gewoon een vriendin.

'Weet jij wat leuks?' Hij had een vrolijk gezicht met twinkelende oogjes.

'Ja, je moet naar Mo gaan, op het hoekje van de Brouwersgracht. Daar kun je gezellig lunchen.'

'Bedankt voor de tip.'

'Ik moet er hier uit,' zei ik.

'Fijne dag.'

'Ja, jij ook.'

Hij stond even op om mij erdoor te laten. Hij leek opeens

veel groter, en hoe ik ook mijn best deed, ik kon niet vermijden dat mijn buik heel even tegen zijn heupen aankwam. Zijn jas stond open en het viel me op dat hij een heel duur pak droeg. Door het raampje zwaaide hij naar me, terwijl de tram met veel gerinkel doorreed. Ik zwaaide terug.

Het was nog een paar minuutjes lopen naar het bejaardenhuis en ik snoof de frisse herfstgeur diep in me op. Bij elke teug lucht voelde ik iets van mijn vermoeidheid verdwijnen en een vreemde vrolijkheid maakte zich opeens van mij meester. Er zat iets in de lucht en dat had te maken met die rare vluchtige aanraking van daarnet. Het moest niet veel gekker worden. Volgens mij werd het tijd dat ik eens een serieuze relatie begon. Ik weigerde aan zelfanalyse te doen maar dit behoeftige gedrag leek me niet helemaal normaal. Misschien kon een echt vriendje mij ook in een wat gezonder levensritme krijgen. Twee vliegen in één klap: zakelijk en privé gelukkig. De pest was alleen dat ik niemand kende die met mij een serieuze relatie wilde beginnen. Of was het andersom? Het maakte ook niet uit; het resultaat was hetzelfde.

Ik ademde nog eens even diep in en de herfstige geur van paddenstoelen deed me glimlachen van plezier. Ik had een hekel aan de herfst, maar na de herfst kwam de winter en dan was ik altijd op mijn best. Aan de overkant van de straat lag Huize Boterbloem maar ik besloot nog even het park in te lopen. Het was er heerlijk stil en ik ging op een bankje zitten.

Ik was tweeëndertig. Ik had toch nog alle tijd voor serieuze relaties? Als iemand het naar zijn zin had, dan was ik het wel. Als ik om mij heen keek, liep de ene na de andere vrouw van mijn leeftijd met zo'n enorme zwangere buik rond te sjouwen. Alsof dat zo leuk was. Nee, het was wel goed zo. Stappen, werken, lol en veel geld verdienen. Het kon toch niet beter? Ik moest gewoon hard werken en die stoel aan het ovaal veroveren. Het zou sowieso een slecht moment zijn als ik me nu druk ging maken over mijn singlestatus. Eerst partner worden van JVJ, daarna een partner voor thuis. Die volgorde en niet andersom. Tussendoor kwam ik vast wel iets leuks tegen om vooral kortdurende pret mee te hebben. Zo, dat was besloten en nu eerst de bejaarden.

'Gut, kindje, jou heb ik lang niet gezien. Hoe gaat het met je?'
'Goed hoor, mevrouw Van der Klip,' schreeuwde ik in het oor van het stokdove mensje.
'Zie je Merel nog wel eens?'
'Ja, we eten nog altijd één keer per maand met zijn allen.'
'Dan zie jij haar meer dan ik,' zei ze zuur.
'Ze heeft het druk. Het valt niet mee, die opleiding van haar.'
'Wat voor omleiding?'
'Opleiding,' brulde ik in haar oor. 'Merel doet een zware opleiding.'
'Ja, Merel wordt boekhouder.'
'Nee, Merel wordt chirurg.'
'Wat wordt ze?'
'Dokter.'
Haar gehoorapparaat begon opeens akelig hard te piepen. Ze frunnikte wat, draaide wat aan een knopje en keek me vervolgens blij aan.
'Ik denk dat ik je nu beter hoor. Hij stond op zachtjes. En wat word jij?'
'Ik ben advocate.'
'Wij werden vroeger gewoon hoedenmaakster, daarna gingen we trouwen en zorgden we voor de kinderen. Jullie doen mannendingen. Wie zorgt er nu voor je kinderen?'
'Ik heb geen kinderen.'
'Merel ook niet. Merel heeft zelfs geen man!'
Dat klopte niet helemaal. Merel neukte zich helemaal suf met heel veel mannen, maar dat hoefde oma niet te weten. Ik draaide wat ongemakkelijk op mijn stoel. Het kleine kamertje was volgestouwd met meubels uit een ver verleden. Mid-

den tussen al de nostalgie stond een grote, moderne fauteuil die in allerlei standen kon worden gezet zodat oma geheel relaxed naar de televisie kon staren. Het monsterlijke, leren geval was vast een cadeautje van de kinderen geweest.

'Heeft u ook een rollator?'

'Ik krijg morgen een nieuwe.'

'O, wat was er mis met de oude?'

'Er was iets mis met het motortje.'

'Motortje? Rollators hebben toch geen motortje?'

'Jawel, die van mij wel.'

Hè, wat een gedoe, hier had ik helemaal geen zin in. Volgens mij was het mens zo dement als een deur.

'Mevrouw Van der Klip, een rollator heeft geen motor. Een bromfiets heeft een motor en er zijn ook fietsen die een mo...'

'Mijn rollator had een motor.' Ze sloeg zo woest met haar hand op de tafel dat het suikerpotje van haar gebloemde servies omviel.

'We mogen het van de directie tegen niemand zeggen en nu ga jij mij ook nog eens vertellen dat het niet zo is. Ik ben oud maar niet gek. Jullie jonge mensen denken maar dat wij alles accepteren. Dat denken die idioten van de directie ook. Zo'n knul in een duur pak die een beetje de baas loopt te spelen. Nou, er zijn ondertussen wel vreselijke ongelukken gebeurd. Daar zou jij eens wat aan moeten doen. Je bent toch rechter? Waarom ben je hier eigenlijk?'

'Waar is uw oude rollator, mevrouw Van der Klip?'

'In het opberghok. We hebben allemaal een opberghok. Dat is wel mooi van dit huis. De meeste huizen hebben dat niet. Wij wel.'

'Wie heeft er een motortje op uw rollator gezet?'

Ze haalde haar schouders op. Haar hoofd ging opeens knikkebollen. Ik schonk nog een kopje thee voor haar in en vroeg haar of ik de oude rollator mee mocht nemen. Verdwaasd keek ze me aan en gaf me de sleutel van het hok.

'Waar is het hok, mevrouw Van der Klip?'

'Waarom was je nou hier?'

Ik gaf haar een dikke kus op haar gerimpelde wangen.

'Ik kom morgen terug en dan leg ik het uit. Niks zeggen, hè?'

'Wij mogen nooit wat zeggen maar dat komt goed uit want er is toch niemand om mee te praten.'

Ze had gelijk. Het oude mensje had helemaal gelijk. Het was niet leuk om oud te zijn. Merel moest echt vaker langskomen.

Achter de receptie zat een dame met een hoogblond kapsel haar nagels te vijlen. Het ontbrak er nog maar aan dat ze ordinair op kauwgom zat te kauwen en ik vroeg me af waarom deze uitgezakte nachtclubdanseres in hemelsnaam in een bejaardenhuis werkte.

'Kunt u mij helpen?' vroeg ik zo vriendelijk mogelijk.

'Ja.'

'Ik was bij mevrouw Van der Klip en zij vroeg mij iets uit haar opberghok te halen. Kunt u mij vertellen waar dat is?'

'Wat moest u bij mevrouw Van der Klip?'

Ik telde even tot tien om de neiging te onderdrukken om de hoogblonde sloerie over de balie heen te trekken. Het was dat ik die rollator moest hebben maar anders had ik haar serieus de beroerdste ochtend van haar leven bezorgd.

'Mevrouw Van der Klip is de oma van een vriendin van mij. Ik kom wel vaker bij haar op bezoek,' zei ik op een zoet toontje alsof ze een doodnormale vraag had gesteld.

Op dat moment begon haar mobieltje een moderne variant van Bach te spelen en aangezien dat belangrijker was, siste ze me toe dat ik de lift naar de kelder moest nemen. Meer informatie kreeg ik niet want met een hoog stemmetje nam ze haar met glitter bewerkte mobiele geval op.

Binnen tien minuten had ik het opberghok van mevrouw Van der Klip gevonden, nummer 124. Hetzelfde als haar kamernummer. Er stond niet veel: een paar dozen en een rollator met een heel klein motortje. Alsof het de gewoonste zaak van de wereld was, nam ik het ding mee de lift in en liep ik door de hal naar buiten. De blondine had niets in de gaten, te druk met haar mobieltje. Pas toen ik door de volautomatische draaideur ging, hoorde ik haar nog net gillen: 'Hé, wat moet dat?' Te laat, ik was al weg.

Ik had geen idee hoe ik het geval in elkaar moest klappen, dus duwde ik het maar voor mij uit. Mijn zware tas potsierlijk in het mandje. Een grote neger stond bij de tramhalte te wachten en keek me raar aan.

'Jij bent toch veel te jong voor zo'n duwding,' zei hij lachend met zijn prachtige Surinaamse accent.

'Is van mijn oma. Weet jij hoe ik het ding in elkaar moet klappen? Zo krijg ik hem nooit de tram in.'

'Weet ik veel, maar ik ga jou wel helpen. Wij tillen wel.' De W rolde vol over zijn lippen.

Met veel lawaai kwam de tram eraan en met zijn tweeën tilden we de rollator naar binnen. Aan het begin van de Marnixstraat hielp hij me weer met uitstappen en vrolijk zwaaide ik hem na. Twee minuten later stond ik gierend van de lach met de rollator in de grote hal van JVJ.

'Bel jij Kortewind even?' vroeg ik aan Mieke. 'Ik heb een cadeautje voor hem.'

Met grote stappen beende Kortewind even later door de hal.

'Dit is hem, meneer Kortewind, dit is de veroorzaker van al het leed. Althans, dat vermoed ik.'

Ondertussen was het als een lopend vuurtje door JVJ gegaan dat ik met een rollator in de hal stond en nieuwsgierig kwamen mijn collega's kijken. Er hing al snel een lacherig sfeertje.

'Naar het schijnt zijn er motortjes geplaatst op de rollators,' legde ik uit, 'en ik vermoed dat daar de ongelukken door ontstonden. Ik weet niet of er hier iemand in staat is om het ding aan de praat te krijgen?'

Bram, een stagiair, had er wel verstand van. Met een grijns van een breedbekkikker frunnikte hij wat aan het motortje.

'Ik heb heel wat brommertjes opgevoerd, dus dit gevalletje moet ik ook aan de praat kunnen krijgen.' Hij keek me lachend aan en gaf me een vette knipoog alsof er nog wel meer zaken waren waar hij aan wilde frunniken.

Voorzichtig begon het motortje een beetje te pruttelen en even later liep het als een trein. Behoedzaam gaf ik een beetje gas. Het ging net als bij een brommertje: een kind kon de was doen. Heel langzaam gleed de rollator door de hal van JVJ. Ik hoefde niet te duwen maar erg hard ging het ook niet en dat leek me maar goed ook, tenslotte waren de gangen van een bejaardenhuis niet bedoeld om wedstrijdjes rollatorracen te houden. Als een echte bejaarde drentelde ik er wat achteraan, tot grote hilariteit van de aanwezigen, die in groten getale kwamen kijken.

'Zo, dan ga ik nu wat boodschapjes doen. Griesmeel, boterkoek, spruitjes en een grootverpakking Tenalady,' zei ik met krakende stem en ik hoorde iedereen hard bulderen van het lachen. Ik laadde van alles en nog wat in het mandje. De bandjes van de rollator begonnen al wat door te zakken maar dankzij het motortje gleed het geheel soepeltjes rechtdoor. 'Joh, dit is echt handig. Lekker makkelijk voor die oudjes. Zo, nu gaat oma even uitrusten, hóór.'

Onder luid geklap en gejuich van al mijn collega's zette ik de rollator in de parkeerstand en ging op het zitje zitten.

'Nou, laat mij maar oud worden. Komt best goed.'

Ik had het nog niet gezegd of met een luide plof knalde de rollator vooruit. Ik probeerde mij nog vast te grijpen, maar ik greep ernaast, en met een enorme bons kwam ik met mijn stuitje op het keiharde marmer terecht. Mijn hoofd knalde tegen een tafel aan en het werd me even zwart voor mijn ogen. Een halfuur later zat ik op de eerste hulp en hield een bezorgde Kortewind mijn hand vast. Ik kreunde een beetje.

'Gaat het, mijn lieve kind?'

'Jeetje zeg. Dat is levensgevaarlijk voor die oudjes.'

'Ja, blijf nou maar rustig liggen. Er komt zo wel een dokter.'

Na nog een kwartiertje wachten schoof een wat oudere arts het gordijn opzij. 'Zo, mevrouwtje, gaat u maar op uw rug liggen.'

'Daar ben ik helaas niet toe in staat,' zei ik kermend van de pijn.

'Wat heeft u gedaan?' vroeg hij en keek mij onderzoekend aan.

'Een ongelukje met een rollator,' zei Kortewind.

Met een verstoorde blik keek de arts eerst Kortewind en daarna mij aan. 'Wat is er gebeurd met die vibrator?' vroeg de arts op zakelijke toon.

'Nee, u begrijpt het verkeerd,' zei Kortewind met een vuurrood hoofd. 'Ze heeft een ongelukje met een rollator gehad.'

'Ben je daar niet een beetje te jong voor?' vroeg hij achterdochtig aan mij. 'Zeg nou maar wat er echt gebeurd is, wij zijn wel wat gewend,' zei de arts en keek vervolgens Kortewind streng aan.

De arme Kortewind wist niet waar hij moest kijken. Als hij in de rechtszaal stond te pleiten was hij helemaal het mannetje maar in het ziekenhuis was hij totaal niet op zijn plek. De enge, barse arts joeg hem overduidelijk schrik aan.

'Ik wil nu Merel van der Klip zien,' riep ik boos.

'Zo, zo, dus wij willen Merel zien. En als Merel er nou niet is?'

'Dan heb ik pech,' zei ik bijna jankend van de pijn.

'Ik zal even voor je kijken,' zei hij en klopte geruststellend op mijn schouder. Hij draaide zich nog even om naar Kortewind en zei: 'Misschien moet u niet meer zulke rare spelletjes doen.'

Nog geen vijf minuten later kwam Merel binnengerend.

'Wat is er met jou gebeurd?'

'Je moet vaker je oma bezoeken, Merel. Dat heeft ze echt nodig.'

'Kom op, Anne. Wat zit je nou weer voor onzin uit te kramen.'

Behendig werkte ze Kortewind de spreekkamer uit en onderzocht mijn verwondingen. 'Je stuitje is gekneusd. De komende twee weken krijgt je achterwerk alle kleuren van de regenboog. Die hoofdwond vind ik wat erger. Het zou kunnen zijn dat je een lichte hersenschudding hebt. Voor de zekerheid houd ik je een nachtje ter observatie.'

'Merel, ben je helemaal knettergek geworden! Ik wil hier niet blijven. Ik ga lekker naar huis.'

Ik probeerde overeind te komen maar dat viel niet mee.

'Luister, Anne, ik meen het serieus. Ik wil dat je een nachtje blijft. Als je naar huis gaat, zit je vanavond weer bij Mo en lig je niet voor enen in je bed. Ik kom morgenochtend wel even bij je langs op de afdeling.'

Zo snel als ze binnen was komen rennen, ging ze er weer vandoor.

'Wie kan ik bellen, Anne?' vroeg Kortewind even later bezorgd. 'Iemand moet even naar je huis om wat spulletjes voor je te halen. Zal ik dat even doen of iemand anders van kantoor?'

Blinde paniek maakte zich van mij meester. Er mocht absoluut niemand van kantoor in mijn huis gaan rondneuzen en Kortewind al helemaal niet. Mijn appartement was één grote rotzooi. De flessen wijn van een etentje van vier dagen geleden stonden nog op tafel, en ik achtte de kans klein dat ik mijn vuile onderbroeken in de wasmand had gegooid. Het idee dat Kortewind of iemand anders van kantoor zich een weg door mijn lingerie moest banen stond mij absoluut niet aan. De vernedering van de val was al groot genoeg, roddels over mijn sterk ontregelde leven wilde ik graag voorkomen.

'Nee, nee! U heeft al zo veel voor mij gedaan. Ik bel wel een vriendin om wat spulletjes te halen. Gaat u maar terug naar kantoor.'

Hij keek me opgelucht aan. Volgens mij was hij dolblij dat hij het ziekenhuis weer mocht verlaten.

'Kan ik echt niets voor je doen?'

'Nee, gaat u maar. Ik bel morgenochtend wel even naar kantoor om te vertellen hoe het met me gaat.'

Een halfuur later lag ik keurig netjes in een schoon bed met een veel te grote pyjama uit de voorraadkast voor noodgevallen. Net op het moment dat mijn ogen dicht begonnen te vallen, realiseerde ik mij dat de eigenaresse van deze oerlelijke pyjama vast het leven had gelaten, en naar alle waarschijnlijkheid in dit gebloemde geval. Vanaf dat moment wilde ik maar één ding: mijn eigen te grote T-shirt. Ik belde Petra op haar werk maar ze had een dagje vrij en haar mobieltje nam ze niet op. Ik belde Jasmijn, Madelief en Bo. De krengen vonden mijn verblijf in het ziekenhuis voor één nachtje heel dramatisch maar hadden helaas geen tijd. Uiteindelijk kwam Mo wat spulletjes brengen en een hele grote bos bloemen.

Hij had een witte jas aangetrokken en ergens een stethoscoop vandaan gehaald. Met een bloedserieus gezicht ging hij voor mijn bed staan en las mijn status.

'Zo, dus u heeft een haptonoom op uw ruitje en een commotie celebratus?'

'Een lichte hersenschudding en een gekneusd stuitje.'

'O,' zei hij vrolijk. 'Dokter Mo gelooft dat hoofd wel, dokter Mo is meer geïnteresseerd in het stuitje. Draait u zich maar om.'

Ik begon keihard te lachen, wat vreselijke pijn deed, waarna ik heel hard begon te huilen.

'Ach, lieverdje toch. Niet huilen.' Hij sloeg zijn armen om mij heen en bleef net zolang zitten tot ik uitgesnikt was.

'Mo, wie staat er nu in het café?' vroeg ik uiteindelijk tussen een paar snikken door.

'Niemand, ik heb het café gesloten.'

'Dan moet je nu terug.' Ik gaf hem een dikke kus. 'Je bent de liefste, ik bel je morgen wel.'

Aan het eind van de middag werd er nog een gigantische bos bloemen bezorgd van de sectie letselschade en de volgende ochtend was Merel zo vriendelijk om mij te laten gaan. Maar niet voordat ze het hele verhaal had aangehoord en zich ervan had overtuigd dat ik niet in elkaar geslagen was.

Ik moest met mijn hand op mijn hart beloven dat ik de rest van de week niet zou gaan werken en het rustig aan zou doen, waarna ik het ziekenhuis verliet met een grote dosis pijnstillers en met een taxi naar huis ging.

3

De volgende dag voelde ik me nog wel een beetje slapjes maar ik was niet van plan om in mijn eentje thuis te blijven. Eenmaal per maand at ik samen met mijn vriendinnen Merel, Bo, Madelief, Jasmijn en Kim, alhoewel Kim vaker niet dan wel aanwezig was.

We hadden elkaar leren kennen op een talenkamp in Engeland, waar ik op mijn zestiende door mijn ouders naartoe werd gestuurd. Het was de bedoeling dat ik samen met Petra, mijn buurmeisje, zou gaan. Helaas haakte die op het laatste moment af waardoor ik in mijn eentje op kamp moest om de onregelmatige werkwoorden de baas te worden. Ik werd met ene Merel in een gezin geplaatst. Het gezin bestond uit een echtpaar dat de hele dag op de bank zat te roken en bier zat te drinken, twee gillende kleine kinderen en een hele vieze ruftende hond. Zoals in Nederland hele straten aan de postcodeloterij meedoen, zo deed hier de halve Marble Street mee aan het talenkampgedoe. De buren hadden ook allebei meiden in huis genomen. Dat was aan de ene kant Jasmijn en Kim en aan de andere kant Bo en Madelief.

De eerste avond tijdens het eten werd het ons duidelijk hoe de komende drie weken het avondeten eruit zou zien en de paniek die toen bij ons ontstond was dusdanig dat we voor de rest van ons leven een hechte vriendschap zouden krijgen. De gastgezinnen hadden als richtlijn meegekregen dat de jonge cursisten vooral hun bord moesten leegeten. Een andere richtlijn was dat we om tien uur 's avonds weer binnen moesten zijn, maar daar deden ze niet al te moeilijk over.

Algauw bleek dat onze buurmeisjes precies hetzelfde probleem hadden met de voedselvoorziening en dus besloten we tot drastische actie. Het was uiteindelijk Bo die het allergieplan bedacht. Met rode viltstiften en opgeplakte broodkruimels zouden we onszelf toetakelen om een heftige allergie te veinzen met als doel dat wij rustig van ons bordje konden prikken en alles wat wij vies vonden terzijde konden schuiven. Ik voelde al aankomen dat dit plan vreselijk uit de hand zou lopen maar liet mij meeslepen door de rest.

Merel en ik lieten onze creativiteit de vrije loop en besloten dat alleen een rode viltstift een te karig resultaat zou geven. Uiteindelijk hadden onze vlekken alle kleuren van de regenboog en we zagen er dan ook vreselijk onsmakelijk uit toen we klaar waren met wat wij dachten hoe een allergie voor erwtjes eruitzag.

De paniek was groot bij ons gastgezin, maar wat we niet wisten was dat de paniek even groot was bij de buren en dat buurvrouwen in paniek altijd met elkaar gaan bellen!

Dus zaten wij om twaalf uur 's nachts in onze pyjama's uit te leggen aan de reisleider dat het absoluut niet noodzakelijk was om ons naar een plaatselijk ziekenhuis te brengen. Er was

niets aan de hand! Er was geen eng virus over het eengezins-
blok aan Marble Street neergedaald. Toen wilden ze uiteraard
weten wat er wel aan de hand was. De sfeer werd wat dreigend en dat was het moment waarop Jasmijn doorsloeg en wij
vreselijk op onze donder kregen.

De rest van de vakantie werden wij nauwlettend in de gaten gehouden en het vermoeden dat ze te maken hadden met
zes ontoerekenbare pubers met een eetprobleem konden we
niet meer wegnemen. Elke erwt ging erin en we werden daarna net zolang beziggehouden tot die verteerd was. We noem-
den elkaar gekscherend de leden van de allergievereniging.
Vanaf toen zijn we vriendinnen geworden en hebben we elkaar nooit meer uit het oog verloren. Eén keer in de maand
eten we samen. Op zo'n avond eten we ons helemaal ongans
aan dingen die we lekker vinden, calorierijk en in grote hoeveelheden, en nemen we ons liefdesleven door.

'Zo zeg, dat is gaaf. Dat jij zomaar gezellig bij Merel in het
ziekenhuis hebt gelegen,' zei Madelief toen ik vermoeid maar
enthousiast binnen kwam zetten.

'Ja, het spijt me dat ik geen tijd had toen je belde maar ik
kon gewoon niet weg van mijn werk,' zei Jasmijn vrolijk.

'Ja, jullie zijn echte vriendinnen. Toch fijn om te weten dat
ik altijd bij jullie terechtkan.'

'Kom op,' zei Jasmijn. 'Als er één iemand is die nooit tijd
heeft dan ben jij het wel.'

'Daar komt nog bij dat wij nou niet echt de indruk hadden
dat het heel erg was. Kijk, als je nou met spoed wordt opgenomen en twee weken moet blijven, maar een nachtje ter observatie. Dat kun je desnoods in je onderbroek doen,' voegde
Madelief er droog aan toe.

'Ja, maar het is toch fijn als je een schone onderbroek hebt.
Maar het is allemaal goed gekomen. Mo heeft mijn spulletjes
gebracht.'

'Wat heb jij eigenlijk met die vent?' vroeg Madelief.

'Niks, het is gewoon een goede vriend.'

'Maar het is een kroegbaas!' zei ze enigszins afkeurend.

'Ja, nou en? Daarom kan het toch nog wel een vriend zijn.'

'Jongens, kom op. Niet zo aan haar kop zeuren,' zei Merel. 'Dat kan nooit goed zijn als je een lichte hersenschudding hebt. En ik wil niet dat je wijn drinkt want dat combineert absoluut niet met die pijnstillers.'

'Fijn, zeg. Wat zijn jullie lekker bezig,' riep ik verontwaardigd uit.

Gelukkig kwam op dat moment Bo met veel lawaai binnenzetten.

'Ik ben ontslagen!'

Uit vijf monden klonk tegelijkertijd: 'Dat meen je niet!'

Met een plof, waar ik gezien mijn pijnlijke billen jaloers op was, liet ze zich in een zitzak vallen. 'Ja, die vieze, vadsige baas van mij vond het wel lekker om aan mij te zitten en ik heb hem even heel goed duidelijk gemaakt dat hij met zijn tengels van mij af moest blijven.'

'Maar Bo, hij kan je niet zomaar ontslaan,' riep ik ontdaan uit.

'Nee, dus ik heb gezegd dat ik geld wil zien omdat ik hem anders aanklaag.'

Merel viel bijna van de bank van het lachen. 'Crisis, dat meen je niet. Hoeveel heb je gekregen?'

'Twintigduizend euro, maar dan wilde hij mijn gore rotkop nooit meer zien.'

'Bo, dit is al de derde keer dat je dit overkomt!' zei Jasmijn geschokt.

'Goed hè, ik heb al geboekt. Ik ga eerst drie weken naar Australië en dan kijk ik daarna wel weer verder.'

Ik wist niet wat ik moest zeggen. Ik had ook te veel pijn aan mijn billen om nog veel zinnige opmerkingen te maken. Op de een of andere manier leek het me niet geheel kloppend om zo je bankrekening te spekken, aan de andere kant zag Bo zo langzamerhand heel wat continenten waar ik alleen maar van kon dromen.

Ik was niet de enige die geen tekst meer had. Stil mijmerden we voor ons uit, ieder in zijn eigen gedachten.

'Hé, heb je het al gehoord van Kim?' vroeg Jasmijn na een tijdje.

'Ja, die is zwanger van de vierde,' antwoordde Bo.

'Dat weten we toch allemaal wel?' zei Merel.

'Ik weet van niks,' zei ik ontdaan. 'Hoe kan het nou dat ik dat niet weet?'

Ze keken me allemaal even afkeurend aan maar gaven geen antwoord op mijn vraag.

'Nee, dat bedoel ik niet. Ik bedoel dat ze vreemdgaat,' zei Jasmijn opgewekt.

Stomverbaasd keken we haar aan.

'Dat kan toch niet?' zei Bo. 'Kim gaat niet vreemd. Als iemand van ons normaal is, dan is het Kimmie wel.'

'Belachelijk, dat moet gewoon een roddel zijn,' riep Merel boos uit.

'Wie heeft haar gezien en waar?' vroeg ik. Tenslotte was ik advocate en alleen feiten konden mij overtuigen.

'Cora, kennen jullie die nog? Dat vriendinnetje van mij van vroeger. Jullie hebben haar vast wel eens op mijn verjaardag gezien. Die woont ook in Harderwijk en zij zag haar in een park met een andere man,' zei Jasmijn.

'Ze zag haar in het park met een andere man,' zei ik spottend. Dat is lekker bewijs.'

'Nou, volgens haar stonden ze innig omhelsd onder de grootste kastanjeboom die Harderwijk telt. Dat lijkt mij toch genoeg bewijs of niet dan?'

Het beeld van Kimmie, kogelrond van de vierde, verstrengeld in de armen van de een of andere plaatselijke Harderwijker terwijl de herfstbladeren en de kastanjes om haar hoofd suisden, trok langs mijn netvlies.

'Kan niet. Dat moet een misverstand zijn,' riep Bo. 'Onze Kim doet dat soort dingen niet.'

'Nee, en al helemaal niet onder een kastanjeboom,' voegde ik er droog aan toe.

'Dat dacht ik dus ook,' zei Jasmijn. 'Dus ik heb haar gebeld en ben gewoon met de deur in huis gevallen en ik heb haar gevraagd hoe het zit met dat vreemdgaan. Ze zei even helemaal niets, daarna vloekte ze heel hard en gooide ze de hoorn erop. Nou, zijn jullie nu overtuigd?'

Met open mond keken we Jasmijn aan. Onze Kim, ons toonbeeld van onschuld en de liefste van ons allemaal. Ze had haar school nooit afgemaakt omdat ze verliefd was geworden op een marktkoopman in olijven, waarna ze binnen drie maanden zwanger was. Ze was zo gelukkig toen ze trouwde. Voor ons was Kim het voorbeeld van hoe het niet moest maar we waren stiekem allemaal jaloers op haar geluk. Nee, Kim kon niet vreemdgaan. Dat zouden we niet overleven. Als het huwelijk van Kim op de klippen liep dan was er voor ons egocentrische trutten al helemaal geen hoop meer.

'Weet je, ik heb het gevoel dat we weer eens een keer iets leuks met elkaar moeten gaan doen,' zei ik, en ik keek mijn vriendinnen een voor een aan. 'Waarom gaan we binnenkort niet met z'n allen een weekendje ergens naartoe? Een lang weekend. Met z'n allen. En dan gaan we weer eens ouderwets lol maken. Wat vinden jullie ervan?'

Merel stond op en sloeg haar armen om me heen en gaf me een zoen. 'Volgens mij is die klap met die rollator toch nog ergens goed voor geweest. Ik vind het een fantastisch plan.'

'Het is het beste wat ik sinds tijden heb gehoord,' zei Jasmijn.

'Ik doe mee,' gilde Bo enthousiast, 'maar wel snel regelen dames, anders zit ik in Australië.'

'Prima, dan ga ik iets leuks zoeken. Kom laten we wat drinken.' Ik nam een glas wijn, negeerde de afkeurende blik van Merel en voelde me opeens heel vrolijk. 'Als iedereen mij mailt welke weekenden jullie kunnen, dan regel ik een huis. Is dat goed?' vroeg ik. Het leek me verstandig om meteen spijkers met koppen te slaan voordat het hele idee weer langzaam weg zou ebben.

Iedereen begon plotseling enthousiast door elkaar te praten, waardoor niemand in de gaten had dat er een heftig verbrande geur uit de keuken kwam. Tegen de tijd dat Jasmijn iets rook, was het al te laat en besloten we de avond voort te zetten bij de pizzeria om de hoek.

Met veel gegiechel en lawaai kwamen we daar binnen zetten en bestelden onmiddellijk luid schreeuwend een aantal flessen chianti, dit tot grote ergernis van de andere gasten die zich duidelijk ergerden aan de herrie die wij voortbrachten.

Het gesprek aan tafel ging nergens over maar we vonden alles vreselijk grappig. Ik was helemaal op dreef en vertelde gierend van de lach over mijn val van de rollator en de daaropvolgende hilarische gebeurtenissen in het ziekenhuis, inclusief de verwarring rond de vibrator. Dit was het startsein voor Bo om tot in de details uit te weiden over haar pas aangeschafte roomkleurige-driestanden-Wehkamp-discreet-ingepakte-aankoop, die ze een ereplekje op haar piano had gegeven, wat Merel deed opmerken dat ze Bo een enorme viespeuk vond. Vol verontwaardiging antwoordde Bo dat ze gewoon jaloers was op haar Vibi. Dat ze het geval een naam had gegeven was voldoende voor een lachsalvo dat drie huizen verderop hoorbaar moet zijn geweest.

Tegen elf uur was ik helemaal kapot en besloot ik naar huis te gaan. Mijn hoofd bonkte en waarschijnlijk had Merel gelijk: het was beter geweest geen wijn te drinken, ook al waren het maar drie glaasjes.

'Meiden, ik ga ervandoor. Ik ben bekaf en volgens dokter Merel moet ik het rustig aan doen. Ik laat jullie zo snel mogelijk weten waar ons feestweekend gaat plaatsvinden.'

Ik gaf iedereen een dikke kus en liep zo waardig mogelijk het restaurant uit maar elke beweging van mijn billen deed me bijna kermen van de pijn.

De volgende ochtend werd ik pas om elf uur wakker. Een bezigheid die mij op het lijf geschreven was. De bonkende hoofdpijn was gelukkig verdwenen, alleen het opstaan ging wat moeilijk. Uitgebreid bekeek ik mijn billen in de spiegel. Een enorme zwarte plek, die was omrand met een paarsige gloed, grijnsde mij toe. Het was allesbehalve sexy, en voor het eerst was ik blij dat ik maar karig in mijn spannende dates zat.

Met een kopje thee en een beschuitje ging ik uitgebreid de krant lezen, en wat mij betreft mocht ik elke maand wel een keer van een rollator stuiteren, maar dan iets minder hard. Rond een uurtje of twaalf besloot ik Kortewind te bellen. De arme man had zich zo kranig gedragen in het ziekenhuis, dat ik het niet meer dan redelijk vond om hem op de hoogte te houden van mijn ziektebeeld.

'Dag lieve Anne,' zei hij opgewekt.

Hij noemde me altijd lieve Anne en elke keer ontroerde het me weer.

'Dag meneer Kortewind. Ik wil u even laten weten hoe het met me gaat.'

'En?'

'Stukken beter. Maandag ben ik er weer.'

'Weet je het zeker? Je moet een hersenschudding niet onderschatten.'

'Het is maar een hele lichte, ik heb meer last van mijn gekneusde stuitje.'

Hij lachte wat verlegen. 'Daar kan ik me wat bij voorstellen.'

'Is de rollator veilig opgeborgen?'

'Ja, Bart heeft ernaar gekeken en er zit een technisch foutje in het motortje waardoor hij er zomaar in de parkeerstand vandoor kan gaan. Hoe het allemaal zit weet ik niet maar Bart kan je er alles over vertellen. Hij heeft ook de leverancier opgespoord en voor donderdag een afspraak gemaakt. Als je het leuk vindt kan hij met je meegaan. Hij weet er tenslotte alles van.'

'Geweldig. Helemaal goed. Ik kan wel wat technische ondersteuning gebruiken. Dan ga ik maandag nog een keer naar het bejaardenhuis om uit te zoeken hoeveel ongelukken er nou precies gebeurd zijn.'

'Dat is prima, Anne. Maar dat is dan ook het enige wat je mag doen. Daarna moet je uitrusten en dan mag je wat mij betreft donderdag er weer helemaal tegenaan.'

'Maar meneer Kortewind, ik kan gewoon maandag weer aan het werk.'

'Nee, mijn lieve Anne. Dat wil ik niet. Je lag er zo akelig bij daar in het ziekenhuis. Ik wil dat je veel rust neemt.'

'Nou ja, ik kan moeilijk mijn baas tegenspreken.'

'Honden hebben bazen, Anne.'

'Hoe moet ik u dan noemen?' vroeg ik en realiseerde me plotseling dat ik niet eens wist wat zijn voornaam was. Hoe zou hij eigenlijk heten? Roderick, Arend-Jan of gewoon Kees? Kees Kortewind. K.K. voor intimi.

'Gewoon, Kortewind,' zei hij, en hing op.

Ik grijnsde, ook al wist ik zijn voornaam nog steeds niet. Ik voelde me plotseling hartstikke gelukkig. Wat had ik het toch goed voor elkaar. Ik mocht dan af en toe behoorlijk onhandig uit de hoek komen, ondertussen had ik wel een leuke baan, lieve vriendinnen en binnenkort een plaatsje aan het ovaal. Stel je voor, dan was ik echt iemand. Tweeëndertig en partner! Weinig vrouwen in de advocatuur konden mij dat nazeggen.

De rest van de middag bracht ik achter de computer door op zoek naar een toplocatie waar we ons weekend konden houden. Rond vier uur had ik van iedereen een mailtje binnen. Het was niet te geloven: de achttiende januari kon iedereen!

Ik zette een grote kan koffie en als een bezetene zocht ik op het internet naar leuke aanbiedingen. Van alles en nog wat rolde over mijn scherm. Huisjes in de duinen, huisjes op de hei, villa's met jacuzzi's en fitnessruimtes, openhaardpartijen, en rozentuinen waar we niks aan zouden hebben in januari. En dan had ik het nog niet eens over de enorme hoeveelheden B&B's die ons allemaal appeltaart wilden voorschotelen en zelfgemaakte jam bij het ontbijt in de aanbieding hadden. Het was inmiddels al zeven uur en ik had nog niets gevonden wat voldeed. Uiteindelijk belandde ik op een site waar tot mijn grote verbazing mensen op geheel kosteloze basis huizen met elkaar ruilden. Binnen vijf minuten had ik het huis van mijn dromen gevonden in een fantastisch skigebied in Zwitserland. Het Zwitserse chalet werd bewoond door een ouder echtpaar dat graag wilde ruilen met iemand die een appartement in het centrum van Amsterdam bewoonde. Bingo! Had ik niet vanochtend iets gelezen over een goedkope aanbieding naar Zürich? Een ticket voor een appel en een ei met airmiles. Wie van ons deed er nou niet bij die super boodschappen? Als een bezetene bladerde ik de krant door. Hebbes. Voor honderd euro naar Zürich met vijftienhonderd airmiles. Om acht uur had ik het huis en de tickets geregeld en iedereen gemaild dat ze morgenavond bij mij moesten verzamelen.

Ik was zo enthousiast dat ik mijn verhaal kwijt moest, en nog geen tien minuten later zat ik kortgerokt en hooggehakt bij Mo aan de bar.

Het was er vreselijk druk en Mo werkte beheerst alle schreeuwerige vragen om wijn en bier af. Vanachter de tap gaf hij me een vette knipoog. Hij pakte mijn hand en gaf er een kus op. 'Gaat het goed met je?'

'Ja, mijn hoofd doet geen pijn meer maar zitten is nog steeds geen feest.'

'Een mooie vrouw als jij zou ook moeten liggen,' hoorde ik opeens iemand naast mij zeggen.

Ik keek op en zag tot mijn stomme verbazing de grote vent uit de tram naast mij staan. Het dure pak was verwisseld voor een spijkerbroek met leren jack. Zijn blonde haren zaten een beetje door de war maar zijn ogen twinkelden nog net zo vrolijk.

'Hé, wat grappig. Jij hier.'

'Ja, ik heb je advies opgevolgd en ik kan niet anders zeggen dan dat ik heerlijk heb geluncht.'

'Vond je vriendin het ook lekker?'

'Nee.'

'Nee?'

'Je zult het niet geloven maar vijf minuten nadat jij uitstapte, belde ze mij. Ze heeft een ander.'

'Wat rot voor je,' zei ik oprecht.

'Ja, ik ben er ook best wel kapot van. We hadden al vijf jaar een relatie.'

'Tjonge, dat is lang.'

'Wil je wat drinken?'

'Doe maar een wit wijntje.'

Hij bestelde de drankjes en ik zag dat Mo hem van top tot teen opnam. Mo zette het wijntje voor me neer en kneep heel even in mijn arm.

'Doe je rustig aan?' vroeg hij bezorgd.

Ik schudde kribbig mijn hoofd. Ik werd een beetje gek van al dat bezorgde gedoe om me heen. Het leek me dat ik groot genoeg was om voor mezelf te zorgen.

'Zullen we aan een tafeltje gaan zitten?' vroeg ik, om onder de dwingende blik van Mo uit te komen.

Hij liep voor me uit en schoof een stoel voor me aan. Toen hij zelf ging zitten vroeg hij: 'Ik wil niet nieuwsgierig zijn, maar wat is er gebeurd dat je niet meer kunt zitten?'

'Ik wil eerst je naam weten voordat ik je allerlei intieme details ga vertellen.'

'Ik ben Rob,' zei hij lachend.

'Ik ben Anne.'

In geuren en kleuren vertelde ik hem het hele verhaal van JVJ en de rollator, en de tranen stroomden over zijn wangen van het lachen. Hij zag er leuk uit en het viel me op dat hij prachtige witte tanden had. Van zichzelf en niet gebleekt met zo'n doe-het-zelfsetje.

'Volgens mij heb je het goed naar je zin op je werk.'

'Ja, ik vind het er geweldig. Leuke collega's, gezellige sfeer...'

'Zit er nog een bijzondere collega tussen?' viel hij mij in de rede.

'Je bedoelt of ik een vriendje heb?'

'Ja,' lachte hij. 'Of is dat een onbeschofte vraag?'

'Nee hoor, dat mag je best vragen. Trouwens, ik heb geen vriendje.'

'En denk je dat je op een dag partner wordt?'

'Grappig dat je dat vraagt.'

'Hoezo?'

'Ik zit samen met een collega in de race. Eén van ons tweeën wordt het.'

'Zo,' zei hij waarderend. 'Dat is niet mis op jouw leeftijd. Dat betekent dat je een toppertje bent, dame.'

Shit, waarom had ik het hem nou verteld. Het was nog geheim en er was nog niks zeker. Ik voelde me een opschepper en keek wat ongemakkelijk om me heen.

'Denk je dat de teleurstelling erg groot zal zijn als je het niet wordt?'

Opgelucht keek ik hem aan. Wat een lieverdje, alsof hij gedachten kon lezen. 'Vast wel,' zei ik, 'maar het is allemaal nog heel erg geheim, hoor.'

'Ik zeg niks. Ik heb zelf ook een geheimhoudingsplicht.'

'O, ja? Wat doe jij dan?'

'Ik werk bij Van Dongen.'

'Ben je accountant?'

'Ja, saai hè?'

'Nou, waarom. Dat kan toch heel leuk zijn?'

'Dat vind ik wel, maar de meeste mensen vinden ons maar saaie cijferneukers terwijl ik je toch kan verzekeren dat ik het veel en graag doe, maar liever niet met getallen.'

Er was opeens een vreemde spanning tussen ons voelbaar. Hij had uitgesproken waar we beiden aan dachten maar wat we met vrolijke prietpraat hadden verbloemd. Nu hij het benoemd had, was er geen ontkomen meer aan.

'Ik denk dat ik maar eens naar huis ga. Het is niet verstandig dat ik het te laat maak met die halve lichte hersenschudding en vrolijk gekleurde billen van mij.'

'Ik breng je even.'

'Ben je gek. Dat is niet nodig. Ik weet de weg.'

'Ja, maar op de een of andere manier lijkt het mij handig als ik die weg ook weet.'

Ik keek hem glimlachend aan. Hij was leuk en samen verlieten we het café. Ik zwaaide nog even naar Mo, die met een bezorgde blik in zijn ogen terugzwaaide.

Het was koud buiten. Er stond een stevige wind, wat een verademing was na het rokerige café. Als een klein jongetje trapte Rob baldadig door de bladeren die al van de bomen begonnen te vallen.

'Pas je op? Voordat je het weet heb je een drol aan de punt van je schoen hangen.'

Hij grijnsde, sloeg een arm om mijn schouders en zei: 'Weet je dat jij een hele aparte humor hebt?'

Ik antwoordde niet en drukte mijn lichaam wat dichter tegen het zijne aan. Het voelde goed; stevig en sterk. Toen we bij mijn huis aankwamen, bleven we nog een tijdje dralen en uiteindelijk vroeg ik hem binnen voor een kopje koffie. Ik kon mezelf wel voor mijn kop slaan. Waarom deed ik dat nou? Ik kon toch ook gewoon welterusten zeggen en dan kwam ik hem wel weer een keertje tegen bij Mo, maar ik had het gevraagd en ik kon nu moeilijk weer mijn aanbod intrekken.

In de gang bleef hij staan en pakte mij bij mijn arm. 'Luister, Anne, het lijkt me geweldig om nog even koffie te drinken en al die andere leuke dingen te doen die daar meestal op volgen, maar ik denk dat het beter voor je is als je naar je bed gaat. Je hebt tenslotte een rotsmak gemaakt. Volgens mij is het verstandiger als je het rustig aan doet.'

Verbaasd keek ik hem aan, ik voelde mijn hart een slag overslaan. Wat ontzettend lief van hem!

'Ik stel voor dat jij nu naar je slaapkamer gaat, je uitkleedt en in bed gaat liggen. Dan stop ik je nog even lekker in en dan ga ik naar huis,' zei hij.

Als verdoofd liep ik naar mijn slaapkamer. Zonder hem tegen te spreken deed ik wat hij me gevraagd had, en het enige wat ik voelde was een maffe blijdschap dat ik eindelijk eens een keertje iemand was tegengekomen die het beste met me voorhad en niet meteen met mij het bed in wilde rollen. Als een klein kind ging ik in mijn bed liggen, het dekbed opgetrokken tot aan mijn kin en ik riep hem dat ik klaar was.

Heel voorzichtig stapte hij mijn slaapkamer in en streek met zijn hand de haren uit mijn gezicht. 'Slaap lekker,' zei hij zachtjes en gaf een heel licht kusje op mijn wang. Hij draaide zich om en liep de kamer uit.

'Rob?'

'Ja?'

'Wil je nog even bij mij blijven zitten? Totdat ik in slaap ben gevallen?'

'Natuurlijk.'

Hij ging op de rand van mijn bed zitten en zijn hand lag geruststellend op de mijne. Ik voelde me helemaal soezelig worden en ik gleed bijna weg in een donker droomloos gat toen ik me opeens realiseerde dat ik helemaal niets van hem wist. Hij kon zo mijn hele appartement leeghalen terwijl ik hier als een baby lag te slapen. Onrustig wierp ik mijzelf op mijn andere zij.

'Lukt het niet?' vroeg hij bezorgd.

'Weet je wat ik opeens dacht?' zei ik lacherig. 'Ik realiseer me opeens dat ik je helemaal niet ken. Dat hier een wildvreemde naast mijn bed zit terwijl ik in slaap probeer te vallen.'

Zijn vrolijke lach bulderde door mijn donkere slaapkamer. Ik deed een lampje aan, keek hem aan en voordat ik het in de gaten had, zoende ik hem.

'Hé,' murmelde hij. 'Ik heb een ijzeren discipline maar zelfs ik kan dit niet weerstaan.'

'Dat hoeft ook niet.' Handig knoopte ik zijn broek los.

Binnen een paar minuten hadden we allebei geen kledingstuk meer aan en gleden zijn handen begerig over mijn naakte lichaam.

'Misschien is het niet zo handig als jij onder mij ligt,' hijgde hij in mijn oor.

'Ik zit altijd overal bovenop,' zei ik ad rem.

Dankzij de pijnstillers en de wijn voelde ik niks, geen beurse billen, geen bonkend hoofd. Ik voelde niks maar dan ook absoluut niks. Mijn eerste daad met Rob en ik kon de volgende dag niet navertellen of het de moeite waard was geweest.

4

Een doordringend en irritant geluid haalde mij uit mijn droomloze slaap. Gedesoriënteerd keek ik om me heen. Ik had even geen idee van tijd en plaats tot het tot mij doordrong dat het mijn voordeurbel was die de enorme herrie produceerde. Het geluid paste helemaal niet bij mijn gezellige appartement. Mijn bel gaf het naargeestige geluid van een doorzonwoningdeurbel in een nieuwbouwwijk. Dingdong, waarbij de ding iets langer aanhield dan de dong. Ik besloot niet open te doen. Mijn hand friemelde onder de dekens op zoek naar de warmte van Rob, maar de plek naast mij was leeg. Verbaasd keek ik op en het enige wat ik zag liggen was een papiertje. *Slaap zacht, lieve Anne. Ik heb van je genoten, ik bel je morgen. XXXXXXXXXXX Rob.* Stond er met een stoer mannelijk handschrift geschreven. In een vlaag van emotionele waanzin drukte ik een kus op het papiertje en met een grijns liet ik mij weer achterover in het kussen zakken. Een seconde later klonk keihard het even doordringende en irritante deuntje van mijn mobiel, dat ongetwijfeld viel te veranderen in een aangenamer toontje maar ik beschikte niet over het geduld om de handleiding door te nemen.

'Met Anne!'

'Met je moeder. Ik sta hier voor de deur. Waarom doe je niet open? We hadden afgesproken om elf uur. Ik sta hier met tante Mia.'

Ik sprong mijn bed uit, liep naar de voordeur en drukte op de intercom om de deur beneden te openen. Ik hoorde ze de trap opkomen en door het kijkgat in mijn deur zag ik ze staan: mijn moeder en tante Mia. Tante Mia was geen tante maar de beste vriendin van mijn moeder maar ik noemde haar tante, wat eigenlijk nergens op sloeg. Ik bekeek ze nog eens goed. Mijn moeder met een hip mobieltje in de hand en tante Mia die ongemakkelijk om haar heen keek.

Het laatste waar ik zin in had was mijn moeder en tante Mia. Ik kwam net mijn bed uit en dat alleen al zou me op afkeurende blikken komen te staan. Het waren geen vrouwen van de korte bezoekjes. Als ze kwamen bleven ze minstens twee uur, en dat was lang als je er niet op voorbereid was. Het was overigens ook lang als je er wel op voorbereid was. 'Ma, het spijt me, ik ben ziek,' sprak ik fluisterend door de telefoon terwijl ik hen ondertussen aandachtig bekeek door het kijkgat. 'Een griepje of zo. Echt, ik ben zo beroerd. Het heerst op kantoor. Heel besmettelijk, iedereen heeft het al zo'n beetje gehad. En nu heb ik de staart van de epidemie onder de leden.' Ik had de leugen nog niet uitgesproken of ik voelde mij al schuldig. Ik was niet goed in liegen, eigenlijk haatte ik het. Wat was ik toch een gigantisch naar kreng! Ik zag mijn moeder ontredderd staan met de overbekende grote doos met zelfgebakken appeltaart in haar hand. Waar moesten de beide dames nu naartoe?

'Ga gezellig met tante Mia ergens een kopje koffie drinken. Ik wil niet dat jullie het ook krijgen. Dat zou toch rot zijn.'

Door het gaatje zag ik mijn moeder druk gebaren maken naar tante Mia, die haar hand verschrikt voor haar mond sloeg.

'Kindje toch. Moeten we niet voor je zorgen?'

'Nee, ma. Ga nou maar lekker met tante Mia de stad in. Ik bel je morgen wel even.'

Ze bleven nog even staan. Hun ochtend was in duigen gevallen en ze wisten niet hoe ze de draad weer moesten oppakken. Ik zag mijn moeder kijken naar de grote doos met appeltaart. Die zou ze de hele dag met zich mee lopen slepen door Amsterdam.

Een beetje misselijk van mijn eigen leugen liep ik terug naar de slaapkamer en nestelde mezelf weer in mijn ganzendonzen dekbed. Ik dommelde een beetje maar mijn schuldgevoel overheerste en uiteindelijk stond ik op.

Met een zonnebril en een pet op voor het geval ik mijn moeder en tante Mia zou tegenkomen, ging ik naar de Albert Heijn om boodschappen te doen en mijn airmilespasje te spekken. De heerlijkste kaasjes, olijven en tapenades gooide ik in mijn karretje, dat ik verder volstouwde met flessen wijn en enkele flessen spa. Toen ik weer thuiskwam stond Petra tot twee keer toe op het antwoordapparaat en ik besloot haar meteen te bellen.

'Hoi Peet, wat is er aan de hand?'

'Lekkere trut ben jij zeg. Had ik hier vanochtend zomaar je moeder en tante Mia voor de deur staan.'

'Dat meen je niet!'

'Ja, ze waren ongerust over jou en wilden even met me babbelen. Nou, voor ik het in de gaten had, was ik twee uur verder. Ben je echt ziek of doe je alsof?'

'Sorry!'

'Anne, dat kun je echt niet maken!'

'Nou, ja. Zo erg is het toch niet!'

'Kun je hiernaartoe komen? Ik wil iets met je bespreken. Ik heb hier nog een halve appeltaart staan.'

'Alsjeblieft, ik wil geen preek. Ik heb het gevoel dat de laatste tijd iedereen aan mijn kop loopt te zeuren en...'

'Nee, joh, het gaat over iets anders. Het gaat over mij.'

Binnen tien minuten was ik bij haar en trok ik gierend van de lach een grijze haar van mijn moeder uit de appeltaart.

'Gezellig, is ze toch nog een beetje bij mij,' zei ik vals. 'Wat wil je met me bespreken?'

Petra keek me even geheimzinnig aan en ik zag een moment van twijfel in haar ogen.

'Zeg het maar,' moedigde ik haar aan.

We kenden elkaar al dertig jaar. Toen ik twee was, kwam ze naast me wonen. Ze was even oud als ik en tot mijn achttiende trokken we elke dag met elkaar op. We zaten samen op de lagere school en daarna ging ik naar het vwo en Petra naar de havo. Elke avond maakten we samen huiswerk, bespraken we onze nieuwste liefdes, deelden we ons leed en dagdroomden we over onze toekomst. Uiteindelijk ging ik naar Amsterdam om rechten te studeren en ging Peet een verpleegstersopleiding doen. Peet was enig kind en haar moeder had zelf dolgraag de verpleging in gewild maar was nooit verder gekomen dan bejaardenverzorgster, waar ze onmiddellijk mee stopte toen ze trouwde. Haar droom moest door Petra vervuld worden. En de rare trut deed het tot mijn stomme verbazing ook nog. Ik begreep er niets van. In die periode zagen we elkaar alleen op de momenten dat ik thuiskwam, en dat kwam ik tijdens mijn studie bijna niet meer. Petra werkte twee jaar in het ziekenhuis in Ede toen ze tot grote droefenis van haar moeder ontslag nam, naar Amsterdam vertrok en daar een baantje als administratief medewerkster bij een makelaarskantoor aannam. Dat baantje had ze tot op de dag van vandaag nog.

Ik was dol op Petra, ook al leidde ze een leven waar ik niks mee had. Petra was op een bepaalde manier heel anders. Ze nam haar werk serieus, haar flatje was de burgertruttigheid zelve en ze had een liefdesleven van niks. Ik had haar maar één keer serieus verliefd en dolgelukkig gezien.

Dat was met Willem-Jan geweest. Het was liefde op het eerste gezicht tussen Petra en de man met zijn stoere pilotenpak en dito pet. Er werd al voorzichtig nagedacht over een huwelijk, maar Willem-Jan bleek meerdere levens te hebben. In één daarvan heette hij gewoon Jan en was hij de echtgenoot van een zwaarlijvige vrouw, vader van drie kinderen en filiaalchef bij het Kruidvat. Bij de KLM stond hij niet op de loonlijst, bleek later.

Petra was nooit verbitterd over het voorval geweest, wel intens verdrietig. Op het depressieve af. Het leek mij dat je met prozac een eind op weg kon komen, maar Petra was te weinig trendgevoelig om zich aan deze middelen te vergrijpen. Ik voelde me schuldig dat ik zo weinig voor haar kon doen, maar aan de andere kant irriteerde het mij dat ze het zich had laten overkomen. Alsof ze het over zichzelf had afgeroepen, wat volstrekt onredelijk van me was.

Ik had het nooit goed begrepen. Zoiets merkte je toch? Je had toch in de gaten of iemand deugde? Ik tenminste wel. Gelukkig was ze het afgelopen jaar uit haar dal gekropen en kwam ze op mij alweer een stuk gelukkiger over.

Ik wiebelde op mijn stoel van ongeduld. Ik was absoluut

nieuwsgierig wat ze me te vertellen had, maar aan de andere kant kon ik niet wachten om haar te overspoelen met het nieuws van mijn eventuele promotie, de rollatorzaak, Rob, het skiweekend en niet te vergeten mijn stuitje.

'Zeg het nou, je maakt me nieuwsgierig,' zei ik ongeduldig.

'Ik wil je een gunst vragen. Ja, sorry, ik ben een beetje zenuwachtig.'

'Mens, doe niet zo raar. We zijn toch vriendinnen?'

'Ja, al dertig jaar. Misschien moeten we dat vieren.'

'Weekendje Center Parcs?'

'Jij vindt me echt burgerlijk, hè?'

'Nee, Petra. Nee, lieverd, dat vind ik niet.'

'Jawel, en dat vind ik zelf ook maar zo ben ik nou eenmaal.' Ze keek me aan en de tranen stonden in haar ogen.

Waarom kon ik nou nooit eens een keer mijn grote bek houden. Altijd die stomme, flauwe grappen. 'Wat wilde je me vragen? Kom, zeg het nou.'

Ze haalde diep adem, keek me even aan en zei toen: 'Ik heb een boek geschreven en dat wil ik onder jouw naam uitgeven.'

Ik keek haar aan met een ongetwijfeld stomme blik in mijn ogen. Ik had alles verwacht, maar dit...? Zonder wat te zeggen, zat ik als verstijfd op de bank en gleed het stukje taart heel langzaam van mijn schoteltje op de grond. Petra sprong onmiddellijk op en met een nat doekje wreef ze als een bezetene de vloerbedekking schoon, terwijl ik ondertussen maar bleef mompelen dat het me speet dat ik zo onhandig was. Toen ze uiteindelijk weer tegenover me zat, kon ik haar nog steeds alleen maar verbaasd aankijken.

'En?' vroeg ze verlegen.

'Wat moet ik hier nou op zeggen?' antwoordde ik.

'Wat dacht je van ja?'

'Lieve schat, waarom zouden we zoiets raars doen? Als jij een boek hebt geschreven, moet je dat toch onder je eigen naam uitgeven en niet onder die van mij?'

'Anne, je snapt het niet. Ik ben een slome, saaie adminis-tratief medewerkster bij een makelaarskantoor. Ik zie er niet uit en ik ben niks.'

'Wat heeft dat er nou mee te maken?' Er klonk lichte er-gernis door in mijn stem.

Ze ging naast me zitten op de bank en pakte mijn hand vast.

'Weet je hoe mijn moeder mij noemde als er niemand an-ders bij was?'

Ik schudde mijn hoofd.

'Muisje. Ze noemde mij muisje!'

'Dat was vast lief bedoeld.'

'Nee, dat was het niet. Ze vond mij een grijze muis en ik moest niet denken dat ik meer was dan dat. Weet je wat ze zei toen ik acht werd? Ze zei dat haar grootste wens een zoon was geweest. Een jongetje dat wat zou worden in de wereld. Chirurg, accountant of piloot. Toen ze mij kreeg was ze al-leen maar verdrietig. Het voelde als een groot onrecht.'

'Petra, dit kan je allemaal niet menen!'

'Bijna dagelijks hoorde ik van mijn moeder hoe briljant jij was en vroeg ze zich af waarom zij werd gestraft met zo'n le-lijk, dom muisje.'

Een enorme woede borrelde in mij op. Wat een kreng! Ik keek Petra aan en het enige wat ik zag was een gekwetst, klein meisje.

'Wat had je willen doen als je had mogen kiezen?'

'De toneelschool.'

Ik keek haar aan en probeerde uit alle macht niet te gaan la-chen. Peet op het podium, zo had ik het nog nooit gezien. Ik slikte een paar keer om de opkomende lach te onderdrukken en zei: 'Dan is dit toch je kans? Zoek een uitgever! Geef het uit en laat de wereld en vooral je moeder zien dat je niet dom bent.'

'Zo werkt het niet, Anne. Ik mag het niet van mezelf. Ik heb geen recht op succes, op mooie dingen, op geluk.' Ze keek me zielig aan.

'Petra, dit zijn dingen…' Ik wist even niet hoe ik verder moest. 'Moet je hier niet eens over gaan praten met iemand die er verstand van heeft? Ik bedoel iemand die ervoor geleerd heeft.'

'Je bedoelt een psycholoog?'

'Ja.'

'Dat doe ik al,' zei ze enthousiast. 'Hij heeft me aangeraden te gaan schrijven. In eerste instantie heb ik een autobiografie geschreven, maar ik vond het helemaal niks. Hij moedigde me aan om door te gaan en daarna heb ik een roman geschreven. Maar de stap die ik nu moet nemen, lukt mij niet. Wil je me alsjeblieft helpen?'

Verward ijsbeerde ik door haar kamer. Mijn keel was pijnlijk dichtgeknepen. Ik kende Petra al dertig jaar, maar al dat jeugdige leed met vergaande gevolgen had ik nooit geweten. Lag dat aan mij? Het maakte me ook geen donder uit aan wie het lag. Ik had nu een probleem en had geen idee hoe ik me hieruit moest redden. Ik keek Petra aan. Ze zag er eenzaam uit, maar wie zou dat niet zijn als je een salontafel van glas had met een afzichtelijke zeemeermin als poot. De deur van haar slaapkamer stond op een kiertje en ik realiseerde mij opeens dat ik niet eens wist hoe haar slaapkamer eruitzag. Er stond waarschijnlijk een zielig eenpersoonsbedje tegen de muur. Wat een ellende. Wat moest ik ermee?

'Petra, is het niet een beter idee om een knalrode pruik te kopen en kortgerokt en hooggehakt alle uitgevers langs te gaan?'

Ze keek me slechts lachend aan en schudde haar hoofd.

'Sorry, Petra, het spijt me echt heel erg maar ik kan het niet doen.'

'Maar waarom dan niet?'

'Omdat het leugenachtig is, niet eerlijk.'

'Vroeger haalden we nog veel gekkere dingen uit,' zei ze hoopvol en keek me smekend aan.

'Precies, toen waren we jong maar nu worden we geacht beter te weten.'

'Kun je het niet gewoon zien als een goede grap?'

'Ik weet niet of ik dit wel zo'n geweldige grap vind. Ik ben druk bezig met mijn carrière. Je kunt toch niet van mij verlangen dat ik dat allemaal op het spel zet voor een grap?'

'We laten snel genoeg aan iedereen de waarheid weten.'

Ze keek me aan met die trieste ogen van haar. Er was nog een sprankje hoop te zien maar eigenlijk wist ze al dat het een verloren zaak was. Als ze dan maar niet weer in zo'n depressie donderde, dan zou ik me toch wel echt héél erg schuldig voelen. Allerlei gedachten vlogen door mijn hoofd. Wat waren de consequenties als ik het wel deed? Vanuit mijn ooghoeken zag ik haar zitten op de bank en moest tot mijn schaamte bekennen dat ik me helemaal niets kon voorstellen bij een boek van Petra. Wie zou dat willen lezen? Niemand toch! En als niemand het wilde lezen, zou geen enkele uitgever het willen uitgeven. Kortom: dit leek me een risicoloos project.

'Oké, ik doe het!'

Ze sprong van de bank, tranen in haar ogen van blijdschap. 'Je bent de liefste, echt de allerliefste.'

'We gaan nog wel even wat voorwaarden stellen, oké?'

'Ik vind alles prima,' zei ze en keek me aan met een scheef lachje op haar gezicht.

'Ik stel voor dat je maximaal drie uitgevers benadert. Als niemand daarvan het boek wil publiceren dan stoppen we ermee.'

'Jij gaat ervan uit dat het niks wordt,' riep ze verontwaardigd uit.

'Nee, Petra, dat is niet waar maar het moet voor mij wel een beetje overzichtelijk blijven. Het is een kleine wereld. Ik wil weten waar dat manuscript overal belandt.'

Ik keek haar zo serieus mogelijk aan. Ik had eigenlijk geen zin in dit hele gedoe maar als ik er toch aan meedeed dan moest het zo snel mogelijk afgelopen zijn.

'Stel dat het wordt uitgegeven,' zei ik om haar weer wat moed te geven, 'dan moeten we zo snel mogelijk bekendmaken dat jij de echte auteur bent. Ik wil niet achteraf betrokken worden bij een schandaal. Beetje lastig voor een advocate.'

Ze knikte enthousiast.

'Nou, dat was het wel denk ik,' zei ik glimlachend. 'Succes!'

Petra trok een fles wijn open en vrolijk gingen we proosten op Joost mocht weten hoe het boek heette. Sterker nog, ik wist niet eens waar het over ging. Toen ik wegging drukte ze me nog snel een grote envelop in de handen.

'Dit is het manuscript. Dan weet je tenminste een beetje wat je schrijft,' zei ze giechelend.

Toen ik weer buiten stond, haalde ik diep adem. Donkere wolken pakten zich samen en het zou niet lang duren of zo'n vieze herfstbui zou naar beneden komen storten. Gehaast zocht ik naar mijn fietssleuteltje, maar kon het nergens vinden. Niet in mijn jaszak, niet in mijn broekzak en niet in mijn tas. Net op het moment dat ik weer bij Petra wilde aanbellen, zag ik dat het sleuteltje nog gewoon in het slot van mijn fiets zat. Hoofdschuddend fietste ik weg. Ik was altijd mijn fietssleuteltje kwijt, misschien moest ik mijn fiets gewoon niet meer op slot zetten, dat zou me een hoop tijd schelen en er was toch niemand die dit vreemde geval wilde stelen.

Even overwoog ik om naar Mo te gaan. Ik moest mijn verhaal kwijt. Of was het verstandiger om het aan niemand te vertellen? Mo kon ik vertrouwen, die zou zijn mond wel houden. Ik keek op mijn horloge en zag dat het al bijna zes uur was. Over twee uur zouden mijn vriendinnen voor de deur staan en alhoewel ze als geen ander op de hoogte waren van mijn totale gebrek aan huishoudelijk inzicht, leek hun komst een goede gelegenheid om even een stofzuiger door mijn huis te halen. Ik kon altijd nog morgen naar Mo, of vanavond als ze weer weg waren. En misschien was het ook wel beter als ik het aan niemand vertelde. Dat boek werd toch niet gepubliceerd en dan was de hele zaak afgedaan, maar dan had ik in ieder geval mijn vriendinnenplicht vervuld en mijn schuldgevoel ingelost. Thuis aangekomen gooide ik de envelop op de stapel ongelezen kranten en ging als een idioot met de stofzuiger door mijn huis. Ik kieperde een halve fles bleekmiddel door de wc en schaamde mij onmiddellijk over het milieudelict dat ik beging. Ik nam een douche, deed mijn spijkerbroek en een nieuw, laag uitgesneden topje aan en maakte me mooi. Precies om acht uur ging de bel en stond Jasmijn al te gillen voor de deur dat ik moest opendoen.

5

'Het is waanzinnig!' gilde Merel enthousiast.

'Dus jij hebt geregeld dat we voor niks in Zwitserland in een villa in de bergen zitten?' krijste Bo.

'Nou, daar staat natuurlijk wel tegenover dat ik mijn appartement uitleen.'

'Zijn dat dan wel betrouwbare mensen?' vroeg Jasmijn, die altijd overal beren op de weg zag.

'Ik heb ze gebeld en het zijn wat oudere mensen, ergens in de vijftig. Ze vinden het heerlijk om stedentripjes te maken.'

'Als je in Zwitserland in een chalet in een luxe skiresort woont dan ga je hier toch gewoon in het Amstel zitten?' zei Madelief op een verbaasd toontje.

'Waarom?' zei Bo. 'Misschien willen ze wel elke maand ergens anders naartoe, dan is dit toch de perfecte oplossing.'

'Jongens, ik ga niet zomaar mijn huis uitlenen aan de eerste de beste. Het zijn lieve mensen. Al deze vragen heb ik ook aan ze gesteld. Ze zijn al met pensioen en doen dit al jaren. Ze vinden het juist leuk om de echte sfeer van een stad te proeven. Niet in een hotel als toerist, maar om echt in de stad te wonen. Dat vinden ze geweldig en het bevalt ze reuzegoed. Het enige wat ik van jullie verwacht is dat iemand mij helpt om mijn appartement schoon te maken. Ik kan ze hier natuurlijk niet in een teringzooi laten zitten.'

'Wat moet er dan allemaal gebeuren?' vroeg Merel angstig.

'Keukenkastjes, slaapkamer, badkamer. Weet ik veel. Het moet gewoon even schoon.'

'Dat doen we met z'n allen, dan zijn we zo klaar,' zei Bo.

'Ik heb de tickets al besteld. Voor honderd euro vliegen we naar Zürich, maar dan moeten er wel airmiles bij.'

Verbaasd keken ze me allemaal aan.

'Jullie hebben toch wel airmiles of niet dan?'

Gierend van de lach zei Bo: 'Mens, dit wordt het mooiste lowbudget skiweekend van mijn leven.'

Iedereen begon door elkaar te kakelen en me op de schouders te kloppen. Ik straalde. Het was duidelijk dat ik het goed had geregeld.

'Gaat Kim nog mee?' vroeg ik. Ik had haar naam niet zien staan op het lijstje.

'Ja,' zei Merel. 'Ze wil heel graag mee maar gaat uiteraard niet skiën en ze gaat ook alleen maar mee onder het voorbehoud dat er verder niet meer over gesproken wordt.'

'Waarover?' vroeg Madelief.

'Over het vreemdgaan, natuurlijk.'

'Lijkt me dat we daar wel aan kunnen voldoen. Toch?' vroeg ik, en ik keek ondertussen mijn vriendinnen een voor een aan.

'Welja,' zei Bo. 'Als we er eenmaal zijn gooien we wat drank in haar en dan horen we het toch wel.'

'Je gooit geen drank in een zwangere vrouw,' zei Jasmijn afkeurend.

'Oeps, vergeten!' zei Bo laconiek en sloeg met een overdreven gebaar haar hand voor haar mond. 'Maar wat is er nou zo taboe aan dat vreemdgaan? Dat kan ze toch wel met ons bespreken? We zijn toch haar vriendinnen?'

'Ja, dat snap ik ook niet. Alsof het zo bijzonder is als je vreemdgaat,' viel Madelief haar bij.

'Nou ja, zeg,' zei Jasmijn en keek Madelief verbaasd aan.

Er viel even een stilte en ik zag Madelief vertwijfeld op haar lip bijten.

'Het lijkt me sowieso handig om af te spreken dat als iemand het ergens niet over wil hebben, dat we dat dan ook niet doen,' zei ik op nuchtere toon.

'Jij wilt altijd alles onder het vloerkleed vegen, Anne. Weet je dat wel van jezelf?' zei Bo een beetje vals.

'Ben ik niet met je eens,' zei Merel snel. 'Ik vind dit juist een hele goede opmerking van Anne.'

'Ik vind het echt heel erg irritant, Merel, hoe jij altijd Anne een hand boven het hoofd houdt,' voegde Jasmijn er nog even op venijnige toon aan toe.

Verbaasd keek ik haar aan. 'Wat is dat nou voor stomme opmerking, Jasmijn.'

'Hè, shit. Hier baal ik nou echt héél erg van!' riep Madelief woedend uit.

Geschrokken keken we haar allemaal aan. Jasmijn trok wat wit weg en putte zich uit in verontschuldigingen. 'Sorry, het was een onterechte opmerking. Ik snap eigenlijk ook niet waarom ik het zei.'

'Mens, waar heb je het over?' zei Madelief chagrijnig. 'Ik heb mijn nagel gebroken. Heb je enig idee hoe lang het duurt om die weer op gelijke lengte te krijgen?' Woest keek Madelief ons aan alsof wij hoogstpersoonlijk aan haar nagel hadden lopen rukken.

Ik staarde naar de afgekloven stompjes aan mijn eigen vingers en realiseerde me dat ik geen idee had hoe lang het duurde voor zoiets weer aangroeide. Er waren veel dingen waar ik niet zo handig in was, maar in het onderhouden van mijn nagels en liefdesrelaties brak ik echt alle records.

'Hé meiden, ik heb wat te vieren. Het is nog strikt geheim maar ik word misschien partner,' riep ik in een poging om de gezelligheid weer terug te krijgen.

'Gefeliciteerd,' schreeuwden ze allemaal door elkaar.

'Ja, gefeliciteerd Anne, maar wat houdt het eigenlijk in?' riep Bo erbovenuit.

'Dan word ik héél belangrijk en mag ik meebeslissen over van alles en nog wat en meedelen in de winst,' zei ik met een brede grijns op mijn gezicht.

'Of in het verlies,' zei Merel en trok een lange neus.

'In dat geval kan ik altijd nog paaldanseres worden.' Ik draaide mijn installatie op tien, waardoor de muziek de boxen uit knalde, en deed allerlei wulpse dingen met de stofzuigerslang, die ik was vergeten op te ruimen. Binnen één minuut lag ik volledig in de knoop op de grond en het had niet veel gescheeld of ik had mezelf gewurgd met mijn eigen stofzuigerslang terwijl mijn vriendinnen keihard lachend toekeken.

'Dat paaldansen wordt niks, je zult iets anders moeten verzinnen,' riep Bo.

'Misschien kan ik mijn geld verdienen met een Ramses-imitatie?' Ik doopte onmiddellijk de stofzuigerslang om tot microfoon, en zo hard als ik kon, bulderde ik: 'Ik moet rechtdoor gaan...'

'Nee!' bulderden mijn vriendinnen lachend. 'We zullen doorgaan tot we samen zijn!'

'Jullie zoeken het maar lekker uit. Ik moet rechtdoor en vooral niet andersom!' zei ik grijnzend waarna we een nieuwe fles wijn opentrokken.

'Word eens wakker.'

Heel voorzichtig probeerde ik mijn ogen te openen, maar telkens gleden ze weer dicht.

'Toe schatje, word eens wakker!'

'Niet doen, ik wil slapen,' sprak ik als een kleuter die een koekje wilde.

Ik voelde een grote hand langs mijn wang glijden, en plotseling schoot ik verschrikt overeind. Hoe kon er iemand in mijn slaapkamer zijn?

'Rustig maar, ik ben het. Rob.'

'Rob, idioot! Ik schrik me helemaal een hartverzakking. Hoe kom jij zomaar binnen?' Ik werd me opeens bewust van mijn verlopen kop en stinkende adem en trok onmiddellijk de dekens omhoog.

'De voordeur stond open. Heb je een feestje gehad?'

'Ja,' zei ik schuldig. 'Mijn vriendinnen waren hier, het is een beetje laat geworden.'

Hier baalde ik van. Ik had me er zo op verheugd om hem weer te zien, maar dit had ik niet in gedachten.

'Rob, ik vind het heel fijn om je te zien, maar misschien is het handiger als we iets voor vanmiddag afspreken.'

'Het is al middag.'

'Shit! Nee toch. Hoe laat is het?'

'Het is één uur.'

'Dat meen je niet!'

'Kom op, het is toch geen probleem. Als jij nou eens lekker gaat douchen.' Hij keek me stralend aan. Hij zag er fris en vol energie uit, alsof hij om zeven uur was opgestaan en eerst een uurtje in het bos had gerend.

Ik haatte het dat hij me zo aantrof. Ik was de personificatie van chaos, maar meestal wist ik die karaktereigenschap toch zo'n twee weken voor mijn nieuwe vriendjes verborgen te houden. Ik keek hem glimlachend aan. Misschien was het wel beter als hij mij meteen leerde kennen. Kon het ook niet meer zo tegenvallen.

Toen ik uit de douche kwam en me had aangekleed, zag ik tot mijn grote verrassing dat Rob mijn hele kamer had opgeruimd. Hij had een raam opengezet en een frisse herfstgeur kwam naar binnen. De geur van sterke koffie kwam uit de keuken en op een bordje lag een beschuitje met kaas.

'Zo, voel je je al wat beter?'

'Stukken beter,' zei ik en drukte een kus op zijn voorhoofd.

Begerig sloeg hij zijn armen om mijn middel en trok me bij hem op schoot. Hij kuste me meteen vol op mijn mond, wat hij niet slecht deed, maar op de een of andere manier had ik meer zin in koffie en een beschuitje.

'Ho, even,' zei ik lachend. 'Ik heb honger.'

'Ja, natuurlijk heb je honger. Je hebt honger naar mij.'

'Ja, en naar dat beschuitje.'

'Dat beschuitje kan wel even wachten.'

Voordat ik het in de gaten had, tilde hij me op en droeg me naar de slaapkamer waar hij me binnen een paar seconden alle kleren uittrok die ik vijf minuten geleden met veel zorg had uitgezocht en aangetrokken. Mijn maag rommelde en mijn hoofd bonkte en plotseling werd ik bloedchagrijnig vanwege zijn opdringerige gedrag.

'Hé, kap hier nou eens even mee. Ik heb hier geen zin in. Je haalt me uit mijn nest en vervolgens donder je me er zonder pardon weer in. Ondertussen wordt mij niks gevraagd. Zo werkt het niet.'

Met grote ogen keek hij me aan. 'Sorry, het spijt me. Het is misschien beter als ik ga.' Hij draaide zich om en liep zonder nog iets te zeggen de deur uit.

'Nee hè,' riep ik vanuit de grond van mijn hart en beet zenuwachtig op mijn nagel. Dit had ik weer mooi verprutst!

6

De volgende ochtend zat ik weer in de tram richting Huize Boterbloem. Ik had de hele zondagmiddag met mijn mobieltje in
de hand door mijn huis gedrenteld. Wel Rob bellen, niet Rob
bellen, wel Rob bellen, niet Rob bellen. Ik plukte de blaadjes
van de prachtige rozen die ik zaterdag had gekocht. Wel, niet,
wel, niet... met als resultaat twaalf zielige stengels zonder
blaadjes in een vaas. Uiteindelijk besloot ik drie megablokken
chocola op te eten, als ik daarna misselijk was zou ik hem bellen, maar ik voelde me prima. Sterker nog, ik lustte er nog wel
een.

Ik keek om me heen in de tram en mijn hart bonkte wild.
Als hij nou binnenkwam en naast me kwam zitten, hoefde ik
alleen maar heel zachtjes te zeggen dat het me speet. Van alles en nog wat stapte de tram binnen, maar geen Rob. Teleurgesteld stapte ik uit.

Tot mijn grote opluchting zat het hoogblonde geval deze
keer niet achter de balie, en ik liep rechtstreeks naar de kamer
van mevrouw Van der Klip. Ze zat weer voor het raam naar
buiten te staren.

'Je zou toch veel eerder komen?' zei ze verwijtend.

'Dat klopt.' Ik aaide haar gerimpelde hand. 'Ik heb een ongelukje gehad met uw rollator.

Ze keek me plotseling fel aan, alsof al haar strijdlust nog
één keer zijn werking moest doen. 'Gevaarlijk ding! Ze moesten het verbieden!'

'Daar ga ik wat aan doen, mevrouw Van der Klip. Ik ga er
een zaak van maken.'

'Een taak?'

Ik zuchtte even. Ik vond haar lief maar ook vermoeiend.
'Een rechtszaak, maar niet verder vertellen hoor. Anders wordt
die directeur in zijn mooie pak boos.'

'Die is altijd boos.' Ze boog zich naar me toe en fluisterde: 'Hij heeft de mevrouw van de receptie in de billen geknepen.' Ze grijnsde breeduit, wat geen gezicht was omdat ze haar gebitje nog niet in had.

Ik begon heel hard te lachen en het gerimpelde vrouwtje giechelde met me mee.

'Toen heeft ze hem in zijn gezicht geslagen, echt waar.' Haar oogjes twinkelden van pret.

'Je hoort een vrouw ook niet in de billen te knijpen, toch?' zei ik op een preuts toontje.

Ze haalde alleen maar haar schouders op. Ze staarde weer naar buiten, naar een punt in de verte, en ik moest snel mijn vragen stellen voordat ze weer zou wegdommelen.

'Kunt u mij nog iets meer vertellen over die rollators, mevrouw Van der Klip?'

Ze schudde haar hoofd. 'Ik ben moe, meisje. Ga maar naar mijn buurman, Van der Stek, die weet veel meer. Zeg maar dat ik je gestuurd heb.'

Ze had het nog niet gezegd of haar hoofd zakte naar beneden en ze viel weer in een bejaardenhazenslaapje.

Van der Stek haalde me binnen alsof hij in jaren geen bezoek had gehad. Hij haalde een pakje Spa & Fruit uit de kast en met een rietje dronk ik het bitterzoete drankje op.

'Die heb ik altijd voor mijn kleinkinderen.'

'Lekker, hoor,' zei ik, een kotsneiging onderdrukkend.

Een uur lang bleef hij vervolgens doorpraten over de defecte rollators. Van der Stek bleek een man van details, met een geheugen waar ik jaloers op was. Hij kon zich elk ongeluk herinneren, en ik ging mij steeds meer verbazen over het volstrekt onverantwoordelijke gedrag van de directie van Huize Boterbloem. Zeker dertig bejaarden waren ongelukkig ten val gekomen, waarvan tien met botbreuken in het ziekenhuis waren beland. Van der Stek vertelde met drukke handgebaren en veel stemverheffing, en ik vroeg me af of hij de boel niet een beetje zat aan te dikken om wat langer van mijn gezelschap te genieten. Ik knikte geïnteresseerd en probeerde om het gesprek wat meer richting de technische details te brengen. Ook hier wist Van der Stek van de hoed en de rand. De leverancier van de motortjes had van alles en nog wat geprobeerd om het euvel te verhelpen, maar zonder resultaat.

Het bleek dat het motortje niet alleen vanuit ruststand op hol kon slaan, er waren ook gevallen geweest waarbij de rustig voortpruttelende rollator in één keer in galop ging. In plaats van los te laten, hielden de bejaarden zich krampachtig aan hun op hol geslagen hulpmiddel vast, waardoor ze als een idioot door de gangen van Huize Boterbloem werden gesleept. Eenmaal had een rollator een ware ravage in de eetzaal aangericht waarbij twee tafels omver gingen. De slavinken en puree waren door de lucht gevlogen en in de was-en-watergolven beland. Vervolgens was er paniek uitgebroken en voor één bejaarde werd de opwinding te groot: hij moest met hartklachten worden afgevoerd naar het ziekenhuis. Hoe de directie de oude mensen zover kreeg om over al deze voorvallen te zwijgen, werd mij niet duidelijk maar het kon niet anders of er moest sprake van terreur zijn. Ik kon in ieder geval niet aan de indruk ontkomen dat de bejaarden als proefkonijn werden gebruikt, met als resultaat gebroken ledematen, en dat betekende voor mij een knaller van een letselschadezaak.

Dolgelukkig met al mijn informatie kwam ik op kantoor aan en ging meteen door naar Kortewind.

'Gaat alles goed met je, Anne?'

'Ja hoor, ik kan er weer helemaal tegenaan.'

'En je stuitje?'

'Alle kleuren van de regenboog maar het doet niet meer pijn. Meneer Kortewind, ik ben vanochtend weer in het bejaardenhuis geweest en u zult niet geloven wat daar allemaal is gebeurd.'

Helemaal opgewonden vertelde ik hem in geuren en kleuren het hele verhaal. Het enige wat hij deed was mij glimlachend aankijken en goedkeurend knikken.

Toen ik klaar was met mijn verhaal zei hij: 'Ik neem je vanavond mee uit eten, want we moeten samen praten.'

'Er is toch niks aan de hand, hoop ik?'

'Ben je mal. Nee, het is informeel.'

Ik knikte en sprak met hem af dat we om zeven uur zouden vertrekken. Ik baalde er goed van want ik had naar Mo willen gaan, ik had hem zoveel te vertellen. Tussen de middag kon ik ook al niet vanwege een lunchvergadering, en morgenavond moest ik fitnessen met Jasmijn. Misschien kon ik dat afzeggen? En ik moest vandaag Rob bellen! Het minste wat ik kon doen was mijn excuses aanbieden.

Kortewind nam me mee naar een chic restaurant aan de Prinsengracht. Tegen de tijd dat we ons tafeltje bereikten, had hij al vijf mensen gesproken. De ouwe was waanzinnig populair. Ik zag hoe de vijftigers goedkeurende blikken wierpen op mijn lange benen en slanke taille. Met nog meer respect werd Kortewind vervolgens bejegend. Boven een bepaalde leeftijd was niet alleen je baan belangrijk, maar ook wie je aan je zijde had. Ik had het niet zo op de streeppakken. Dat wil zeggen: de streeppakken waren het probleem niet, maar wat eronder schuilging kon mij niet boeien. Het was mij een iets te behoeftige doelgroep. Verstikt in saaie huwelijken, te hoge hypotheken en verveelde zondagochtendseks – als dat er al van kwam.

Het bekende restaurant was gevestigd in een heel oud grachtenpand en ik verbaasde me over de hoge plafonds en de gigantische kroonluchters, die een zacht schijnsel over de keurig gedekte tafeltjes wierpen. Er was een zacht geroezemoes hoorbaar. Geen kletterende borden, geen hard lachende dames. Het restaurant herbergde een rustig gezelschap van culinaire bewonderaars. Ik was meer van het type eetcafé. Galant schoof Kortewind mijn stoel aan, ging tegenover me zitten en zonder verder iets aan mij te vragen bestelde hij voor mij. Ik vond het wel lekker dat ik niet hoefde na te denken. De gerechten waren van een wonderlijk kaliber: houtduiflevertjes op een bedje van zeewier, in truffelolie dubbel gebakken rogwangetjes geflankeerd door een huwelijk van biet en peen, een mousse van abrikozen in verrukking samengaand met een in champagne gedrenkte muntsorbet. Het beloofde een spannende avond te worden. Ik vroeg me opeens af hoe Mo zich door een dergelijke menukaart zou worstelen en er speelde een glimlach rond mijn mond.

'Waar moet je om lachen?'

Ik kreeg een rood hoofd. 'Sorry, ik moest even denken aan een grappig incident.'

'Zeg Anne, is er eigenlijk een speciaal iemand in je leven?'

'U bedoelt een vriend?'

'Ja, zoiets.'

'Nee, het is er nog niet van gekomen.'

'Vind je dat jammer?'

'Dat weet ik eigenlijk niet. Ik houd veel tijd over voor mijn werk en dat is ook wat waard.' Lekker diplomatiek antwoord! Eén punt voor mezelf, dacht ik enthousiast.

'Een gelukkig gezinsleven en een stabiel thuisfront is in ons hectische beroep natuurlijk ook erg belangrijk.'

Shit, ik had niet het juiste antwoord gegeven. Waar wilde die ouwe naartoe?

'Ik heb je eventuele partnerschap besproken met de andere partners en ze waren allemaal erg positief...'

Van blijdschap wilde ik hem bij de arm pakken maar in de heftige beweging gooide ik mijn wijnglas om en een grote, rode vlek spreidde zich langzaam uit op het hagelwitte tafelkleed.

'O, nee. Dat heb ik weer!' riep ik getergd uit. Beschaamd keek ik om me heen op zoek naar een ober met een nat lapje. Voordat ik het in de gaten had, kwamen er al twee op ons afgerend en met duidelijk afkeurende blikken op hun arrogante smoelen dekten ze opnieuw voor ons de tafel.

'Sorry,' zei ik slechts en dat herhaalde ik nog vijftien keer.

'Geeft niets, mijn lieve kind. Dat is nou eenmaal het lot van een tafelkleed,' stelde Kortewind mij gerust.

'Excuseert u mij, ik ga even naar het toilet.' Ik stond op, schoof mijn stoel naar achteren, maar op de een of andere manier bleef de punt van het tafellaken aan mijn tas haken waardoor de enorme kaarsenstandaard met drie kaarsen omviel en terwijl ik geschrokken de boel wilde redden, stootte ik helaas de grote, kristallen karaf met water om, waardoor gelukkig de kaarsen onmiddellijk doofden en de schroeiplekken in het tafellaken beperkt bleven, maar de karaf heel dramatisch en tergend langzaam van de tafel gleed en in duizenden kleine stukjes uiteenviel.

Met open mond van ontzetting keek ik naar de verwoesting. Alle streeppakken keken mij aan, en Kortewind kon een vloek niet onderdrukken. De twee obers van daarvoor kwamen weer aangerend, maar deze keer hadden ze versterking meegenomen en vier paar woest flikkerende ogen keken mij aan. Heel stilletjes verdween ik naar het toilet.

Met tranen in de ogen belde ik Mo. Ik liet mijn mobieltje wel dertig keer overgaan maar er werd niet opgenomen. 'Mo, neem nou op,' mompelde ik in mezelf maar mijn smeekbede werd niet verhoord. Ik haalde diep adem en sprak mezelf moed toe in de spiegel. Een wat dikke dame kwam binnen en wierp mij een afkeurende blik toe, waarna ze zichzelf opsloot op de wc. Ik trilde nog steeds van ellende, en met een vochtig lichtroze gastendoekje depte ik mijn gezicht. Het zag er gevlekt uit en met een nieuwe laag poeder probeerde ik de vlekken weg te werken. De dikke dame trok door, liet de wc-deur halfopen staan en wierp een blik op de spiegel, waarna ze met opgeheven en arrogant hoofd het damestoilet verliet. Ik zag nog net dat ze een joekel van een ladder in haar panty had.

Mijn knieën knikten nog steeds toen ik het restaurant weer binnenging. Ik durfde Kortewind niet onder ogen te komen, maar ik kon moeilijk stiekem het restaurant verlaten en hem in zijn eentje aan het tafeltje laten zitten. Gelukkig was iedereen weer bezig met zijn eigen bord met eten, waarop de meest onmogelijke creaties van de kok lagen uitgestald, behalve dan aan het tafeltje van de dikke dame. Het gezelschap van vier bekeek mij van top tot teen en ik zag de dikke vrouw meesmuilend iets zeggen waar de andere drie om moesten lachen.

Resoluut draaide ik me om en liep naar het tafeltje. 'Er zit een enorme ladder in je panty en voortaan even je handen wassen,' fluisterde ik in haar oor. Haar gezicht kleurde rood van schaamte en waarschijnlijk ook van woede maar voordat ze wat kon zeggen was ik alweer verdwenen.

Met een bonkend hart vanwege deze dappere actie liep ik naar Kortewind die eenzaam aan ons tafeltje zat met een nieuw, spierwit tafellaken dat mij tegemoet schitterde.

'Mijn lieve kind, gaat het?'

'Ja, hoor,' zei ik met een mager glimlachje. 'Ik geloof dat ik gewoon wat onhandig ben.'

'Laten we het maar zo snel mogelijk vergeten en er een fijne avond van maken. Waar was ik gebleven? Ja, ik weet het al weer. De partners.'

'Ja,' zei ik enthousiast. 'Daar waren we gebleven. Is dit etentje daarom?'

'Ja...'

'Dat is fantastisch, meneer Kortewind,' viel ik hem, zonder dat ik het doorhad, in de rede. 'Dus u gaat mij vertellen dat ik partner word?' Met een gelukzalige blik in de ogen keek ik hem aan.

'Laat me nou even uitpraten, Anne,' zei hij lichtelijk geïrriteerd. 'We hebben het er met de partners over gehad. Er is enige verdeeldheid. Een aantal van ons vindt Berthold een goede kandidaat en anderen vinden jou weer geschikter. Dat betreur ik, en daarom heb ik je meegenomen voor dit informele etentje om een en ander te bespreken.'

Wat een rotstreek! Hij ging me dus nu gewoon tijdens een etentje vertellen dat ik het niet geworden was. Houtduif en rogwangen moesten mijn leed verzachten. Een kroket uit de muur was gepaster geweest, had ik tenminste kunnen gaan janken in een portiek. Maar ik zou het waardig dragen. Ik had die streeppakken al de avond van hun leven bezorgd door de boel hier op te schudden, nu moest ik het waardig tot een goed einde zien te brengen.

'Wat wilt u nu eigenlijk zeggen?' zei ik op tamelijk pissige toon.

'Het is voor ons een belangrijke keuze wie er partner wordt. We zijn al jaren een hecht team en dat willen we graag zo houden. Aan de andere kant realiseren we ons dat er ook nieuw bloed moet komen.'

Wat zijn jullie toch hufters, dacht ik bij mezelf, jullie willen er helemaal geen partner bij. Jullie ouwe rukkers vinden het wel prima zo, maar je moet met de tijd mee dus moet er een minderheid aanschuiven. Een vrouw of homofiel. Helaas hadden we geen zwarte advocaat en er was ook niemand gehandicapt.

'Ik ben niet zo blij met dit nieuws, meneer Kortewind,' zei ik, en ik toverde mijn liefste glimlach op mijn gezicht. Het leek me niet het juiste moment om hem tegen mij in het harnas te jagen.

'Mijn lieve kind, ik heb best goed nieuws. We hebben nu besloten dat we jou en Berthold nomineren. Dan hebben we even rustig de tijd om tot een keuze te komen.'

Stomverbaasd keek ik hem aan. 'Nomineren? Dat is toch niet gebruikelijk? Normaal gesproken word je toch voorgedragen en dan weet je toch op voorhand waar je aan toe bent? De datum van het officiële besluit of je tot partner wordt gekozen staat toch altijd vast!'

'Dat klopt. Dat is de gebruikelijke gang van zaken bij de meeste kantoren. Maar wij zijn niet zoals de meeste kantoren. We hebben maar vijf partners. Dat is heel weinig. Behalve bij de kleine kantoren komt dat niet meer voor. Maar voor een kantoor van onze omvang is het uniek en om die reden is de procedure ook anders. Wij willen er gewoon goed over nadenken. We hebben twee kandidaten, en wanneer wij de tijd rijp vinden laten we jullie weten wat we hebben besloten.'

Ja, lekker! Dat betekende dat ik mijzelf de komende maanden in de kijker moest spelen, hielen moest likken, me geen misstap kon veroorloven en een afschuwelijke strijd met Berthold moest aangaan. Daar had ik helemaal geen zin in!

'Nou, als de procedure zo is, dan zal ik mijn best gaan doen,' zei ik, en ik had verder weinig tekst meer. Gelukkig kwamen de houtduiflevertjes eraan en kon ik mij richten op de ingewanden van het arme dode dier, die gezellig op een waterbedje van gezond groen heen en weer wiebelden.

Om halfelf verlieten we het restaurant. Ik had me voorgenomen om nog even naar Mo te gaan, maar Kortewind zette me keurig voor mijn deur af waarop ik besloot om maar naar mijn bed te gaan. Even overwoog ik nog om naar binnen te gaan en met hetzelfde tempo weer te vertrekken, maar op de een of andere manier vreesde ik Kortewind ergens tegen te komen.

Voordat ik mijn bed in rolde, besloot ik Rob te bellen. Hij nam niet op en ik liet een berichtje achter op zijn voicemail.

'Lieve Rob, het spijt me heel erg. Kom je nog een keer langs?' sprak ik fluisterend in.

7

Met veel te hoge snelheid en met de radio knalhard aan reed ik de volgende dag met Bram, de vrolijke en technisch begaafde stagiair, naar Rotterdam. Op weg naar Róllormo, de leverancier van de motortjes. In plaats van onze strategie te bespreken brulden we vals mee met de radio en ik zag Bram zichtbaar genieten.

Vlak voor Rotterdam zette ik de radio uit en zei: 'Zo, dan is het nu tijd om te bespreken wat we gaan zeggen.'

'Prima,' zei Bram. 'Hoe gaan we het aanpakken?'

'Jij houdt je mond en ik doe het woord.' Ik wierp hem een vette grijns toe en zette de radio weer keihard aan.

Ik zag hem lachen en voordat ik het in de gaten had, draaide hij de volumeknop naar beneden. 'Jij bent gek, maar wel leuk,' zei hij en zette de radio weer aan om vervolgens ontspannen naar achteren te leunen.

Vanuit mijn ooghoeken sloeg ik hem gade. Het was dat hij zo jong was, anders wist ik het wel. Alhoewel, was het niet heel modern om er een jongere man op na te houden?

Veel tijd om daarover na te denken kreeg ik niet, want het gebouw van Rollormo doemde voor ons op. Het bedrijf zat in een hip kantoorpand met veel glas. We werden ontvangen door de secretaresse die tevens de functie van receptioniste vervulde. Ze verzocht ons plaats te nemen, waarna ze zelf weer achter haar bureautje ging zitten. Elke keer verbaasde het me weer hoe bedrijven mensen konden aannemen die totaal niet pasten in het concept dat ze wilden uitstralen. De dame die hier verantwoordelijk was voor de secretariële gang van zaken had de uitstraling van een stervensbegeleidster met een streng religieuze achtergrond. Haar haren waren pijnlijk samengeknoopt in een knotje en haar geruite rok kwam tot over de knie. Dat laatste was wel mode, maar dan wel graag met hippe laarzen.

Ze droeg lichtbruine panty's, waar de haren op haar benen een beetje doorheen staken. En om het geheel compleet te maken, droeg ze een gebreid vestje. Ze was één grote dissonant in het glas- en chroomgebeuren. Misschien moest ik bemiddelen in een uitwisselingsprogramma tussen Huize Boterbloem en Rollormo. De blonde sloerie zou hier veel beter passen.

De telefoon ging, maar ik kon net niet verstaan wat ze allemaal zei, dus ik liep naar een standaard met brochures die vlak naast haar bureau stond.

'Nee, het spijt me. Die is momenteel niet aanwezig, maar Van Tegelen kunt u wel spreken. Nee dat klopt, maar hij is wel de adjunct en weet er dus evenveel vanaf. Ik vermoed dat de heer Van Nevelstijn morgen weer op kantoor is.'

Van Nevelstijn, vroeg ik me verbaasd af. Het zou toch niet waar zijn? Ik liep onmiddellijk terug naar Bram.

'Hé, Bram. Wij hebben toch een afspraak met Van Tegelen?' fluisterde ik in zijn oor.

'Ja.'

'En dat is volgens jou de directeur van Rollormo?'

'Ja,' zei Bram, en trok zijn wenkbrauwen vragend omhoog.

'We krijgen vuurwerk, Bram. Bereid je maar vast voor.'

Op dat moment werden we binnengeroepen. Een grote man in een fout glimmend pak onthaalde ons vriendelijk. Hij stelde zichzelf voor als Pim van Tegelen.

'Zeg maar Pim,' zei hij joviaal. 'Ga lekker zitten en maak het jezelf gemakkelijk. Zal ik de secretaresse koffie laten brengen?'

'Graag,' zei ik. Ik wilde dat mens nog wel even wat nader bestuderen.

'Dus u bent geïnteresseerd in de levering van onze motortjes. Van welk bedrijf was u ook alweer?' zei Pim en richtte het woord tot Bram.

Bram keek mij aan en ik trok mijn wenkbrauwen vragend op. Bram had de afspraak geregeld, maar in onze korte voorbespreking had ik niet meer gevraagd onder welke vlag hij bij Rollormo binnen was komen rollen.

'Wij zijn van JV...' zei ik heel snel. 'Wat heeft u een prachtig kantoor. Wie heeft het ingericht?'

Pim begon zichtbaar te stralen en stak meteen van wal over binnenhuisarchitecten, onwillige aannemers en hoe het allemaal toch nog goed was gekomen. Ik deed ook nog even een duit in het zakje en mompelde wat over modern design en hoe dat de werksfeer ten goede kwam, waarna de secretaresse de koffie bracht en dit helaas zonder brokken deed.

'Pim, laat ik nou toch gedacht hebben dat wij een afspraak hadden met de directeur?' zei ik plotseling.

'Dat heeft u ook,' zei hij bedremmeld.

'Nee, jij bent de adjunct. De directeur is de heer Van Nevelstijn.'

Ik zag Bram van verbazing omhoogschieten in zijn stoel en ik hoopte maar dat Van Tegelen het niet in de gaten had, maar die was te druk bezig zich in zijn koffie te verslikken.

Met een rood hoofd van benauwdheid keek hij mij met grote ogen aan.

'Hoe bedoelt u?' stotterde hij.

'Gewoon zoals ik het zeg.'

'Van Nevelstijn doet de lopende zaken niet.'

'Maar hij is de directeur/grootaandeelhouder,' sprak ik met heel veel overtuiging, terwijl het toch een grote gok was.

'Van welk bedrijf bent u eigenlijk?' vroeg de arme man, die een hopeloze poging deed om de regie weer in handen te krijgen.

'Wij zijn van JVJ en wij doen onderzoek naar de ongevallen die zich de afgelopen tijd hebben voorgedaan met rollators voorzien van motortjes van Rollormo.'

Van Tegelen werd spierwit en vervolgens weer vuurrood. 'U bent onder valse voorwendselen binnengekomen,' kon hij slechts haperend uitbrengen.

64

'Nee, dat zijn we niet maar ik weet wel voldoende. Doe de groeten aan Van Nevelstijn.'

Ik pakte Bram bij de arm en zonder nog iets te zeggen, verlieten we het pand.

'Dé Van Nevelstijn?' vroeg Bram met zijn mond open van verbazing. 'Je bedoelt de minister van Volksgezondheid? Denk je dat er een verband is?'

'Dat gaan we uitzoeken, Bram. En dat niet alleen, we gaan nog veel meer uitzoeken want ik vermoed dat deze motortjes ook aan andere bejaardenhuizen worden geleverd, en ik wil wel eens weten hoe dat gefinancierd wordt.'

'Het zal toch niet waar zijn dat de directeur van Rollormo familie is van Van Nevelstijn?' zei Bram nog steeds verbaasd.

'Als dat zo is dan hebben we in ieder geval een fantastische zaak,' zei ik lachend.

En eentje die mij een stukje dichter bij het ovaal brengt, dacht ik bij mezelf.

Met een nog hogere snelheid reed ik weer naar kantoor en ik kreeg onmiddellijk fiat van Kortewind om een aantal mensen op deze zaak te zetten. Binnen twaalf uur wilde ik alle gegevens op tafel; bejaardenhuizen, ziekenhuizen, alles moest gebeld worden. Ik wilde een complete inventarisatie van waar de geleverde motortjes van Rollormo gebleven waren. Tegen acht uur bestelde ik een lading pizza's en riep ik iedereen bij elkaar om de eerste resultaten door te nemen. Al snel bleek dat de motortjes op grote schaal geleverd waren aan diverse bejaardenhuizen door het hele land, waarbij de kosten gefinancierd werden door de AWBZ. Op kosten van de overheid liep Rollormo binnen. Inmiddels was het prototype aangepast en waren de kinderziektes uit het motortje verdwenen, maar dat alles was wel ten koste gegaan van de bejaarden die bij bosjes in het ziekenhuis waren beland. De directeuren van de bejaardenhuizen waren er in hun portemonnee ook beter van geworden door mee te doen met de eerste Rollormoproeven, en hadden er alles aan gedaan de ware toedracht van oma's gebroken pols met de mantel der liefde te bedekken. Tot dusver waren de resultaten van ons speurwerk fantastisch, en als een stel hongerige wolven vielen we aan op de dampende pizza's. Net op dat moment kwam Sven, een door de wol geverfde jurist, binnen met een glunderend gezicht en een aantal flessen wijn in zijn hand.

'Ik heb goed nieuws! Van Nevelstijn was moeilijk te traceren maar hij is inderdaad directeur/eigenaar van Rollormo en, klein detail, de zoon van onze minister van Volksgezondheid. Me dunkt dat de kurk wel van de fles mag,' zei hij lachend.

Helemaal stil keek ik hem aan. Niet te geloven, dit werd een wereldzaak inclusief pers. Het zoontje van de minister had handig gebruikgemaakt van de connecties van zijn vader en toen alles uit de hand liep, had iedereen meegewerkt om de ongelukken te verhullen. Ik begon keihard te lachen en dat werd het startsein voor luid gejuich en klinkende glazen. Tegen twaalf uur ging ik doodop naar huis. Ik moest de volgende dag om halfnegen verslag doen aan alle partners en vervolgens zouden we de te volgen procedure doornemen. Mijn hart ging nog steeds als een razende tekeer van opwinding. Ik had een wereldzaak! Ik probeerde tot me door te laten dringen wat dit betekende, en ik realiseerde me dat ik in één klap naam kon maken. Daarmee zou de weg naar het ovaal openstaan. Ik, Anne de Bree, tweeëndertig, eerste vrouwelijke partner bij JVJ, zou bakken met geld gaan verdienen. Met grote stappen nam ik de trap naar beneden. Ik telde de treden. Als ik op even uitkwam werd ik partner. Oneven!

Thuis aangekomen was ik zo opgewonden van het hele gebeuren dat ik eerst nog een wijntje nam, mijzelf op de bank nestelde en naar buiten keek. Het was een heldere nacht en de maan was bijna vol. Achter een aantal ramen brandde nog licht en ik vroeg me af wat de bewoners aan het doen waren. Ik zag het lampje van mijn antwoordapparaat woest flikkeren en geschrokken realiseerde ik me dat ik de hele dag mijn mobieltje uit had gehad. Snel luisterde ik alle berichten af. Drie keer mijn moeder, een boze Jasmijn, die het zo langzamerhand strontzat was dat ik haar elke keer liet zitten en ze de nare gang naar de fitness in haar eentje moest maken, terwijl het toch echt mijn idee was geweest iets aan figuurcorrectie te doen. Kim, die mij liet weten dat Zwitserland geweldig was maar dat de financiën het niet toelieten. De olijven liepen de laatste tijd niet meer zo goed en er zou straks een vierde kindermond gevuld moeten worden. En als laatste stond Rob op het antwoordapparaat. Dat hij me aandoenlijk en lief vond.

Ik belde hem onmiddellijk terug. Pas toen de telefoon overging realiseerde ik me dat het al één uur 's nachts was.

'Ja?' hoorde ik een slaperige stem zeggen.

'Hoi, Rob, ik wilde nog even je stem horen. Sliep je al?'

Het was even helemaal stil aan de andere kant. Het was net of ik vaag op de achtergrond een stem hoorde maar dat was waarschijnlijk verbeelding. Plotseling schaamde ik me diep dat ik hem zo laat belde.

'Sorry, het is al laat. Ik bel je morgen wel. Doei.'

Jeetje, wat was ik een enorme doos, zeg. Wat een puber! Wat moest hij wel niet van me denken? Ik besloot opnieuw te bellen.

'Dit is de mobiele telefoon van Rob. Ik ben momenteel niet aanwezig. Spreek een boodschap in en dan bel ik zo spoedig mogelijk terug.'

Ik hing op. Morgenochtend was hij de eerste. Daarna Jasmijn. Ik had wat goed te maken, en misschien kon zij Kim overtuigen dat ze toch mee moest. Veel zou het niet gaan kosten, tenslotte. Als we nou eens met z'n allen haar kosten voor onze rekening namen? Dat leek me een goed plan. Tegen halftwee viel ik uitgeput in slaap. Op de bank.

Stipt om acht uur was ik op kantoor, zonder ontbijt en met een stijve nek door de harde leuning van de bank. Maar ik was op tijd! De eerste medewerkers waren er ook al, en er heerste een opgewondenheid die ik in tijden niet had meegemaakt. Binnen twintig minuten werkte ik drie koppen koffie naar binnen en met een weeïg gevoel in mijn maag en trillende handen ging ik richting de vierde. Alle partners waren al aanwezig in het kantoor van Jansen.

'Welkom, Anne, kom binnen,' zei Kortewind uitnodigend, toen hij mij dralend in de deuropening zag staan.

'Zo, Anne, fijn dat je er bent,' zei Voorstevoordehoeven.

De heren begonnen door elkaar heen te praten en bedeesd schoof ik aan. Ik had nog even gehoopt dat de vergadering plaats zou vinden in het torentje, maar waarschijnlijk was het onderwerp niet belangrijk genoeg voor het ovaal. Ik zat nog maar amper of Janssen en Voorstevoordehoeven vertrokken, waarbij Janssen me niet al te vriendelijk aankeek.

'Anne,' begon Jansen op formele toon.

Precies op dat moment ging mijn mobieltje af. Verstoord keek Jansen mij aan en snel zette ik hem uit. Ik kon nog net zien dat het Rob was.

'Anne,' herhaalde Jansen, 'je bent met een interessante zaak bezig maar er zitten een aantal haken en ogen aan.'

Verbaasd keek ik hem aan. 'Hoezo? Wat voor haken en ogen?'

'Nou, eh, hoe zal ik dat zeggen. Van Nevelstijn, de minister, is een goede vriend van Janssen en Voorstevoordehoeven. De beide heren konden helaas niet blijven, hun aanwezigheid was elders dringend noodzakelijk, anders hadden ze hier wel zelf gezeten om het je uit te leggen maar het kan de verhoudingen op kantoor ernstig schaden als we deze zaak voortzetten tegen de zoon van Van Nevelstijn.'

Nog veel verbaasder keek ik Kortewind aan. Ik had even totaal geen tekst.

'Misschien is het verstandiger als je deze zaak probeert te schikken zonder dat er al te veel ruchtbaarheid aan wordt gegeven. Tenslotte is het allang leuk als die mensen iets van een vergoeding krijgen. En laten we wel zijn: de motortjes zijn toch een prachtige accessoire op die rollators.'

'Sorry, hoor,' riep ik verontwaardigd, 'maar dat slaat natuurlijk helemaal nergens op! De slachtoffers hebben behoorlijk wat letsel opgelopen. De directeuren van de bejaardenhuizen zijn er beter van geworden. De AWBZ is misbruikt om de zakken van Rollormo te vullen en nu gaat u mij vertellen dat ik het erbij moet laten zitten?'

'Nee, Anne, we kunnen best iets van een vergoeding regelen.'

'Waar dacht u aan? Een mooie bos bloemen?' zei ik spottend.

'Ho, ho, Anne, je praat hier wel tegen de partners,' bromde Jansma.

'Ik kan mij voorstellen dat dit teleurstellend is voor Anne,' zei Kortewind. 'Ze is zelf met deze zaak gekomen en ze wil het natuurlijk dolgraag afmaken.'

Nog stomverbaasder dan ik daarvoor had gekeken, staarde ik Kortewind aan. Het moest niet veel gekker worden: hij had mij het dossier gegeven! Wat voor spelletjes werden hier gespeeld?

Jansen draaide ongemakkelijk op zijn stoel heen en weer. Het was duidelijk dat de heren met de zaak in hun maag zaten. De veel te grote hoeveelheid koffie die ik even daarvoor naar binnen had gewerkt begon zijn werk te doen, en al zwetend zat ik met hartkloppingen mij af te vragen wat ik hiermee aan moest.

'Anne, de drie partners die hier zitten, willen jou dolgraag binnen JVJ als partner hebben, maar wij willen wel een eenheid. Als je deze zaak doorzet zullen Janssen en Voorstevoordehoeven je dat niet in dank afnemen. Ik weet niet of ik jouw nominatie kan blijven steunen als dat tot gevolg heeft dat er twee-spalt en ellende tussen de partners komt. Ik weet zeker dat Jans-sen en Voorstevoordehoeven het als een bewijs van respect zul-len opvatten als je deze zaak op een redelijke wijze afhandelt.'

Chantage! Dit was pure chantage! Met een wanhopige blik keek ik Kortewind aan maar hij staarde langs mij heen naar buiten.

'Ik stel voor dat je er rustig een dagje over nadenkt en ons morgen laat weten wat je zelf wijsheid vindt,' zei Jansen en schoof meteen zijn stoel naar achteren, ten teken dat de ver-gadering beëindigd was.

Pislink en zonder verder nog iets te zeggen, liep ik het kan-toor van Jansen uit.

8

De rest van de dag zat ik als een dweil achter mijn bureau. Ik werd gemangeld, dat was duidelijk. Dit kon ik toch niet over me heen laten gaan?

Op een gegeven moment liep ik resoluut naar de deur. Ik zou ze gewoon de waarheid vertellen, met mijn vuist op tafel slaan en mijn ontslag nemen, maar ik liep weer terug naar mijn bureau toen ik me realiseerde dat de kans groot was dat ik on-eervol zou worden ontslagen nog voordat ik mijn stoere af-scheidswoorden had uitgesproken. Een dergelijke afgang wil-de ik mezelf besparen.

Eerst rustig nadenken, Anne, en dan pas handelen, sprak ik mezelf toe. Ik zocht wat afleiding in mijn mailbox. Jasmijn was gelukkig niet meer boos, ze zou Kim proberen te over-tuigen dat ze wel mee moest gaan naar Zwitserland, en Rob liet me weten dat hij tegen borreltijd bij Mo zou zijn.

Tegen vijven hield ik het voor gezien. Zonder nog iets tegen Kortewind te zeggen, liep ik het kantoor uit. Bij de uitgang kwam ik Berthold tegen, die juist naar binnen ging.

'Heb je een interessante vergadering gehad met de heren van-ochtend?' vroeg hij op zelfverzekerde toon maar de nieuws-gierigheid was in zijn ogen te lezen.

'Ja,' zei ik slechts.

'Waar ging het over?'

'Het ging over een zaak, niks belangrijks.'

'Hebben we geheimen voor elkaar, Anne?'

'Nee, Berthold, dat hebben we niet maar ik heb even mijn dag niet en ik sta op het punt om te vertrekken.'

'Wen daar maar aan, er zullen nog veel nare dagen komen en over niet al te lange tijd zul je hier voorgoed vertrekken.'

Ik slikte een paar keer, Berthold mocht absoluut niet mer-ken dat zijn opmerking mij raakte. 'Waarom doe je dit, Ber-thold?' vroeg ik zo zakelijk mogelijk.

'Om je te laten zien dat je niet geschikt bent voor het part-nerschap. Misschien is het verstandiger als je dat zelf inziet. Je wordt alleen maar gebruikt om mij op scherp te krijgen, zo-dat ik er extra hard voor ga. De keuze gaat uiteindelijk op mij vallen, Anne. Leg je daar nou maar bij neer.'

Zonder nog wat te zeggen liep ik door. Rotzak. Volgens mij lagen de zaken heel anders. Woest liep ik naar buiten en met driftige passen liep ik de straat over en kwam hijgend van ver-ontwaardiging bij Mo binnenzetten.

'Wat is er met jou?' vroeg hij verbaasd.

'Weet je, het is allemaal gewoon ellende, Mo. Het is ge-woon... ellende.' De tranen stonden in mijn ogen en mijn on-derlip trilde. Een reactie waarvoor ik me diep schaamde. Hal-lo, ik was stoer!

Hij pakte me bij de arm en nam me mee naar het gezellige keukentje. In het midden stond een klein tafeltje. Twee jonge studenten waren druk bezig om de afwas van de lunch weg te werken en alvast kleine snacks voor te bereiden voor het borreluur. De radio stond zachtjes aan en de gemoedelijke bedrijvigheid zorgde ervoor dat ik weer wat tot rust kwam. Mo schonk een kop soep voor me in en ging zwijgend naast me zitten terwijl ik met tranen in mijn ogen de warme, kruidige soep naar binnen slurpte. De studenten gingen gewoon door met waar ze mee bezig waren en toen ik de soep ophad, zuchtte ik diep en zei: 'Dat was lekker!'

Mo stond op, gaf me een kus op mijn wang en met zijn duim haalde hij een traan bij mijn ooghoek weg. 'Nog zo'n kop soep voor deze dame, jongens,' riep hij naar de studenten. 'Ik zie je zo,' zei hij en liep het keukentje weer uit.

Ik bleef nog een kwartiertje zitten en luisterde naar het gesprek tussen de twee knullen. Langzaam voelde ik me weer de oude worden en kon ik de wereld weer aan.

Met een glimlach op mijn gezicht liep ik het café weer binnen. Mo stond achter de bar en was in gesprek met een stamgast. Het was een wat oudere man, die in de buurt woonde en elke dag om stipt halfzes naar Mo ging voor zijn jenevertje. Ik vond het altijd aandoenlijk om te zien hoe Mo een moment voor hem vrijmaakte en de dag met hem doornam.

'Het gaat goed,' stelde ik hem gerust toen hij mij bezorgd aankeek. Ik schoof aan naast de oude man en gaf hem een vriendschappelijk klopje op zijn hand en keek Mo lachend aan. 'Heb ik je al verteld, Mo, dat ik met mijn vriendinnen naar Zwitserland ga?'

'Nee, wat leuk. Wanneer?'

'Het weekend van de achttiende januari. Ik heb een geweldig chalet geregeld, dus dat wordt helemaal leuk.'

'Wat gaan jullie daar doen?' vroeg de oude man.

'Nou wat denk je?' zei ik met een knipoog naar Mo. 'Eten, drinken, skiën en natuurlijk niet achter de skileraren aan.'

'Jullie vrouwen zijn maar wild tegenwoordig,' zei de oude man verontwaardigd.

'Dat vind ik nou ook,' zei Mo.

'Vind je mij wild, Mo?' zei ik verbaasd.

'Ja, maar ik vind je ook leuk.' Hij keek me kort aan. 'Ik heb vandaag iets raars meegemaakt met een van die gasten van jouw kantoor,' zei hij.

'Met wie dan?'

'Een van die JanJanssens.'

'Welke? Die met ss of die met s?'

'Weet ik veel. Ik kan die gasten nooit uit elkaar houden maar hij heeft zo'n half brilletje. Een echte gluiperd.'

'Janssen,' zei ik meteen.

'Precies, die ene of die andere. Hij zat hier te lunchen met iemand en ik moest erbij komen zitten en toen begon hij samen met die andere persoon tegen mij aan te lullen in een mij totaal onbekende taal. Dus ik vraag verbaasd waar ze het over hebben en toen zei die Janssen: "Nou moe, je verstaat je eigen moedertaal toch wel," waarop ik zei dat ik hier geboren was maar dat ik nog wel een klein beetje Berbers sprak. Je zult het niet geloven, Anne, maar zijn bek viel open van verbazing. Vrij snel rekende hij af en toen ging hij kwaad weg.'

'Wat spraken ze dan?'

'Weet ik veel. Het klonk mij als Italiaans in de oren. Is die gast een beetje gek of zo?'

Ik wilde nog wat antwoorden maar ik voelde opeens twee armen om mijn nek en Rob fluisterde hees in mijn oor dat hij zo blij was om mij te zien. Enthousiast draaide ik mij om en ik zoende hem vol op zijn mond.

'Ho, ho,' zei hij. 'Dit is een openbare gelegenheid.'

'Ja, nou en?'

'Zullen we naar je huis gaan?'

'Wil je niet nog even hier blijven?'

Hij legde zijn handen rond mijn heupen en fluisterde weer in mijn oor. Vanuit mijn ooghoeken keek ik naar Mo en ik zag hem naar mij kijken. Mijn gezicht kleurde langzaam rood bij de woorden van Rob en ik voelde een aangename tinteling in mijn buik. Een glimlach verscheen op mijn gezicht.

'Laten we maar naar mijn huis gaan,' fluisterde ik. Ik zwaaide nog even naar Mo, die mij met een licht droevige blik in zijn ogen uitzwaaide. Hè, dit was rot. Volgens mij zat Mo in zijn maag met dat akkefietje met Janssen, misschien had hij er met mij nog even over willen praten. Morgen! Dan zou ik bij hem gaan lunchen en dan zou ik het er uitgebreid met hem over hebben.

'Hoe was het op je werk?' vroeg Rob.

'Hartstikke goed,' zei ik zo enthousiast mogelijk. Het laatste waar ik aan wilde denken was JVJ. Ik wilde een arm om zijn middel slaan maar ik merkte dat hij dat een beetje afhield.

'Ik ben trots op je,' zei hij snel om zichzelf een houding te geven.

'Waarom?'

'Omdat je misschien partner wordt.'

Even ging er een steek door me heen. Ik had nog steeds geen idee wat ik morgen op kantoor ging zeggen. Ik had vijftig procent kans om aan te schuiven aan het ovaal. Was dit het juiste moment om te dreigen met ontslag? Voor mij toch tien anderen? In ieder geval één: Berthold. Dus toch de Rollormozaak laten schieten? Ik voelde mijn maag pijnlijk samenknijpen.

'Ik ben nog geen partner, Rob. Er kan nog van alles misgaan.'

'Je moet wel in jezelf geloven, dame,' zei Rob streng. 'Ik geloof toch ook in je.'

'Echt?'

'Ja, ik geloof in jou en ik denk dat jij de beste partner wordt van JVJ.'

Ik keek hem even diep in zijn ogen. 'En als ik het nou niet word?'

'*You win some and you lose some.*'

Ja lekker, dan was ik dus een loser in zijn ogen.

Op het moment dat ik de voordeur achter ons dichtdeed, pakte hij me onmiddellijk vast en fluisterde weer allerlei hitsige woordjes in mijn oor. Op de een of andere manier bezorgde het me kriebels in mijn buik en ik kon al die dwarrelende vlinders niet anders dan als een teken van echte verliefdheid verklaren. Ik had ooit een film gezien waarin een stel nooit de slaapkamer bereikt maar elkaar woest de kleren van het lijf rukt op de trap om daar vervolgens heftig met elkaar de liefde te bedrijven. Dat wilde ik ook.

Nog voordat hij het in de gaten had, trok ik zijn rits naar beneden en had ik zijn broek losgemaakt. Zoekend gleed mijn hand in zijn boxershort. Ik hijgde als een dolle maar dat werd meer ingegeven door de spannende situatie – tenslotte maakten nog meer bewoners gebruik van deze trap – dan door zijn subtiele aanrakingen. Al zoenend kropen we de trap op terwijl onze kledingstukken her en der verspreid lagen over de treden. Net op het moment dat ik niks meer aanhad en ik zijn ongeduldige geslacht al tegen me aan voelde duwen, hoorden we boven een deur opengaan.

'Jij zet ook nooit de vuilniszak buiten, stomme lul, dat laat je altijd aan mij over.'

Als twee bange vogeltjes keken we naar boven en we durfden ons niet te bewegen. We hoorden de voetstappen en de krakende treden boven ons en mijn hart klopte als een idioot. Wat een schande! Zonder kleren aan, al wippend aangetroffen worden door Margot, mijn oudere buurvrouw die getrouwd was met Henk. Ze woonden hier al jaren.

'Ik lijk ook wel gek dat ik het doe,' hoorden we haar tegen zichzelf mopperen. Ze stond nu op de overloop waar mijn appartement op uitkwam en het zou nog een kwestie van seconden zijn voordat ze ons zag.

'Ik doe het ook niet meer, hij bekijkt het maar,' hoorden we haar schelden.

Met een grote zwaai gooide ze zo de vuilniszak over de leuning. De zak bonkte de trappen af, scheurde open en de gehele inhoud kwam op ons terecht. Mijn hele lichaam schokte van de ingehouden lach toen ik Rob totaal verbaasd zag zitten met een koffiefilterzakje op zijn hoofd en resten macaroni op zijn buik. Zijn stoere piemel was gereduceerd tot een klein, zielig stompje. Ik graaide als een idioot al mijn kleren bij elkaar en rende naar boven, een scheldende en tierende Rob achter mij aan. Toen ik mijn voordeur dichtdeed, hoorde ik nog net Margot tegen Henk schreeuwen dat ze was gevallen op de trap en zich vreselijk pijn had gedaan. Of hij even de rotzooi wilde opruimen.

Gierend van de lach zette ik het bad aan en gooide er een overdaad aan badschuim in. Rob kon er nog steeds niet om lachen. Mopperend probeerde hij het koffiedik uit zijn blonde haren te peuteren. Ik sloeg mijn armen om zijn buik en probeerde hem te verleiden om in het bad te stappen, maar de lol was er voor hem af. Daar kwam nog bij dat zijn jongeheer nog niet over de schrik heen was gekomen en hoe ik ook mijn best deed, ik kon er geen beweging meer in krijgen.

'Ik moet ervandoor,' zei Rob, nadat we de viezigheid van ons hadden afgespoeld.

'Dat meen je niet?' zei ik verontwaardigd. 'Waarom blijf je niet?'

'Ik heb nog zoveel te doen.'

'Komt dit nou allemaal door die zak vuilnis?' vroeg ik verbaasd.

'Nee, ik was sowieso niet van plan om al te lang te blijven.'

Hij keek me aan en las de teleurstelling in mijn ogen. 'Hé, kom op. Het spijt me, maar ik moet nog veel werk doen. Ik weet dat het ongezellig is maar ik moet er de komende tijd hard tegenaan. Je bent niet de enige die misschien partner wordt. Eigenlijk had ik helemaal geen tijd maar ik wilde je zo graag zien.'

Hij drukte zijn lippen krachtig op de mijne. Met een vast-beraden beweging trok hij mijn heupen naar zich toe en ik constateerde tot mijn tevredenheid dat alles weer bij hem functioneerde. Hij vond me dus toch wel leuk!

'Kom, ik loop met je mee naar beneden. Kan ik meteen even kijken of de chaos al opgeruimd is,' zei ik.

Met stoffer en blik was Henk bezig om de laatste resten bij elkaar te vegen.

'Wat is hier gebeurd, Henk? Een ongelukje?'

'Ja, Margot is gevallen op de trap terwijl ze de vuilnis buiten wilde zetten. Erg hè?'

'Margot? Ik dacht dat vuilniszakken buitenzetten een mannentaakje was,' zei ik vriendelijk en hoorde Rob zachtjes grinniken.

'Dat klopt, ik doe het ook altijd maar deze keer wilde Margot het graag zelf doen. Tja, en dan zie je wat ervan komt.'

'Hier ligt trouwens ook nog wat,' zei Rob en met een rood hoofd van de ingehouden lach hield hij mijn rode, kanten slipje omhoog.

Verbaasd pakte Henk het aan. Hij draaide het geval eens om, mompelde iets en stopte het snel in zijn broekzak. Proestend van de lach duwde ik Rob de deur uit. Ik rende naar boven en het eerste wat ik deed was Jasmijn bellen om haar het hele verhaal te vertellen. Ze wilde alle details van mijn Rob weten. Met name de hoeveelheid vetrollen, moedervlekken en andere bizarre kenmerken. Ik kon haar weinig vertellen. De eerste keer dat ik Rob zonder kleren had gezien, was ik te beneveld geweest door drank en pijnstillers, de tweede keer had de omgeving mijn aandacht opgeslokt. Ik weidde dus maar langdurig uit over zijn fantastische uitstraling om enigszins aan haar informatiebehoefte te voldoen.

Ik had nog niet opgehangen of de voordeurbel ging en ik rende naar de deur. Dat moest wel Rob zijn. Hij kwam vast om af te maken waar hij aan begonnen was.

'Rob, ben jij het?' gilde ik over de leuning.

'Nee, ik ben het, Petra!'

'Kom verder,' riep ik enigszins teleurgesteld.

Met een grote grijns op haar gezicht kwam Petra binnenlopen. Een grote fles champagne in de ene hand en een bos bloemen in de andere.

'Wat is er gebeurd? Heb ik mijn verjaardag gemist?' vroeg ik lachend.

'Nee. Je hebt morgen een afspraak met je uitgever.'

Ze begon te dansen door de kamer en gaf mij wild een aantal klapzoenen op mijn wang. Vervolgens rende ze naar de keuken om glazen te halen, schudde de fles en liet vervolgens de kurk zo hard knallen dat er een deuk in het plafond zat en er boven woest op de grond werd gestampt.

Totaal geschokt ging ik op de bank zitten en keek haar zwijgend aan.

'Ben je niet blij?'

'Hoe kan dat nou zo snel?' bracht ik er verbaasd uit.

'Gewoon.' Ze gaf me een glas champagne en begon te toosten.

'Ho, wacht eens even. Dat kan nooit zo snel,' zei ik chagrijnig. Ik voelde nattigheid, dit was onmogelijk.

Petra kreeg een rood hoofd en keek ongemakkelijk naar buiten. 'Waar doe je nou zo moeilijk over,' zei ze verontwaardigd. 'Het is toch geweldig?'

Geïrriteerd nam ik een te grote slok champagne. Ik keek haar aan. Waarom deed ik eigenlijk zo moeilijk? Omdat ik hier helemaal geen trek in had, maar dat kon ik haar niet zeggen.

'Volgens mij heb je het manuscript al veel eerder opgestuurd. Klopt dat?'

'Ja, maar...'

'Ja, niks ja maar. Dat vind ik niet eerlijk. Je vraagt heel wat van mij, Petra. Dan mag ik op zijn minst verwachten dat je eerlijk tegen me bent. Ik doe dit omdat je mijn beste vriendin bent maar beschouw jij mij eigenlijk wel als een goede vriendin?' Ik gaf haar geen tijd om antwoord te geven en raasde verder. 'Ik vind het onprettig als vriendinnen mij in de maling nemen en niet eerlijk tegen mij zijn.'

'Lieve Anne, zo is het helemaal niet. Ik heb het manuscript inderdaad eerder opgestuurd en in mijn begeleidende brief heb ik geschreven dat het manuscript van iemand is waar ik ooit als secretaresse voor heb gewerkt. Dat zij mij had gevraagd het te redigeren. Dat ik het al lezend zo fantastisch vond dat ik heb besloten om het voor haar op te sturen aangezien ik het vermoeden had dat ze dat zelf niet zou doen. Uiteraard heb ik jouw naam in die brief nog niet genoemd omdat ik niet wist of je dat wel wilde.'

'Dus jij wist al dat het een goed boek was?'

'Nee, ze hebben mij gebeld dat het ze wel wat leek maar dat ze eerst wilden weten wie de schrijfster was. Pas daarna zouden ze een beslissing nemen of ze het wilden publiceren of niet.'

'En als ik nou nee had gezegd?'

'Dan had ik iemand anders gevraagd of desnoods mijzelf...'

'Dus toch jezelf. Nou, dat had je dan beter meteen kunnen doen.'

Petra zei niets meer, maar keek slechts droevig voor zich uit. Ze speelde wat met haar glas en alles aan haar straalde ongemakkelijkheid uit. Ik haatte haar plotseling. Wat een waardeloze nepvriendin. Wat was het toch een enorme trut met dat slome kapsel en die suffe neerhangende schouders. Ze straalde toch ook geen donder uit.

Plotseling stond Petra op en keek me recht in de ogen. 'Als je niet achter het idee staat, had je me dat beter meteen kunnen vertellen. Het lijkt me niet zo handig om daar nu nog moeilijk over te doen. Ik vermoed dat je ervan uit bent gegaan dat het nooit wat zou worden met dat boek van mij, maar nu dat wel het geval is, verwacht ik dat jij je aan je woord houdt.' Ze zette haar glas neer en wierp me een vernietigende blik toe. 'Morgen om twee uur heb je een afspraak met de uitgever, Boris van der Kaak.' Ze haalde een visitekaartje uit haar tas en gooide dat op de tafel. Zonder nog een woord te zeggen, liep ze de deur uit.

Stampvoetend ijsbeerde ik door mijn kamer. Ik was woest, totdat ik in de gaten had dat ik woest was op mezelf. Oké, het zat even niet mee. De rollatorzaak liep niet bepaald gesmeerd, ik wilde trapportaalseks maar moest het doen met drie dagen oude macaroni en ik had gehoopt dat de uitgever Petra's manuscript al bij het lezen van de eerste regel door de papierversnipperaar had gehaald. Dat was allemaal niet gebeurd, maar het kon toch allemaal veel erger? Ik kon me even niet voorstellen hoe, maar kon uiteindelijk een glimlach niet onderdrukken bij de gedachten dat er ook nog wel hele andere dingen in de vuilniszak hadden kunnen zitten. Zuchtend pakte ik het visitekaartje. Boris van der Kaak, uitgever bij Punt-Komma. Nou, het zou mij benieuwen!

9

Ze zaten er allemaal. Jansen, Voorstevoordehoeven, Janssen, Jansma en Kortewind. De kamer van Jansen was groot en ruim. Langs de wand stonden hoge boekenkasten die gevuld waren met de prachtigste verzamelingen juridische literatuur. Bij het raam stond een vergadertafel waarop een vaas met verse bloemen stond. Het geheel ademde sobere chic uit, maar het was duidelijk dat de inrichting veel geld had gekost. Zo zou ik er ook bij kunnen zitten.

Ik wist absoluut niet wat ik moest zeggen, allerlei gedachten raasden door mijn hoofd. Als ik de Rollormozaak wilde doorzetten, zou ik geen partner worden. Het beeld van een intens blije en grijnzende Berthold trok langs mijn netvlies. Ik gunde hem een dergelijke overwinning niet. En hoe moest ik het Rob gaan vertellen? De liefde van mijn leven, met wie ik misschien wel zou gaan trouwen en zeven kindjes zou krijgen. Zou hij me nog leuk vinden als ik geen partner werd? En mevrouw Van der Klip dan en al die andere oudjes? Die zou ik toch vreselijk in de steek laten? Plotseling zag ik mezelf voor de rest van mijn leven zitten in het te kleine kamertje op letselschade. Mijn bloeiende carrière gestrand omdat ik zonodig principieel een zaak wilde doorzetten. Mijn ouders die nooit vol trots aan hun vrienden konden vertellen dat hun Anne partner was bij JVJ. Ik slikte een paar keer om moed te verzamelen en mijn woordje te gaan doen. Net toen ik wat wilde zeggen, sloeg Jansen met zijn hamertje op de tafel en opende hij de vergadering.

'Welkom, Anne, op deze bijzondere vergadering waarin ik een trieste mededeling moet doen.'

Het was alsof mijn keel werd samengeknepen. Shit, ik was te laat. Ze hadden hun partnerkeuze gemaakt. Ze hadden de keuze laten vallen op Berthold. Het klamme zweet brak me uit. Ik kon mijn haren wel uit mijn kop trekken van spijt dat ik niet gisteren al akkoord was gegaan met een schikking voor de bejaarden. Afhankelijk van het letsel een grote of kleine bos anjers. Klaar! Wanneer ging ik het nou een keer handig aanpakken?

'Gisteravond hebben we een telefoontje gekregen dat Piet de Wind helaas de komende maanden zijn werkzaamheden bij ons niet kan voortzetten. De dokter heeft geconstateerd dat hij een nare ziekte heeft en dat herstel een lange periode in beslag zal nemen, waarbij aangetekend moet worden dat er een grote kans is dat hij niet in dezelfde functie terug zal keren. Anne, wij hebben gisteravond in een spoedvergadering besloten dat jij zijn functie bij Fusies & Overnames overneemt, en wel met ingang van vandaag.'

Ik wilde iets zeggen maar er kwam niets uit. Mijn armen en benen kon ik niet meer bewegen en ik had het gevoel dat ik de complete grip op mijn leven zo langzamerhand begon te verliezen. Had ik zelf nog iets te zeggen over de dingen? Werd mij nog iets gevraagd? Of waren het slechts mededelingen?

Kortewind had het woord genomen en deelde mij mee dat hij mij vreselijk zou missen maar dat dit er aan zat te komen. Goede medewerkers konden nu eenmaal snel carrière maken op de juridische ladder. Janssen feliciteerde mij en liet me weten dat ik geheel op mijn plek zou zijn in de wereld van het grote geld, en Jansma bulderde dat het mooi werk was. En het enige waar ik aan kon denken was dat er iemand vreselijk overspannen van was geraakt, want dat was binnen de advocatuur de betekenis van een nare ziekte. Een advocaat kon alles overkomen maar overspannen, dat nooit!

Er werd mij verder niets meer gevraagd, en met een korte hamerslag beëindigde Jansen de vergadering. Ik wilde de deur uit lopen maar draaide me om. Vijf paar vragende ogen waren op mij gericht. 'Heb ik hier zelf... Ik bedoel, wordt er nog gevraagd of ik...'

Janssen keek me vragend aan, zijn mond stond een beetje open. Dit was zinloos. Ik draaide me om en probeerde zo waardig mogelijk het kantoor van Jansen te verlaten.

Oké, de stoel aan het ovaal was nog leeg maar had ik nou promotie gemaakt of hadden de heren hun eigen probleem soepeltjes opgelost? Ik vreesde het laatste. Als er iemand niet thuishoorde op Fusies & Overnames dan was ik het wel, maar voor het gemak besloot ik deze overplaatsing als een promotie te beschouwen. Ik wilde tenslotte aan het ovaal en daarvoor moest ik rechtdoor. Dit was een stap vooruit.

Vijf minuten later stond ik buiten adem in mijn te kleine kamertje toe te kijken hoe mijn boeltje werd ingepakt. Ik kon nog net verhinderen dat mijn fietssleuteltje verdween in een doos oude zaken, met als bestemming het archief.

De zenuwachtige secretaresse van de sectie Fusies & Overnames stond mij al op te wachten. Haar naam was Marjolein en ze was niet bijster snugger maar wel gedienstig. Ze was nogal modebewust en was in staat om elke maand met een nieuw kapsel op kantoor te verschijnen. Haar kleding was altijd volgens de laatste mode en ze flanste die zelf op de naaimachine in elkaar. Het hele gedoe rond haar kapsel en kleding had ongetwijfeld te maken met het feit dat ze al jaren op zoek was naar de juiste man in haar leven maar het wilde maar niet vlotten. Ze stelde ook behoorlijk hoge eisen. Het moest iets van een directeur worden, en die lagen tenslotte niet voor het oprapen. Ik mocht haar niet zo. Op personeelsfeestjes gedroeg ze zich altijd als een krolse kat.

Ze dribbelde me tegemoet op haar hoge hakken en duwde mij een bos bloemen in mijn hand. De partners hadden daadwerkelijk overal aan gedacht, maar wat ze een beetje uit het oog waren verloren, was dat ik totaal geen verstand van Fusies & Overnames had.

De hele ochtend was ik bezig met inrichten, kennismaken en net doen alsof ik de totale controle over de situatie had. Als Petra mij tegen halftwee niet had gebeld, was ik absoluut de afspraak bij de uitgever vergeten.

Veel te laat kwam ik bij uitgeverij PuntKomma aan, maar desondanks lieten ze me rustig een uur wachten. Het was niet te geloven. Een uur lang in een smoezelig kamertje met veel glas. Het enige wat ik wist, was dat ik een afspraak had met ene Boris van der Kaak, en ik kreeg het Spaans benauwd toen ik me realiseerde dat ik het hele manuscript nog nooit had gelezen. Volgens mij heb ik alle medewerkers van Uitgeverij PuntKomma voorbij zien drentelen, nieuwsgierig naar binnen kijkend. Het was duidelijk niet mijn wereldje. Het vrouwvolk was gekleed in hippe, katoenen gewaden en ik vermoedde dat Boris een halve communist op sandalen was. Een intellectuele letterneuzelaar, en terwijl ik daar zat te wachten in die benauwde kaasstolp verlangde ik plotseling ongelofelijk naar mijn Rob, en ik besloot dat ik hem na deze afgrijselijke bezoeking meteen zou bellen.

Uiteindelijk werd ik opgehaald door een joviale dame, die zich voorstelde als de assistente van Boris. Ze was behangen met kralenkettingen die bij elke beweging tegen haar imposante boezem aan knalden, wat met veel gekletter gepaard ging. Stoïcijns ging ze me voor in het doolhof van de gangen van PuntKomma, mijn nijdige opmerkingen over de lange wachttijd negerend. Tegen de tijd dat we bij het kantoor van Boris aankwamen was mijn ergste woede gekoeld.

Het was niets voor mij om me zo op te winden, maar de afgelopen weken had mijn bloeddruk een paar ongezonde stijgingen te verwerken gehad en het was net alsof ik mijn aanvallen van razernij niet meer zo goed kon onderdrukken.

'Zo, dus jij bent Anne.'

Voor mij stond een grote man, net over de veertig, met een enorme bos donkere krullen. Geen woord van excuus over het lange wachten. Hij keek me slechts onderzoekend aan met zijn grote, bruine ogen. Zijn handen verstopt in de broekzakken van zijn spijkerbroek met aan zijn voeten stoere punters. Ik voelde mij tien jaar oud zoals hij boven mij uittorende. Een schokkende ervaring.

'Ga zitten, ik bijt niet.' Een glimlach speelde rond zijn lippen.

'Ik ben er niet zo van gediend om een uur te moeten wachten,' beet ik hem toe. Op de een of andere manier kon ik maar net de neiging weerstaan om hem een klap te geven.

'Leuk boek heb je geschreven. Je mag Vera de Pagret wel dankbaar zijn dat ze het voor je heeft opgestuurd.'

Ik keek hem stompzinnig aan. Waar had hij het over? Wie

was Vera de Pagret? De naam zei me niets.

'Mijn assistente zal de veranderingen die we in het manuscript hebben aangebracht met je doornemen. Ik neem wel contact met je op.'

Zonder mij verder nog een blik waardig te keuren, liep hij de deur uit.

'Zo,' sprak de assistente fijntjes, 'laten we aan het werk gaan.'

Alsof ik een psychiatrische patiënte was waar je vooral voorzichtig mee om moest gaan omdat anders de moordlustige neigingen heel rap naar boven zouden kunnen komen, legde ze me heel subtiel uit waar en welke veranderingen ze hadden aangebracht.

'Gaat het?' vroeg ze af en toe op rustige toon.

'Zo schokkend is het nou allemaal ook weer niet,' antwoordde ik.

'Nou, de meeste schrijvers hebben nogal moeite met deze fase in het boekproces.'

Ik schudde licht mijn hoofd. Wat een maf wijf, en haar woordgebruik kwam me ook niet helemaal normaal voor. Maar gelukkig was ik geen schrijver en het interesseerde me ook helemaal geen ene mallemoer, al schrapte ze elke bladzijde van het boek.

'De titel is goed,' zei ze enthousiast. 'Die laten we zo. Hoe ben je daar eigenlijk opgekomen?'

Titel? Titel? Ik wist niet eens wat de titel was van het rotboek!

'Gewoon een kwestie van diep nadenken,' zei ik op een toontje alsof ze een hele domme vraag stelde.

Ze knikte me goedkeurend toe en staarde naar buiten. 'Donkere wolken.'

'Ja, het ziet ernaar uit dat het gaat regenen.'

Ze keek me aan, kneep haar ogen een beetje toe, wilde wat zeggen maar nam eerst een slokje koffie.

'Ik heb het over de titel: *Donkere Wolken.*'

Shit! Ik keek haar uitdagend aan en zei: 'Precies! Toen ik de titel bedacht keek ik ook naar buiten en vervolgens ging het regenen. Zo simpel kan het zijn in het leven van een schrijver, mevrouw de assistente van Boris. Maar ik vrees dat ik deze gezellige sessie op moet heffen want ik heb nog meer te doen.'

Ze zuchtte even diep alsof deze middag haar ook een beetje te veel begon te worden. 'Het is inderdaad wel voldoende geweest voor vandaag. Boris neemt wel contact met je op.'

Zo snel mogelijk ging ik terug naar kantoor, ondertussen probeerde ik Petra te pakken te krijgen. Ik wilde van dit gesodemieter af. Dit was geen goed plan. Ik ging ervan uit dat Petra ook wel zou begrijpen dat ik deze wirwar van leugens er niet bij kon gebruiken nu ik op Fusies & Overnames terecht was gekomen. Ik sprak twee keer in op haar voicemail. Ze was niet op haar werk en haar mobieltje nam ze ook niet op.

Toen ik op kantoor aankwam stond Marjolein me al op te wachten. Ze hadden aan het eind van de dag een informele borrel voor mij georganiseerd om me hartelijk welkom te heten. Het was een actie van Marjolein, en eentje die bij mij in ieder geval een punt scoorde.

Voorstevoordehoeven schoof ook nog even aan en liet me weten dat ik hem op ieder moment om hulp kon vragen. 'Anne, ik ben erg blij dat je op mijn sectie terecht bent gekomen. Ik heb je hoog zitten en de partners hebben ook veel bewondering voor je,' zei hij glimlachend. Vreemd genoeg had al die aandacht en waardering een positieve invloed op me die ik niet goed kon verklaren. Op de een of andere manier groeide ik, en ik kreeg steeds meer het vertrouwen dat het allemaal goed zou komen. Als er iemand in staat was om goed werk te doen op Fusies & Overnames dan was ik het wel, ook al had ik de ballen verstand van aandelentransmissies.

Aan het einde van de borrel kwam Kortewind mij ook nog

gelukwensen. 'Mijn lief kind, ik weet zeker dat je loopbaan bij Fusies & Overnames een succes wordt.'

'Dank u, meneer Kortewind, maar ik had het prima naar mijn zin op letselschade.'

'Dat weet ik en ik laat je ook met pijn in mijn hart gaan, maar het zal jou toch ook wel duidelijk zijn waarom de partners dit doen?'

'Niet echt?' zei ik en keek hem argwanend aan.

'Mijn lief kind, waar je nu zit, kom je de grote cliënten tegen. Hier zit het geld, hier gebeurt het. Hier werken de toekomstige partners. Niet op letselschade en ook niet op de sectie belastingrecht.' Hij gaf me een dikke knipoog en liet me verbaasd staan.

Wat zei hij nou? Roodgloeiend van opwinding nam ik nog een wijntje. Berthold zat op belastingrecht, dus eigenlijk zei Kortewind dat... Mijn hart begon steeds sneller te kloppen. De bal lag voor open doel. Het enige wat ik hoefde te doen, was hem erin trappen. Dat moest kunnen, dat moest ik zelfs kunnen! Ik, die in staat was om werkelijk alles te verknallen, kon dit niet verprutsen. Met een beetje ijver, op tijd opstaan en eventueel een nieuwe fiets kon ik niet anders dan de nieuwe partner van JVJ worden.

Ik besloot Rob te bellen. Dit moest gevierd worden met mijn aanstaande. Helaas kon Rob geen tijd vrijmaken om ergens wat met me te gaan eten maar we spraken af dat hij rond negenen naar mijn huis zou komen. Ik besloot van de nood een deugd te maken en ging naar huis met een tas vol spannende jongensboeken over aandelen en dossiers vol kleine lettertjes.

Terwijl ik hijgend en puffend met twee zware tassen de trap op liep, belde Petra. Ze bood me geen enkele gelegenheid om wat te zeggen, maar stak meteen van wal en liet me weten dat ze met Boris had gebeld om te vragen hoe het gesprek was verlopen.

'O, ja,' gilde ze door de telefoon. 'Wat je nog moet weten

is dat ik de naam Vera de Pagret gebruik en ik ben de secretaresse van je vorige werkgever. Het manuscript in gewijzigde vorm gaat naar mijn postbusnummer en ik regel het allemaal. Zo blijf ik op de achtergrond maar kan ik wel alles regelen. Ik heb gezegd dat je enigszins chaotisch bent maar dat had de assistente ook al geconstateerd. Het enige wat je nog hoeft te doen is een paar gesprekken met Boris voeren over de contracten en zo. Nou dat moet voor jou geen enkel probleem zijn. Je eigen vak, tenslotte. Goed geregeld, hè? Ga maar lekker vroeg slapen, want het is morgen weer vroeg dag.'

Ik zat op de traptrede waar ik gisteren nog in mijn blote kont had gezeten, en net als gisteravond zat ik sullig om me heen te kijken. Ik wilde nog tegen Petra zeggen dat ik had besloten dat we zo snel mogelijk een einde moesten maken aan ons geestige spelletje, maar die gelegenheid kreeg ik niet. Ze had al opgehangen.

Om negen uur deed ik met een stijve nek en pijnlijke schouders van het ingespannen lezen de deur voor Rob open. De schat was een en al lof over mijn prestaties en zonder dat ik wat hoefde te zeggen, knoopte hij mijn blouse los en masseerde hij langdurig mijn gespannen schouders. Ik was eigenlijk te moe voor seks, maar toen ik de wellustige blik in zijn ogen zag, wist ik dat ik over vijf minuten plat op mijn rug zou liggen. Ik stelde voor gezellig in bed televisie te kijken en lekker in slaap te vallen, maar hij liet me weten dat hij niet lang kon blijven.

'Waar moet je naartoe?' vroeg ik. Het laatste wat ik wilde was een zeikerig wijf worden, maar ik baalde er wel van dat hij weer weg moest.

'Ik heb morgenochtend om acht uur een ontbijtvergadering in Sittard.'

'Nou, dan gaan we toch lekker vroeg slapen,' zei ik enthousiast. 'Ik ben bekaf. Als ik nu in bed lig, val ik onmiddellijk in slaap.'

'Ik niet, schatje. Als ik jou zie dan kan ik niet van je afblijven. Als ik bij jou blijf slapen dan doe ik geen oog dicht en wil ik de hele tijd aan je zitten. Je bent voor mij te verleidelijk, Anne. Ik kan je echt niet weerstaan.'

Ik vond hem plotseling zo lief dat de tranen me bijna in de ogen sprongen.

'Hou je van me?' vroeg ik weifelend.

Hij keek me lachend aan en streek een pluk haar uit mijn gezicht. 'Zonder kleren nog meer.' Hij tilde me op alsof ik een veertje was en droeg me naar mijn slaapkamer.

Eén ding wist ik zeker: ik wilde Rob. Misschien wilde ik zelfs wel de rest van mijn leven bij hem blijven. Samen in een huis. Ik en Rob. Wild trok ik de kleren van zijn lijf. De seks was zweterig en eigenlijk niet bijzonder, maar de constatering dat ik de man van mijn leven had gevonden, gaf voldoende bevrediging. Onmiddellijk na de daad sprong hij onder de douche en boende zich alsof zijn leven ervan afhing. Het leek mij een overdreven daad van hygiëne en ik sloeg het gade vanaf de wc waar ik probeerde te plassen. Ik wiebelde wat met mijn bekken om zijn orgastische productie kwijt te raken. Niets was zo smerig als dat het opeens kleverig langs je benen droop.

'Moet je echt weg?' vroeg ik toen hij uiteindelijk de douche uitzette.

'Ja.'

'Je ziet er zo lekker uit met die druppeltjes water op je buik.'

Er liep een straaltje water van zijn navel naar zijn donkerblonde schaamhaar en opeens kreeg ik zin. Echt zin. Ik was ook niet moe meer.

'Kunnen we niet nog een keer?'

Hij grinnikte slechts, trok zijn kleren aan en gaf me een kus.

'Het was lekker. Ik bel je.'

'Rob?'

Hij draaide zich om en leunde nonchalant tegen de deur. 'Lieve schat, ik moet echt weg. Ik moet morgen fit zijn. Al is het alleen maar omdat ik morgen mijn cliënten moet uitleggen dat ik een fantastische fusiespecialiste tegen ben gekomen.'

Ik voelde me helemaal warm worden van deze liefdesverklaring. Ik straalde vanaf de pleepot. 'Ga je morgen vertellen dat je verliefd bent?'

'Nee, gekkie. Dat moet geheim blijven. Als ik interessante opdrachten aan jou wil doorspelen mag er geen belangenverstrengeling zijn. Toch?'

'Wat kan dat hard kletteren, hè,' zei ik snel om mezelf een houding te geven.

'Ja, jij kunt plassen als een olifant. Daarom vind ik je ook zo lief.' Hij wierp me een handkus toe en liep weg.

Ik hield mijn vingers gekruist en dacht bij mezelf: als hij zo terugkomt, houdt hij echt van mij, dan gaan we trouwen en krijgen we acht kinderen. Gespannen keek ik naar de deur van de badkamer.

'Autosleutels vergeten! Dan kom ik niet ver,' zei hij, terwijl hij zijn hoofd om de deur van de badkamer stak. Hij wierp me nog een grijns en een kushand toe. Daarna was hij weg.

'Yes,' riep ik hardop nadat ik de voordeur hoorde dichtslaan. Hij houdt van me. Dit moest ik aan iemand vertellen. Ik ging onmiddellijk Merel bellen, maar die had helaas dienst. Jasmijn was fitnessen en ik vroeg me verbaasd af met wie. Bo was onvindbaar, althans geen van haar talloze mobieltjes werd opgenomen. Petra had ik geen trek in. Uiteindelijk had ik Madelief te pakken. Ze was toevallig in Amsterdam en een halfuur later zaten we opgekruld op de bank met een grote zak chips en een fles witte wijn ons liefdesleven door te nemen.

'Ik denk dat we acht kinderen willen. Goed, hè!' zei ik.

'Dus hij is de ware?' vroeg Madelief.

'Ja, de echte.'

'Hoe weet je dat nou?'

'Dat voel je. Ik voel me goed bij hem. Ik weet ook wel dat

ik hem nog maar net ken maar het klopt gewoon. Ik weet ook niet waarom.'

'Anne, elke relatie is goed in het begin. Daarom hoeft hij nog niet de ware te zijn. Je voelt elkaar prima aan, je hebt geen ruzies, je bent verliefd, je hebt fantastische seks maar heus, dat blijft niet. Er moet dus wel iets meer zijn dan dat.'

Ik keek haar verbaasd aan. Wat zat ze nou te zeiken? Ze was toch zelf ook verliefd geweest?

'Luister,' zei ze belerend. 'Na een jaar komen de eerste echte ruzies, dan zijn de vlinders in je buik verdwenen, dan is seks een sleur, althans een weinig spannende aangelegenheid, en verlang je naar een ander. Dus ik zou me maar twee keer bedenken voordat jij je echt gaat binden.'

'Als ik dat zo hoor zou ik bijna denken dat jij niet gelukkig getrouwd bent.'

Ze keek even verlegen een andere kant op en zei zachtjes: 'Kijk nou maar naar Kim en mij. Er komt een moment in je huwelijk waarop je besluit vreemd te gaan.'

Met open mond van verbazing keek ik haar aan. Ik had me verheugd om eindeloos een monoloog te houden over mijn Rob. De man van wie ik zeker wist dat ik de rest van mijn leven met hem wilde delen, al snapte ik zelf niet waarom ik dat zo nodig wilde.

'Wil je zeggen dat jij vreemdgaat?' sprak ik heel langzaam, met de nadruk op het laatste woord.

'Kijk niet zo afkeurend. Welkom in de wereld van de getrouwde vrouw.'

'Madelief. Doe normaal!'

'Peter en ik zijn uit elkaar gegroeid.' Ze bewoog druk met haar handen alsof ze daarmee haar woorden kracht bij wilde zetten. 'Hij heeft het druk met zijn werk, ik heb het druk met de kinderen, en ondertussen heb je elkaar niets meer te melden.'

'Je hebt zelf een hartstikke leuke baan! Je eigen bedrijf. Wat zeik je nou?'

'Mijn eigen bedrijf?' Ze begon hoog en hard te lachen. 'Mijn cultuuradviesbureautje? Mijn enige opdrachtgever tot nu toe is de bank waar Peter werkt. Op elke afdeling heb ik een leuk schilderijtje opgehangen en ik heb tot drie keer toe een succesvol cultureel uitje georganiseerd. Het was heel lief van Peter om mij bij de bank naar binnen te loodsen, maar daar is het ook wel bij gebleven. Heus, het is echt niet makkelijk om nieuwe opdrachtgevers te vinden.'

'Wat doe je dan de hele dag in dat grote huis van je? Voor je kinderen hoef je niet te zorgen, dat doet die au pair wel voor je.'

'Me vervelen, dat is wat ik doe. Ik verveel me helemaal gek en Peter zie ik amper, want die komt laat thuis van zijn werk.'

'Ik heb er geen verstand van, Madelief, maar volgens mij hebben jullie gewoon last van het huwelijksdipje dat na zeven jaar optreedt. Daar moet je gewoon even aan werken en dan komt alles goed.'

'Dat doe ik ook.'

'Mooi,' zei ik en begon demonstratief de glazen op te ruimen. Ik wilde naar bed.

'Ik wip me drie slagen in de rondte met andere mannen,' zei ze laconiek.

Ontzet liet ik me op de bank neervallen. 'Nou zeg, dat is me wat.'

'Ja, inderdaad hè? Trek nog maar een flesje open. Met een glaasje erbij praat het wat openhartiger.'

'Madelief, ik moet morgen vroeg...'

'Kom op,' viel ze me in de rede. 'Nog één wijntje. Slapen kunnen we altijd nog.'

Verslagen liep ik naar de keuken. Ik wist niet of ik dit allemaal wel wilde weten. We moesten nog een lang weekend met z'n allen op de piste doorbrengen en ik zag het helemaal niet zitten als ik de enige was die hier vanaf wist.

'Madelief, weten de anderen hier ook van?'

'Nee, ben je gek. Het moet ook echt geheim blijven. Toen je mij vanavond belde, dacht ik: het is nu of nooit. Iemand moet het weten. Ik moet dit met iemand delen.'

'O,' zei ik slechts en wenste dat ik haar nooit gebeld had.

'Het begon allemaal met Karel,' begon ze enthousiast toen ik weer naast haar ging zitten op de bank.

'Karel?'

'Ja, Karel. Hij is vader van twee zonen en Joris en Bente zaten bij zijn kinderen in de klas.'

Joris en Bente waren de kinderen van Peter uit zijn eerste huwelijk. Na een gruwelijke strijd om de voogdij had hij ze toegewezen gekregen, maar daarvoor had hij zijn eerste vrouw wel totaal door het slijk moeten halen.

'Karel is gescheiden en hij heeft de hele week de kinderen. Hij zit in de verzekeringen en werkt 's avonds. Hij was dus altijd op school en hielp ook altijd mee als er iets gedaan moest worden. Op een gegeven moment kwam hij koffiedrinken en zo is het gebeurd.'

'Wat?'

'Nou gewoon. We zijn uiteindelijk in bed beland. Een jaar lang kwam hij twee, drie keer per week koffiedrinken enzo.'

'Maar Karel is niet meer?'

'Op een gegeven moment wilde ik meer dan koffiedrinken en neuken. Ja, je wilt toch aandacht en toen heb ik een grote fout gemaakt, al zeg ik het zelf.'

'Wat heb je gedaan?' Ik stelde de vraag maar dat was totaal overbodig. Met of zonder vraag van mijn kant, ze was helaas vastbesloten dat ik alles moest weten.

'Ik ben hem gevolgd en toen kwam ik erachter dat ik niet de enige van school was waar hij ging koffiedrinken. Hij had een route door Blaricum, zal ik maar zeggen.'

Ik kon een lach bijna niet onderdrukken.

'Ik was woest, Anne. Ik heb meteen de kinderen op een andere school gedaan en ik heb hem nooit meer gezien. Al die vrouwen waar hij ging koffiedrinken en niemand wist het van elkaar. Schandalig toch?'

'Tja, dat is niet netjes van Karel.'

'Op de nieuwe school van Joris en Bente kwam ik weer iemand tegen en daar heb ik ook ongeveer een jaartje iets mee gehad. Bente zat bij zijn dochtertje in de klas. Toen werd ik zwanger van Emma en toen vond ik het allemaal iets te gecompliceerd worden.'

Emma was het product van het samenzijn van Peter en Madelief, maar daar begon ik nu toch ernstig aan te twijfelen.

'Emma is...'

'Nee hoor, volgens mij wel van Peter.' Ze staarde voor zich uit en zei plotseling: 'En nu ben ik aan het *downdaten*.' Ze keek me gelukzalig aan.

'Downdaten?'

'Ja, dan heb je een relatie met iemand die qua opleiding ver onder je niveau zit.'

Ik vroeg me af wat voor een debiel dat moest zijn, want ik begon ernstig te twijfelen aan de intellectuele capaciteiten van mijn vriendin.

'Anne, ik verveelde me zo. Jullie hebben allemaal je werk en jullie zijn de hele dag bezig, maar ik wist gewoon niet wat ik de hele dag moest doen. Uiteindelijk heb ik me aangesloten bij een groepje vrouwen die leuke dingen doen met asielzoekers. Er is werkelijk een wereld voor me opengegaan. Ik wist niet dat er zoveel leed bij mij om de hoek was. Je biedt die mensen zoveel perspectief als je wat met ze doet. Ze gewoon een beetje aandacht geeft. We gaan met ze haringhappen, naar de Keukenhof, naar een kaasboerderij, lekker dansen op klompen. Dat soort dingen, gewoon Nederlandse cultuur snuiven,' ratelde ze achterelkaar door.

Ik was van mijn leven nog nooit in de Keukenhof geweest en welke idioot ging er nou op klompen dansen? Ik had oprecht medelijden met die arme asielzoekers, met pijn in hun voeten dansend op houten klompen, begeleid door hysterische en verveelde huisvrouwen.

'Weet je Madelief, ik vind het eigenlijk tamelijk...'

Ze ratelde gewoon door en ik kreeg niet de gelegenheid om te zeggen dat ik het nogal stom en denigrerend vond waar ze mee bezig was.

'Nou, daar ben ik iemand tegengekomen en daar heb ik nu iets mee. Ik noem hem Tim want zijn naam is zo ingewikkeld. Hij komt uit Angola.'

Met open mond keek ik haar aan. Ik wist niet wat ik moest zeggen en ik was bang dat ik elk moment heel hard zou moeten lachen. Het enige wat ik mij vertwijfeld afvroeg, was waarom ik er niet eerder achter was gekomen dat Madelief een domme Blaricumse doos was geworden. Ik hield heel veel van haar, ze was mijn vriendin en dat zou ze ook altijd blijven, maar dit was toch wel heel ernstig!

'Je weet dat er in de regio Angola nogal wat hiv-virussen rondwapperen?' zei ik zo vriendelijk en geïnteresseerd mogelijk.

'Ben je gek, we laten die mannen eerst testen. Op onze kosten uiteraard.'

'We?'

Ze kreeg een rood hoofd. 'Nou ja, er is nog een vrijwilligster, een vriendin van mij. Zij heeft ook iets met een asielzoeker.'

Ik pakte de glazen van tafel en bracht ze naar de keuken. Dit was niet te geloven, het toppunt van verveling zat bij mij op de bank. Ik wilde naar bed.

'Madelief, ik ga nu echt slapen. Ik bel je morgen wel even. Denk je dat je nog kunt rijden?'

'Tuurlijk. Ik heb maar een paar wijntjes gedronken.'

Bij de deur draaide ze zich nog even om en alsof er niets gebeurd en gezegd was, zei ze: 'Ik ga zaterdag gezellig met Merel shoppen. Ga je mee?'

Ik schudde alleen maar mijn hoofd.

'Waarom niet? Zo gezellig, joh. Lekker door de P.C. Hooft. Heb jij al zo'n hippe heupbroek?'

Als een model draaide ze voor me rond. Vol afschuw keek ik naar de vetrollen die over haar hippe heupbroek heen lebberden. Haar string stak er half boven uit en de enorme spleet van haar billen gaapte mij tegemoet. Haar heupen waren enorm en er was geen taille meer te bekennen. Het zag er niet uit. Was er in de hele P.C. Hooft nou niet één verkoopster die Madelief tegen zichzelf in bescherming kon nemen?

'Goed zit dit, hè? Ik vind dat ik dit nog prima kan hebben. Moet jij ook doen, zo'n broek. Ik ga zaterdag van die leuke strakke t-shirtjes kopen met van die gave teksten erop. Dat is het helemaal! Dan staat er bijvoorbeeld "cultwijf" op. Echt, dat is helemaal top!'

Met haar handen deed ze voor waar de tekst moest komen te staan. Ergens daar waar bij de meeste vrouwen borsten zaten maar bij Madelief zat er vrijwel niets. Moest ik nou degene zijn die haar moest vertellen dat heupen als een olifant en tieten als kikkererwten geen punten waren die je vol trots aan de buitenwereld moest tonen?

'Misschien moet je er eentje nemen waarop "asielzoeners" staat.'

Madelief hoorde me niet. Ze was helemaal met zichzelf bezig. 'En dan zo'n lekker kort shirtje. Misschien neem ik wel een navelpiercing,' zei ze lachend.

'Ja, dat zal je vast leuk staan,' zei ik enthousiast. Mocht de boel gruwelijk ontsteken als Tim zijn Angolese zaadlozing erop neerkwakt, dan wordt dat tenminste keurig verdoezeld door al die vetrollen, dacht ik en ik kon mijn lachen amper inhouden.

Ik keek haar na vanuit mijn raam. Enigszins onvast op haar benen liep ze naar haar auto en een paar minuten later scheurde ze weg in haar splinternieuwe Range Rover. Hoofdschuddend bekeek ik het. Waarom ging ze niet scheiden? Of was het familiegeld van Peter toch belangrijker dan een gelukkig leven?

Ik zuchtte eens diep en voelde me opeens heel erg normaal. En dat wilde ik ook zijn. Normaal. Gewoon een normale advocate met interessant werk en een leuke normale echtgenoot.

Rob was mijn ticket naar een normaal bestaan. Niks geen wild gedoe meer. Het skiweekend met mijn vriendinnen zou mijn laatste uitspatting zijn en daarna was het afgelopen.

Een merkwaardige rust kwam over mij heen. Alsof ik voor het eerst in mijn leven mijn uiteindelijke doel voor ogen had. Een maatschappelijke carrière en als huwelijkse status: getrouwd. Het was niet bijzonder. Sterker nog, een halfjaar geleden had ik mezelf voor gek verklaard. Maar nu was ik voor het eerst van mijn leven echt tevreden met hoe ik in het leven stond.

10

De hele maand oktober werkte ik alsof mijn leven ervan afhing. Ik was nog net niet degene die 's ochtends als eerste de zware eikenhouten voordeur van JVJ opende, maar het scheelde niet veel. Al mijn noeste arbeid tot laat in de avond leverde mij een hoop goedkeurende blikken van de partners op. Het was alsof ik het licht had gezien na het bezoek van Madelief. Het verzoek van Kortewind om mijn leven te beteren had weinig uitgehaald, maar het verhaal van de Angolese Tim had mij bekeerd. Zo'n zooitje wilde ik er in mijn leven niet van maken. Madelief had ik niet meer gesproken. Ik sprak sowieso weinig van mijn vriendinnen nu ik mij had opgesloten op kantoor. Merel had het druk in het ziekenhuis – het arme kind draaide af en toe diensten van tweeënzeventig uur – Jasmijn had een ander fitnessmaatje gevonden, Bo was haar reis aan het plannen en Petra probeerde ik met man en macht te ontwijken. Dat was niet aardig, maar ik wilde zo weinig mogelijk aan dat stomme rotboek denken. Nu het gepubliceerd ging worden kon ik alleen maar hopen dat het zo snel mogelijk bij de ramsj kwam te liggen. Ik miste mijn vriendinnen verschrikkelijk en het was net alsof ik van de ene op de andere dag in een te serieus leven terecht was gekomen. De enige die ik nog zag tussen het fuseren door waren Mo en natuurlijk Rob, alhoewel de momenten met Rob meestal van korte duur waren.

Ik had mijzelf nooit gezien als een snelle advocate die al overnemend door de wereld ging, maar ik merkte dat mijn plotselinge carrièresprong van medewerkster letselschade tot senior medewerkster Fusies & Overnames respect afdwong. Mijn collega's keken met bewondering naar me en mijn cliënten droegen me op handen. Ik dineerde mezelf een maagklepontsteking, en omdat ik niet totaal dicht wilde groeien, sloeg ik voor het gemak alle andere maaltijden van de dag over. Het enige wat ik naar binnen werkte, waren liters en liters zwarte koffie.

Minpuntje in het geheel was dat ik intensief met Voorstevoordehoeven moest samenwerken. Voorstevoordehoeven had Fusies & Overnames onder zijn hoede en hij was bepaald geen makkelijk mannetje. Waar Kortewind zich als een vader opstelde, was Voorstevoordehoeven een op geld beluste slavendrijver. JVJ stond voornamelijk bekend als advocatenkantoor voor de zakelijke dienstverlening. Strafrechtzaken werden bijna niet door JVJ gedaan. Eigenlijk was bij ons de sectie letselschade al een vreemde, softe eend in de bijt, maar toen bleek dat je met interessante letselschadezaken heel goed in het nieuws kon komen, kreeg het een volwassen status binnen JVJ. Het meeste geld werd verdiend met de zakelijke dienstverlening.

Voorstevoordehoeven leidde zijn sectie met ijzeren discipline. Geintjes werden niet getolereerd en fouten al helemaal niet. Met welke cliënt ik moest kennismaken en op welk tijdstip werd allemaal door Voorstevoordehoeven geregeld. Ik vond het allemaal erg zenuwslopend hoe hij mij van tevoren instrueerde en na afloop een gedetailleerd verslag wenste van mijn bevindingen. Gelukkig kwam ik er al snel achter dat ik van mijn cliënten weinig te vrezen had. De meeste waren halverwege de vijftig en vonden mij een leuk, intelligent, jong ding met wie het gezellig tafelen was. Qua kennis en zakelijkheid kreeg ik het voordeel van de twijfel: ze gingen ervan uit dat de partners heus niet de eerste de beste op Fusies & Overnames neer zouden zetten, en daar ging ik zelf ook maar van uit. Ik groeide heel langzaam in mijn rol, en mijn cliënten bevestigden het beeld dat ik ook graag van mezelf wilde hebben, namelijk dat ik gewoon erg goed en fantastisch was.

Berthold volgde mijn doen en laten op kantoor met argusogen. Ik ontweek hem zoveel mogelijk, maar als ik hem tegenkwam had hij altijd wel een opmerking paraat. In ieder geval eentje waar ik toch zeker zo'n halfuur van slag van was.

Met de andere medewerkers van mijn sectie kon ik goed overweg maar het had wel scheve ogen gegeven dat ik zomaar de baan van hun zieke collega had overgenomen. Er liepen tenslotte wel meer medewerkers bij JVJ rond die recht op deze functie hadden. Aan de andere kant was er diepe bewondering voor mijn positie. Het was natuurlijk als een lopend vuurtje door JVJ gegaan dat Berthold en ik genomineerd waren, en omdat iedereen de partners te vriend wilde houden – en dus ook de eventueel toekomstige partner – deed iedereen heel vriendelijk tegen mij. Met andere woorden: ik werd getolereerd en geaccepteerd maar om de verkeerde redenen.

Behalve Marjolein, de secretaresse, liepen er op Fusies & Overnames nog twee senioren, twee junior medewerkers, een sectiesecretaresse en een stagiair rond. De laatste was een dramatisch geval. Ze was amper tweeëntwintig en naar alle waarschijnlijkheid briljant, maar helaas ook contactgestoord. Mira was met de hoogste cijfers door haar studie gerold en op twee afstudeerrichtingen afgestudeerd, maar als je boe zei begon ze al bijna te huilen. Natuurlijk zat ik met haar op een kamer. Hier had ik als senior medewerker een punt van kunnen maken, maar ik besloot dat ik mijn hand niet moest overspelen. De bedoeling was dat ik haar aan het werk hield. Ik had haar dolgraag mee willen nemen op een van mijn kennismakingsetentje om daar gezellig als twee toffe meiden aan te komen, maar het enige wat ze deed was stompzinnig grijnzen waarbij ze haar beugel in alle glorie liet zien. Het was zo'n grof grijs geval dat haar onbeschrijflijk scheve tanden in het gareel moest zien te krijgen. Het zou vast een mooi resultaat worden, maar tot die tijd werd haar omgeving getrakteerd op een onsmakelijk uitzicht van grijs metaal met stukjes donker volkorenbrood. Dat laatste was wat ze at, en dat deed ze op de meest rare tijdstippen. Dan trok ze een oranje broodtrommeltje tevoorschijn en haalde daar heel behoedzaam een boterham uit. Keurig in partjes gesneden, wat mij deed vermoeden dat daar een moederhand achter zat. Als een konijn knaagde ze heel langzaam haar voedselpakketje op, en als ze daar dan mee klaar was, peuterde ze uitgebreid elk grof gemalen graantje tussen haar beugel weg. Op de een of andere manier kon ik niet anders dan naar het tafereel kijken, waardoor ze me vreselijk van mijn werk hield. Dat moest natuurlijk op een gegeven moment misgaan en dat ging het ook, tijdens onze wekelijkse vergadering. We zaten allemaal klaar in de vergaderzaal en het wachten was alleen nog op Voorstevoordehoeven. Mira pakte weer haar broodtrommeltje en op niet mis te verstane wijze heb ik haar toen gemeld dat als ze niet als de sodemieter ophield met dat maffe hamstergedrag, ik haar onmiddellijk zou opsluiten in een kooi en voor straf een halve dag in een loopmolen zou zetten. Huilend verdween ze naar het toilet en toen ze weer terugkwam had ik spijt als haren op mijn hoofd, waarop ik besloot dat ik alleen nog maar vriendelijk tegen haar zou zijn. Mijn actie dwong wel respect af bij de andere medewerkers, want ik zag ze in elkaar krimpen, zelfs de twee senioren die qua leeftijd al behoorlijk richting de vijftig liepen.

Van de laatste twee moest ik het hebben. Ze liepen al jaren rond op Fusies & Overnames en kenden elk dossier en elke cliënt van haver tot gort. Ik had besloten dat ik ze te allen tijde te vriend moest houden. Het waren geen bruisende persoonlijkheden maar stille harde werkers, en dat was precies wat ik nodig had. De oudste, Hans, was een enigszins cynische man. Hij was een echte cijferexpert en hij had wel door dat hij zijn eigen glazen plafond had bereikt en de rest van zijn werkzame leven deze positie zou houden. Ik vermoedde dat het proces van berusting lang en naar was geweest, maar dat had zich allemaal voor mijn tijd afgespeeld en nu vond hij het wel prima. Hij liep geen pas te hard maar werkte consciëntieus. De tweede, Gerard, had nooit de ambitie gehad om meer te willen zijn dan senior medewerker. Hij wilde de belangrijkste man zijn onder de leidinggevende van zijn sectie. Toen hij hoorde dat zijn dierbare collega Piet de Wind vervangen zou worden door een vrouw van net tweeëndertig was hij helemaal over de zeik gegaan. Ik kreeg de indruk dat hij er zich bij had neergelegd. Hij gokte er waarschijnlijk op dat ik partner zou worden zodat hij daar zijn status aan kon ontlenen, maar ik was me heel goed bewust dat hij er alles aan zou doen om mij van het toneel te laten verdwijnen als ik geen partner werd.

De twee junioren, Joris en Tobias waren ongeleide projectielen. Het was de bedoeling dat de senioren ze een beetje in de gaten hielden. Jonge honden op weg naar de top konden veel schade aanrichten, maar ik vertrouwde erop dat Hans en Gerard daar ook niet op zaten te wachten en dat zij ze wel in de gaten zouden houden. Joris was zevenentwintig en een heel klein, blond ventje. Hij zag er niet echt slecht uit, maar had op de een of andere manier toch iets heel onaantrekkelijks. Tobias daarentegen was absoluut een lekker ding. Hij was nog wel erg jong, een maand geleden was hij pas vierentwintig geworden. Joris was al tijden verliefd op Karin, de secretaresse van Jansma. Karin was hoogblond en droeg altijd strakke bloesjes waardoor haar diepe gevulde decolleté goed zichtbaar was. Ze zag eruit alsof ze in haar vrije tijd bijverdiende met foute rolletjes in pornofilms, maar ze gedroeg zich vreselijk preuts. Het was een rare combinatie van uiterlijk en innerlijk, maar in ieder geval eentje die Joris uitermate spannend vond. Bij elke gelegenheid probeerde hij haar over te halen om samen een keertje uit te gaan maar ze weigerde elke keer. Totdat Tobias erachter kwam dat ze een tweelingzus had en binnen een week had hij een blind date geregeld tussen Joris en Moniek, de zus van Karin. Met een aantal van kantoor zaten we achter in het grand café waar Joris en Moniek elkaar zouden ontmoeten. Tobias had nog lachend gezegd dat het de enige blind date was waarbij ze geen afspraken hoefden te maken over wat ze aan zouden doen en aan welk tafeltje ze zouden zitten. Joris zou haar tenslotte wel herkennen!

Niemand sloeg acht op het meisje dat binnenkwam. Het was een klein, donkerharig kipje met een veel te grote bril en een enorm vooruitstekend gebit. Zelden had ik zo'n onaantrekkelijk geval gezien, en dat gold ook voor Joris want die keurde haar geen blik waardig. Toen ze uiteindelijk naar zijn tafeltje liep en hem een hand gaf, schrok Joris zo ontzettend dat hij met zijn kleine beentjes zo het grand café uit rende. Achtervolgd door de ober. De koffie moest tenslotte wel betaald worden. Nog weken daarna werd er bij elk misverstand op kantoor gevraagd: 'Bedoel je eeneiig of twee-eiig?'

De eerste twee weken trachtte ik de schichtige Mira een rol te geven, maar al snel bleek dat ze voor niets geschikt was. Elk commentaar dat ik had op haar werk leidde tot een huilpartij, wat mijn reputatie geen goed deed. Na twee weken ging de roddel dat er heel wat werd afgejankt op Ruzies & Overnames en dat je daar maar beter niet kon werken. Ik moest dus iets met Mira. Een overplaatsing kon ik niet vragen. Daarmee zou ik alleen maar aangeven dat ik na twee weken al geen grip meer had op de situatie. Dus besloot ik Mira totaal nutteloos werk te laten verrichten en een historisch dossieronderzoek te laten doen naar mijn belangrijkste cliënten.

Tot mijn grote verbazing leefde ze helemaal op. De hele dag zat ze achter haar bureau oude dossiers door te pluizen. Op zoek naar Joost mocht weten wat, althans, ik had haar geen gerichte zoekopdracht gegeven. Ik zou ook niet weten waarnaar. Vreemd genoeg begon ik Mira steeds sympathieker te vinden. Ik kreeg zelfs bewondering voor haar ongebreidelde ijver zich volledig te storten op iets waarvan niemand nou precies wist wat het was en waar ook niemand naar vroeg.

Ondanks het feit dat ik het hartstikke druk had, probeerde ik zoveel mogelijk tussen de middag naar Mo te gaan. Mo maakte zich zorgen om mij, dat was me duidelijk. De broodjes gezond die hij me ongevraagd voorschotelde werden steeds gezonder, en ik at er steeds minder van. Zijn espressoapparaat daarentegen liet ik op volle toeren draaien.

'Wist je dat zoveel koffie niet gezond is?' vroeg hij bezorgd. 'Van al die cafeïne word je hartstikke wild.'

'Mooi,' zei ik lachend. 'Een beetje wild gedoe kan ik wel gebruiken. Ik ben van 's ochtends vroeg tot 's avonds laat op kantoor. Als ik niet oppas word ik nog saai, lelijk en oud.'

'Als je niet een beetje gezonder gaat eten dan word je dat vanzelf. Waarom drink je geen koffie verkeerd? Daar zit tenminste nog een beetje melk in.'

'Koffie verkeerd?' vroeg ik met een grote grijns op mijn gezicht. 'Van warme melk val je in slaap, Mo. De komende tijd moet ik wakker blijven.'

'Hard werken is prima, maar misschien moet je het niet over-drijven.'

'De kansen liggen voor het grijpen, Mo. Het is nu of nooit! Ik moet nu gewoon keihard rechtdoor en dat moet ik doen met mijn ogen wijd open, anders mis ik van alles.'

'Met je ogen wijd open? Volgens mij doe je bij Rob gewoon een oogje dicht, dame.'

Ik keek hem stomverbaasd aan. 'Wat bedoel je?'

'Misschien moet je dat zelf uitzoeken.' Hij keerde zich om en liep naar de andere kant van de bar waar een man al een tijdje stond te wachten om iets te bestellen.

Zonder nog wat te zeggen, liep ik weg. Toen ik buiten stond, zag ik een junkie aan de ketting van mijn fiets staan rommelen. 'Hé, ben je nou helemaal gek geworden? Ga een normale fiets jatten, idioot. Geen mens wil dat ding van je kopen. Dat snap je toch zelf ook wel.'

De jongen van nog geen twintig jaar keek me met rooddoorlopen ogen aan. Afkeurend keek hij naar mijn fiets. 'Nee, dat klopt. Hij heeft nog een lekke band ook,' mompelde hij en liep weer door.

Nee, hè. Dat was de zoveelste lekke band! Uit pure nijdigheid gaf ik een keiharde trap tegen mijn fiets, net op het moment dat Kortewind en Voorstevoordehoeven voorbijliepen voor hun dagelijkse wandelingetje langs de gracht.

Ik stak mijn kop weer bij Mo om de hoek en riep poeslief: 'Mo, ik heb weer een lekke band. Heb je nog tijd om hem te plakken?'

Hij lachte lief naar mij en wierp mij een kushand toe. 'Daar heb je Rob voor,' zei Mo en grijnsde breeduit.

De hele middag moest ik denken aan de opmerking van Mo. Wat bedoelde hij nou met die opmerking dat ik een oogje dichtdeed? Ik had het toch goed met Rob? We waren allebei keihard aan het werk. Overdag stuurden we af en toe wat sms'jes, en twee tot drie keer in de week kwam hij 's avonds naar me toe. We spraken nooit meer af bij Mo, waar het tenslotte allemaal begonnen was, maar dat kwam omdat Rob daar niet zoveel zin in had. Zou dat de reden zijn dat Mo die rotopmerking had gemaakt? Dat moest het wel zijn. Mo baalde er gewoon van dat ik niet meer zo vaak kwam na mijn werk.

Eigenlijk vond ik het ook wel jammer dat Rob na het werk nooit meer bij Mo wilde afspreken. Meestal kwam hij tegen tienen naar mijn huis. Dat vond hij veel gezelliger. Hij bleef nooit slapen want hij had zijn nachtrust hard nodig. Hij was een echt ochtendmens, zoals hij zelf zei. Ik was elke keer weer dolgelukkig als Rob kwam maar ik merkte wel dat er een lichte mate van ontevredenheid over me kwam als Rob na een uurtje, meestal na een snelle wip, weer het pand verliet. Ik begon er zo langzamerhand naar te verlangen om meer van de wereld van Rob te leren kennen. Zijn collega's, vrienden, zijn ouders en verdere familie. Desnoods zijn buren! Ik had nog nooit iemand uit Robs omgeving leren kennen. Heel langzaam begon dat aan mij te knagen.

Elke keer als ik vroeg waarom we nooit iets leuks samen gingen doen, kuste hij onmiddellijk al mijn twijfels weg en fluisterde hij zoete woordjes in mijn oor. Over ware liefde die op zichzelf stond en waar de omgeving alleen maar afbreuk aan kon doen, en dat we toch niet meer nodig hadden dan een samenzijn van lichaam en geest.

Als hij alle feiten nuchter voor mij op een rijtje zette waarom het prima was om 's avonds bij mij thuis af te spreken in plaats van allerlei wilde dingen samen te gaan doen, was ik meestal vrij snel overtuigd. Daar kwam nog bij dat ik geen recht van spreken had. Alsof ik zoveel tijd had!

11

Met een gigant van een lekke band hobbelde ik met mijn fiets over de grachten naar huis. Mijn achterwerk bonkte pijnlijk op mijn zadel heen en weer. Kortewind had gelijk: dit kon niet meer. Misschien moest ik zo'n hippe scooter kopen. Zo'n replicageval uit de jaren vijftig. Die hadden ze nu ook leuk in het roze. Grijnzend van plezier zag ik de reactie van Kortewind al voor me.

Of moest ik als partner eisen dat ik een rijwiel in de lease kreeg? Een prachtige glanzende fiets waarop met rode letters JVJ stond. Een stalen ros met vijf versnellingen, fietstassen, ruimte voor een bidon en een onderhoudscontract. Ik vroeg me af of dit fiscaal mogelijk was en dit leek me typisch een vraag voor Rob.

Toen ik thuiskwam belde ik hem meteen, maar zijn mobieltje werd niet opgenomen.

Via internet zocht ik zijn adres en toen ik eindelijk een Rob Verschuren te pakken had, woonachtig aan de Van Baerlestraat, besloot ik dat het beter was als ik hem de volgende ochtend zou verrassen met een bezoekje. Ik was helemaal opgewonden over mijn plan hem thuis op te zoeken, totdat ik mij realiseerde dat ik dan wel eerst mijn band moest plakken. Vertwijfeld vroeg ik me af hoe dat moest.

Ik besloot Merel te bellen, misschien had zij er verstand van. Ik had namelijk geen idee hoe je zoiets moest doen. Het leek me niet zo zinvol om de anderen te bellen. Kim was getrouwd en had een olijvenman voor dit soort werkjes. Bo fietste niet. Jasmijn fietste zich ongans maar alleen in de sportschool en die bandjes zweefden slechts in het luchtledige. Petra was typisch een dame die haar fiets in onderhoud had en Madelief wist waarschijnlijk niet eens wat een fiets was. Nee, ik kon het beste Merel bellen. Naar mijn mening had ze ook de beste achtergrond. Als ze ergens een pleister op kon plakken dan kon ze ook een lekkebandenprobleem oplossen.

'Hé, Merel. Weet jij wat ik moet doen met een lekke band?'

'Dan moet je naar de Kwikfit gaan. Leuke jongens werken daar. Ze zijn er zo mee klaar. Kun je gewoon op wachten.'

Even was ik stil en toen barstte ik in lachen uit. 'Nee, stomme trut, mijn fiets heeft een lekke band!'

'O,' zei Merel. 'Geen idee. Ik heb nog nooit een band geplakt en ik ben het niet van plan ook. Volgens mij moet je iets doen met een emmertje water. Dat kan ik me nog herinneren van vroeger. Dan moet je daar die lekke band in stoppen en als er dan belletjes komen dan zit daar het lek. Kijk anders even op internet. Er is vast wel een site en met een beetje mazzel is er een chatcorner voor fietsellende.'

Merel had gelijk. Op het internet stond een fietsreparatiestappenplan voor de alleenstaande vrouw. Ik voelde me wel heel erg simpel en single, en realiseerde me dat met dergelijke zelfhulpsites de man helemaal overbodig zou worden. Maar al snel stond ik fluitend met mijn ellebogen in een emmertje water. Als een kind zo blij keek ik naar de bubbels en bij gebrek aan een echt plaksetje, gebruikte ik mijn creditcard als bandenwipper, een Pritt plakstift, en een gewone Hansaplast pleister om het gat weer professioneel dicht te kitten. Met een handpompje stond ik om elf uur 's avonds mijn band op te pompen, maar ik voelde me trots!

Zenuwachtig stond ik de volgende ochtend al vroeg onder de douche. Ik had geen idee of ik er goed aan deed om naar Rob te gaan, maar ik voelde dat er een doorbraak in onze relatie moest komen. Het tijdperk van bellen en sms'en moest maar eens voorbij zijn. Er waren tenslotte momenten waarop je gewoon moest besluiten om de ander te zien. En dit was zo'n moment.

Met een bonkend hart van de zenuwen sprong ik op mijn

fiets, waarvan tot mijn stomme verbazing de band nog geheel vol was, en reed zo snel mogelijk naar de Van Baerlestraat. Over een kwartiertje zou ik in de armen van Rob liggen en zou hij zoete woordjes in mijn oor fluisteren, en me laten weten dat hij het fantastisch vond dat ik hem zo maar kwam verrassen.

Geheel in gedachten verzonken trapte ik zo hard als ik kon, en als de tram niet zo hard had gerinkeld had ik er platgewalst onder gelegen in plaats van in Rob zijn armen. Geschrokken stapte ik van de fiets af en haalde even diep adem. Waar was ik mee bezig? Ik leek wel een verliefde puber.

Een vriendelijke Turkse man, met aan zijn arm een hoogblonde dame, kwam naar me toegelopen en vroeg of alles goed met me ging. Ik knikte bibberend.

'Het is toch ook wat met die schurftlijers op zo'n kankertram. Dat raast maar door die stad,' kraaide de hoogblonde vriendin van de Turkse man in het Platamsterdams.

'Jij moet beetje rustig doen. Meisje geschrokken,' wees de man zijn vriendin terecht. 'Mijn vrouw is lieve vrouw maar beetje hetige hoofdige vrouw,' zei hij verontschuldigend lachend tegen mij.

Ik glimlachte en het stel liep weer door. Ik haalde even diep adem en sprong weer op mijn fiets. Was het wel een goed idee om naar Rob te gaan? Ik hield er toch ook niet van als ik werd overvallen met bezoek? Dat was niet waar. Daar hield ik wel van. Sterker nog, dat vond ik geweldig, en al helemaal als de persoon in kwestie van het mannelijke geslacht was en daar goed mee om wist te gaan.

Het was guur weer en de wind blies akelig hard door de straten. Het zag ernaar uit dat ik elk moment een vreselijke bui op mijn kop zou kunnen krijgen.

'Hé, Anne!'

Ik keek om en aan de overkant van de straat zag ik Boris van der Kaak staan. Hij zwaaide.

'Hoi,' riep ik, en ik fietste hard door.

'Wacht even,' bulderde hij mij achterna.

Nou, daar zat ik nou echt niet op te wachten. Als ik ergens geen zin in had dan was het wel in die enge boekenwurm.

'Wat is er?' vroeg ik op afgemeten toon, nadat ik naar hem toe was gefietst.

'Ik wil je even spreken.'

'Nu?'

'Ja, ik moest net aan je denken en vervolgens kom ik je tegen. Dat kan geen toeval zijn.'

'Boris, ik ben toevallig op weg naar iemand met wie ik een afspraak heb en dus wil het toeval dat ik toevallig geen tijd heb. Bel mijn secretaresse maar.'

Die laatste opmerking was er eentje die ik de laatste weken te pas en te onpas gebruikte en die verdomd handig bleek in de praktijk. Marjolein was er minder blij mee, want het modieuze monstertje had het razend druk gekregen.

'Ik heb continu een lijntje gehad met je secretaresse, Anne, maar er zijn toch echt een aantal dingen die ik niet met Vera kan bespreken. Je hebt dan wel de overeenkomst ondertekend teruggestuurd, maar niet alles ingevuld. Heb je daar misschien vragen over?'

Overeenkomst? Ik had helemaal geen overeenkomst opgestuurd! Waar had hij het over? Vera? O, ja, dat was ook zo. Vera was Petra. Dit was niet te doen. Dit werd me allemaal veel te ingewikkeld.

'Ik heb geen vragen, hoor,' antwoordde ik snel. 'Anders had ik het wel gevraagd. Waarschijnlijk ben ik vergeten om een aantal dingen in te vullen. Ik heb het gewoon héél erg druk.'

'Dat je de tijd hebt gevonden om zo'n boek te schrijven.'

Daar kon ik weinig op zeggen en ik staarde wat schaapachtig voor me uit. Plotseling kwamen er dikke druppels uit de lucht vallen. Heel langzaam spatten ze een voor een op de grond uit elkaar. Ik keek naar de donkere wolken en realiseerde me dat er tussen nu en twee seconden een behoorlijke bak water op ons hoofd zou vallen.

'Kom,' riep Boris. Hij pakte mijn fiets en ging ervandoor. 'Springen, Anne.'

Ik had weinig keus dan erachteraan te hollen en voordat ik het in de gaten had sjeesde Boris in noodtempo door de stad met mij achterop. De regen kletterde uit de hemel en Boris lag krom voorovergebogen over mijn roze stuur. Zijn weelderige haardos vol glinsterende druppels water. Kriskras ging het door allerlei kleine steegjes waarna hij stopte bij een nieuwe, chique lunchroom. Hij zette mijn fiets vast terwijl ik mij onder het afdakje uitschudde als een natte hond.

'Gaat het?' vroeg hij bezorgd.

'Het is maar water. Daar gaat je haar leuk van krullen.'

'Daar zit ik op te wachten!' Hij pakte me bij de arm en zonder te vragen waar ik wilde zitten, leidde hij me naar een tafeltje.

'Dit is nieuw, hè?' vroeg ik aan hem.

'Ja, twee weken geleden geopend en nu al razend populair.'

'Ik snap niet hoe dat werkt. Waarom loopt de ene tent meteen en komt de andere niet van de grond?'

'Achter een tent als deze zitten gewoon professionals. Die zien deze toko als een product dat je op de juiste manier in de markt moet zetten. Er wordt goed nagedacht over het concept, veel geld in gestoken en dan loopt het gewoon.'

Ik lachte even schamper en zei: 'Het is me toch wat.'

'Zo gaat het ook met jouw boek, Anne. Dat zetten we ook op de juiste manier in de markt en dan wordt het er geheid eentje voor de top tien.'

Ik keek hem even geschrokken aan. 'Hoe bedoel je?' hakkelde ik.

'Tweemaal taartvariatie met koffie,' zei hij tegen de ober op een manier alsof hij hier drie keer per week taart kwam eten. 'Je wilt toch wel taart?' vroeg hij aan mij. 'Of ben je zo'n type dat de hele dag calorieën loopt te tellen?'

Ik zat niet echt op taart te wachten, maar dat was nu even niet mijn grootste probleem. Ik slikte een paar keer en vroeg toen: 'Wat bedoel je nou met het boek?'

'*Donkere Wolken* wordt gewoon een topper. Dat weet ik nu al en we zullen er dus ook alles aan doen om te zorgen dat het op de best mogelijke manier gepromoot gaat worden. Daar hebben we jou wel voor nodig, dame. Het is allemaal heel leuk en aardig dat je al het werk tot nu toe aan je se-cretaresse hebt overgelaten, maar nu moet je toch zelf wat gaan doen.'

'Hoe bedoel je dat?' hakkelde ik weer.

Hij kneep zijn ogen een beetje toe, op precies dezelfde ma-nier als zijn assistente had gedaan toen ik vreselijke onzin had uitgekraamd.

'Boekpresentatie, interviews, signeersessies, dat soort werk,' zei hij minzaam, mij ondertussen onderzoekend aankijkend.

'Boekpresentatie, interviews, signeersessies,' herhaalde ik als een stom schaap.

'Precies.'

De ober zette met een sierlijke zwaai een bord met ver-schillende kleine taartjes voor mijn neus en vreemd genoeg gaf de aanblik van het vrolijke schouwspel van zoetigheid mij een buitengewoon goed gevoel.

'Jeetje, net alsof ik jarig ben,' zei ik verrukt.

Boris keek mij glimlachend aan. 'Geniet ervan.'

Ik nam een hap en liet met mijn ogen dicht de heerlijke zoe-te smaak tot mij doordringen. Op het moment dat ik mijn ogen weer opendeed, zag ik dat Boris geamuseerd naar me zat te kijken.

'Heb je wel enig idee wat er allemaal op je af gaat komen als dat boek in de winkel komt te liggen?'

'Nee, maar misschien besluit ik alsnog dat ik dat helemaal niet wil.'

Boris begon hard te lachen. 'Jij bent grappig.'

'Hoezo?'

'Jij behoort als advocate toch te weten wat het tekenen van een contract inhoudt. Of je het nu wilt of niet, dame, je zult toch echt mee moeten werken.'

Ik trok bleek weg. Ik geloof dat hij nog veel meer had willen zeggen maar zijn mobieltje ging over. Ik had een ouderwetse rinkeltoon verwacht, een bakelietgeluid. Maar tot mijn stomme verbazing zong een vrouwenstem: 'Boris, de telefoon gaat. Haal hem uit je broekzak anders ben je te laat.'

Ik had alles verwacht, maar een deuntje op maat! Boris grijnsde alsof hij het wel prettig vond om de stem van de dame te horen. Terwijl hij, levendig met zijn armen zwaaiend, het gesprek voerde, bekeek ik hem eens goed. Hij zag er goed uit, maar het leek me een mannetje waar je niet mee moest spotten. Wat zou er gebeuren als ik hem nu vertelde dat die Vera het boek had geschreven. Ik vreesde dat hij in woede zou uitbarsten, maar ik besloot dat ik deze woede-uitbarsting voor lief nam. Al ging hij tekeer als een dolle hond en kon ik nooit van mijn leven meer in deze tent verschijnen om heerlijke taartjes te eten, ik ging het hem gewoon vertellen. Even flitste het nog door me heen dat ik met deze actie wel het schrijverschap van Petra de nek omdraaide, maar zelfs dat kon me helemaal niks meer schelen. Het moest nu echt afgelopen zijn!

'Oké, ik ga hangen. Ik zie je vanavond.' Hij hing op en keek me verontschuldigend aan. 'Sorry, mijn broer.'

'Boris, ik moet je wat vertellen.' Mijn hart klopte in mijn keel en ik voelde hoe het klamme zweet me uitbrak. Wat zou hij van me denken? Zou hij gewoon boos weglopen of zou hij een drama gaan schoppen? Ik kende hem niet, dus ik had geen idee wat ik kon verwachten als ik hem ging vertellen dat hij ordinair was belazerd.

'Nou, ja!' hoorde ik een mij bekende mannenstem zeggen.

'Boris. Jij hier? Wat leuk!'

Ik keek op en tot mijn verbazing zag ik Jansen met zijn vrouw bij ons tafeltje staan.

'Kees en Jacqueline! Wat leuk.' Boris stond op, gaf Kees een hand en kuste Jacqueline vriendschappelijk op de wang.

Mijn wangen kleurden rood van ellende. 'Dag meneer Jansen, dag mevrouw Jansen,' zei ik verlegen.

'Hoe lang is het nou geleden dat we jou zagen, Boris?' vroeg mevrouw Jansen enthousiast. Ze wendde vervolgens haar blik naar mij en zei: 'Boris was onze buurjongen, hij heeft heel wat bij ons opgepast. Vond hij heerlijk, kon hij lekker lezen. Het heeft ons nooit verbaasd dat hij uitgever is geworden.'

Iedereen begon hartelijk te lachen dus ik grijnsde maar wat mee.

'Zeg wat doe jij hier eigenlijk met mijn veelbelovende advocate?' vroeg Jansen geïnteresseerd.

'Zij is mijn veelbelovende...'

Ik gaf hem een keiharde schop onder de tafel, de punt van mijn schoen raakte akelig hard zijn scheenbeen. Hij kon nog maar net een kreet van pijn onderdrukken.

'Wij zijn eh...' zei ik snel maar wist absoluut niet wat ik moest zeggen.

'Ik hoor het al,' zei mevrouw Jansen ontroerd. 'Kom, Kees, we laten de jongelui met rust.' Ze drukte snel een kus op de wangen van Boris en voortvarend pakte ze haar echtgenoot bij de arm en nam hem mee naar een tafeltje waar ze een goed uitzicht had op dat van ons.

'Anne, je hebt me hartstikke pijn gedaan. Waar was dat nou goed voor?' Met een van pijn vertrokken gezicht wreef hij over zijn been.

'Sorry. Het spijt me echt.' Ik trok een gek gezicht om het goed te maken.

Hij keek me woedend aan. 'Ik vind je echt raar, weet je dat?'

Ik kon hem niet anders dan gelijk geven. Met een wanhopige zucht ging ik weer zitten.

'Wat wilde je me vertellen?' vroeg hij op boze toon, zijn gezicht was nog steeds vertrokken van de pijn.

'Ja.' Ik hapte even naar adem als een vis op het droge om mij plotseling te realiseren dat ik mijzelf wel eens enorme schade zou kunnen toebrengen wanneer ik hier met een woedende Boris het pand zou verlaten terwijl de heer en mevrouw Jansen op de eerste rij zaten toe te kijken.

'Ja,' zei ik nogmaals.

'Zo goed als je kunt schrijven, zo slecht kun je uit je woorden komen,' zei hij nors.

'Het probleem is dat ik eigenlijk helemaal niet weet wat me te wachten staat,' zei ik snel, en vond dat ik mezelf weer heel handig uit deze netelige situatie redde.

'Ach, is dat het? Doe je daarom zo raar?'

Ik knikte heftig met mijn hoofd.

'Nou, dat is toch nergens voor nodig. Ik stel voor dat jij je afspraak voor vandaag afbelt en dan ga je vanmiddag met mij mee.'

'Afspraak?'

'Ja, toen ik je tegenkwam zei je dat je op weg was naar een afspraak.'

'Oké. Eh... waar gaan we naartoe?'

'Vanmiddag ga ik met een van mijn auteurs op stap. Hij moet zijn boek signeren in Hilversum, en daarna heeft hij nog een opname voor de radio.'

'O.'

'Wil je eerst nog naar huis?'

'Eh...' Het ging me allemaal een beetje erg snel, maar Boris bleef me doordringend aankijken en ik was bang dat ik gigantisch ongeloofwaardig zou overkomen als ik nu zou vertellen dat ik een erg druk middagprogramma had. Want dat had ik tenslotte niet. Rob was misschien niet eens thuis!

'Ik kom je om één uur halen, dan kun je eerst nog even naar huis om je om te kleden. Ik kan me zo voorstellen dat je wel droge kleren aan wilt trekken.'

Ik knikte. Dit ging niet goed!

Het eerste wat ik deed toen ik thuiskwam, was als de sodemieter de hele stapel kranten doorwerken. Vaag stond me bij dat ik daar het manuscript had neergelegd, maar hoe ik ook keek, er was geen envelop te bekennen. Het angstzweet brak me uit. Ik kon toch moeilijk de hele middag met Boris doorbrengen zonder dat ik wist waar dat rotboek over ging. Ik kamde het huis uit. Keek onder de bank, tussen de kussens van de bank en zelfs in de koelkast, maar ik kon het nergens vinden.

Totaal gestrest probeerde ik Petra te pakken te krijgen. Het was zaterdag dus ze moest gewoon thuis zijn, maar ik kreeg geen gehoor. Waar hing ze uit? Vroeger was ze altijd thuis. Ik belde haar ouders, maar dat had ik beter niet kunnen doen. Het werd een gesprek van een halfuur waarin haar moeder op een zeurderig toontje liet weten dat ze haar dochter nog amper zag. Het lag me voor op de tong om te zeggen dat haar muisje het waarschijnlijk ergens prima naar de zin had, maar ik wilde het vertrouwen van Petra niet beschamen. Zwijgend hoorde ik het relaas van Petra's moeder aan, ondertussen kastjes opentrekkend op zoek naar de envelop.

'Vind jij dat ook niet?' hoorde ik haar moeder vragen.

'Tja, er zijn natuurlijk meerdere kanten,' antwoordde ik diplomatiek. Ik had geen idee waar ze het over had.

'Hoezo?' vroeg de moeder van Petra vinnig. Het was duidelijk dat ze geen tegenspraak duldde.

'Nou ja, van de ene kant wel een beetje maar van de andere kant ook wel weer een beetje iets minder. Tja.'

Daar had het stomme mens niet van terug en uiteindelijk lukte het me om het gesprek te beëindigen. Geschrokken zag ik dat ik nog een halfuurtje had voordat Boris voor de deur zou staan.

Ontzet staarde ik naar mezelf in de spiegel. Mijn mascara was uitgelopen en mijn haren vielen in vieze pieken rond mijn hoofd. Het was dus niet eens nodig dat ik me klem zoop om er zo uit te zien. Eén stevig buitje en je had hetzelfde resultaat.

Terwijl ik mijn haren borstelde en mijn gezicht weer trachtte te fatsoeneren realiseerde ik me dat deze middag in een drama zou eindigen als ik niet wist waar dat boek over ging. Ik besloot dat ik Boris onmiddellijk moest afbellen. Maar waar had ik zijn visitekaartje gelaten? Het lag niet in mijn portemonnee, tas of agenda en het hele traject van laatjes openen en weer dicht smijten herhaalde zich. Ondertussen nam bij mij de paniek toe, wat zijn uitbarsting vond in een enorme scheldpartij in de gang, waar ik al vloekend en stampvoetend Petra stond te verwensen en mezelf erbij.

Precies op dat moment ging de bel. Aangezien het niet de bel van de voordeur beneden was, moest het een van de andere bewoners zijn. Waarschijnlijk mijn onderbuurman die om de haverklap iets kwam lenen wat hij nooit terugbracht, zodat ik op de meest onmogelijke tijden moest afdalen om mijn tosti-ijzer weer op te halen. Met een verhit en woest hoofd trok ik de deur open en schreeuwde: 'Wat kom je nu weer lenen?'

Het was Boris. Hij trok slechts vragend zijn wenkbrauwen op en bekeek me van top tot teen. Ik kon wel janken.

'De voordeur stond open,' zei hij slechts.

'Ik voel me niet lekker, Boris. Ik ga toch maar niet mee.'

Zonder iets te zeggen liep hij naar binnen en ging in de woonkamer op de bank zitten en zei: 'Vijf minuten, ik geef je vijf minuten en dan gaan we.'

12

De auteur, met een niet uit te spreken achternaam, was een zwijgzame man. Hij wilde met alle geweld achterin zitten en staarde de hele reis verbaasd uit het raam, alsof hij nog nooit van zijn leven een snelweg had gezien. Af en toe peuterde hij wat in zijn neus en tot mijn ontzetting bestudeerde hij de vondsten van zijn graafwerkzaamheden nauwgezet en at ze daarna op. Ik wist niet wat ik zag. Vanuit mijn ooghoeken keek ik naar Boris maar die had zijn aandacht nodig bij de weg en behendig stuurde hij zijn oude Citroën DS door het drukke verkeer. Waar had Petra zich druk over gemaakt? Als er iemand paste in dit wereldje dan was zij het wel. Helaas voelde ik me totaal niet op mijn gemak. Toen ik in het achteruitkijkspiegeltje keek en zag dat de man zijn werkzaamheden had verlegd van neus naar oren, begon ik te giechelen.

Boris keek me vragend aan. Ik maakte met mijn vinger draaiende bewegingen bij mijn neus en smakte wat met mijn tong. Boris zond me een geweldige glimlach en een vette knipoog toe. Hij deed mijn gebaar na maar nu bij zijn hoofd. Ik grijnsde terug.

Ik was nog nooit op het Mediapark in Hilversum geweest en ik keek mijn ogen uit. We werden vriendelijk ontvangen door een assistente en met een kopje koffie in een wachtruimte neergezet. Boris ging tegenover zijn auteur zitten en nam met hem nog een keer de hele procedure door. Met bewondering zag ik hoe Boris een glimlach op het doodse gezicht van de man wist te toveren. Het gesprek tussen de twee duurde maar tien minuten maar in die tijd lukte het Boris om Michaël een waanzinnige peptalk te geven. Het was net of de autistische auteur weer in de wereld teruggekeerd was.

De presentator van het programma *Boeken in de Kast* was een vriendelijke, jonge man, die zich behoedzaam ontfermde over de auteur, die naar mijn mening totaal gestoord was.

'U mag aan de andere kant van het glas plaatsnemen,' zei hij tegen Boris en mij. 'Ga maar bij de producer zitten. Dan kunt u het gesprek horen en dan kan Michaël Strümpskoi u zien.'

Nieuwsgierig keek ik rond. De studio was heel klein en stond volgepropt met allerlei apparatuur. Boris en ik zaten samen tegen elkaar aan gedrukt op een klein krukje. Ik keek Boris glimlachend aan en vond het allemaal heel interessant.

Plotseling zagen we een hoop commotie aan de andere kant van het glas. Michaël Strümpskoi was opgestaan en probeerde de deur naar buiten open te krijgen, maar omdat er opnames waren zat die op slot. Wild zwaaide hij met zijn armen.

'Wat is dit nu weer?' hoorde ik de producer roepen.

De presentator stond druk tegen ons te praten door het glas, zijn koptelefoon scheef op zijn hoofd. 'Shit, man. Ik heb hier een probleem. Die gozer wil niet meer. Wat moet ik nu doen?'

De producer vloekte en Boris pakte mij bij de arm en sleurde me mee naar buiten. 'Jij gaat,' zei hij slechts.

'Ik denk er niet over,' gilde ik bijna hysterisch.

'Vertel maar over je boek, daar kun je zo een programma over vollullen,' zei hij en voordat ik het in de gaten had, werd ik de studio ingeduwd en smoesde Boris met de presentator dat ik de veelbelovende debutante was van *Donkere Wolken*, half december te verkrijgen in de betere boekhandel.

De presentator stond professioneel gebaren uit te wisselen met de mannen aan de andere kant van het glas. 'Nog dertig seconden en dan beginnen we,' zei hij tegen mij.

Ik zag Boris aan de andere kant binnenkomen en bemoedigend een duim naar mij opsteken. Ik trilde, op een manier zoals ik nog nooit van de zenuwen had getrild. Om van het afgrijselijke beven van mijn handen af te komen, pakte ik de tafel stevig vast.

'Dames en Heren, welkom bij *Boeken in de Kast*. Het programma voor iedereen die houdt van lezen en wil weten wat er binnenkort te koop is. Wij hadden u Michaël Strümpskoi beloofd, maar hij moest helaas op het allerlaatste moment afzeggen. Aan mijn tafel zit wel een andere, heel bijzondere auteur, die ook afkomstig is uit de stal van PuntKomma. Dames en Heren, hier naast mij zit Anne de Bree!'

'Hallo,' zei ik bibberend.

'Mag ik Anne zeggen?'

'Natuurlijk.'

'Anne, jij hebt een prachtig boek geschreven en dat heet *Donkere Wolken*. Ik heb net van je uitgever Boris van der Kaak gehoord dat dit prachtboek half december in de winkel ligt. Kun je ons iets meer vertellen over je boek?'

'Nee.'

'Nee?'

'Nee, ik wil je wel alles vertellen over mezelf. Wie ik ben en wat ik doe, maar ik zeg niks over het boek. Ik zwijg als het graf. Je moet het boek gewoon lezen. Alles wat ik erover zeg is een woord te veel.'

'Nou, dit is me mijn dagje wel,' zei de presentator. 'De mij beloofde auteur haakt op het laatste moment af en nu heb ik er eentje die niks over haar boek wil zeggen.'

'Precies,' zei ik en lachte trillerig.

'Oké, vertel eens wat over jezelf. Mijn lieve luisteraars kennen je tenslotte niet. Dus wie ben je en wat doe je?'

Ik durfde niet door het glas naar Boris te kijken. Hij was vast ziedend! Mijn hart klopte wild in mijn keel. Om het een beetje goed te maken vertelde ik enthousiast over mijn werk als advocate en gelukkig was de presentator zo slim om goed improviserend het interview af te nemen. Voordat ik het in de gaten had, hoorde ik de presentator zeggen dat hij nog nooit zo'n apart interview had gehad met een auteur maar dat hij het een waar genoegen had gevonden om met mij te praten. Eén wist hij zeker: het eerste wat hij ging doen als mijn boek was uitgekomen, was naar de winkel rennen om het te kopen.

Toen ik de studio uit liep, voelden mijn benen als rubber. Mijn blouse plakte koud tegen mijn rug aan van het zweten. Ik kon wel janken. Boris stond al bij de deur en het eerste wat hij deed was mij omhelzen.

'Anne, wat ben jij professioneel! Wat een goed verhaal.'

Met mijn gezicht tegen zijn ribfluwelen colbertje aangedrukt, stond ik trillend op mijn benen te luisteren naar zijn lovende woorden.

'Wat ben jij goed! Ik wist het!' voegde hij er nog aan toe.

'Boris, wil je dit nooit meer doen! Dit was doodeng.'

Hij gaf me een kus op mijn wang en zei: 'Je was fantastisch!'

Stilletjes zat ik in de auto richting het centrum van Hilversum waar Michaël moest signeren. Michaël had Boris op zijn erewoord moeten beloven dat hij niet weer zo'n gek geintje ging uithalen, maar mij leek het woord van deze halvegare niet veel waard.

'Ben je moe?' vroeg Boris en ik voelde zijn hand op mijn dij.

'Ik wil helemaal niks meer zeggen vandaag.' Boris liet zijn warme hand liggen waar die lag en deed er verder het zwijgen toe.

Gelukkig had boekhandel Plantage er een heel feest van gemaakt, inclusief hapjes en drankjes. Het eerste wat ik deed was een wijntje achterovergieten, snel gevolgd door een tweede. Ik begon me alweer wat beter te voelen. Ik keek wat rond en neusde tussen de boeken. Gek eigenlijk dat ik zo weinig las. Er was tenslotte een wereld aan letters te koop.

Inmiddels had er zich een rijtje gevormd voor het tafeltje van Michaël. Voor de zekerheid was Boris naast hem gaan zitten om te voorkomen dat die idioot er weer vandoor zou gaan. Met een lege blik in zijn ogen nam Michaël het ene na het andere boek aan. Goedbedoelde verzoeken om er een boodschap in te zetten honoreerde hij niet en als een robot zette hij stoïcijns zijn handtekening. Gebiologeerd keek ik toe.

Na een tijdje stond Boris op, kwam naast me staan en sloeg een arm om me heen. 'Wat vind je er tot nu toe van?' vroeg hij.

Ik haalde mijn schouders op. Het leek me helemaal niks om aan een tafeltje te zitten met zo'n stapel boeken voor je neus. Als ik toch handtekeningen moest zetten, dan toch liever onder een contract, maar dat kon ik moeilijk tegen Boris zeggen.

'Ik zet zo Michaël in een taxi, dan kan hij lekker naar huis. Ik ga eten bij mijn broer en ik zou het leuk vinden als je meegaat.'

Hij wachtte mijn antwoord niet af maar liep naar de eigenaar van de boekwinkel, waarschijnlijk om een taxi te regelen.

De broer van Boris had dezelfde bos vrolijke krullen en was getrouwd met de lieftallige en gezellige Monica. Ze hadden samen drie kinderen, die wild door het huis renden en verwikkeld waren in een of ander indianenspel. Ze werden helemaal gek toen ze Boris zagen. Hij werd meteen de wigwam ingeduwd en de jochies renden, al kreten uitstotend, rond de gammele tent. Die dus instortte met Boris er nog in.

'Oké, jongens. Zo is het genoeg. Oom Boris heeft hard gewerkt en wil vast wel even rustig zitten. Gaan jullie maar televisiekijken,' zei Monica streng.

Met een zakje chips en een glaasje limonade zaten de ventjes even later met z'n drieën op de bank. Ik zag Boris vertederd kijken naar zijn neefjes.

'Ben jij eigenlijk getrouwd, Boris?' vroeg ik.

Monica en Peter begonnen hard te lachen. 'Hebben jullie elkaar vijf minuten geleden leren kennen of zo?' vroeg Peter.

Boris legde het hele verhaal uit, inclusief het drama in de studio. Vol trots vertelde hij over mijn eerste interview. 'Wat zo goed was van Anne, is dat ze iedereen nieuwsgierig heeft gemaakt naar het boek, maar dat ze tegelijkertijd heel veel heeft verteld over de hoofdpersoon: de immer zwijgende Jessica. Ik vond het een fantastische vondst van Anne.'

Ik probeerde mijn verbazing te verbergen. Jessica?

'Wat goed van je,' zei Monica en klopte mij goedkeurend op mijn hand. 'Boris, wanneer wordt dit uitgezonden?'

Ja, daar was ik ook wel nieuwsgierig naar. Voor die tijd moest ik in ieder geval actie ondernemen en zorgen dat ik me discreet terugtrok uit dit waanzinnige leugenachtige gebeuren. Rot voor *Boeken in de Kast* maar ze hadden vast nog wel ergens een nog niet eerder uitgezonden interview in de kast liggen.

Net op het moment dat Boris antwoord wilde geven stuiterde een van zijn neefjes van de stoel en kwam met zijn hoofd op de grond terecht. Luid jankend rende het ventje naar zijn moeder die hem troostte en een dikke kus op zijn zere hoofd gaf.

'Zo, met mijn toverkus komt alles wel weer goed,' zei ze tegen het knulletje. Ze keek mij glimlachend aan en zei: 'Vertel eens wat over jezelf, want wij kennen je helemaal niet. En over dat boek wil ik ook nog wel wat weten.'

'O, alsjeblieft hè, niet weer,' zei ik op gespeeld dramatische toon en sloeg mijn ogen ten hemel. 'Ik ben uitgeput van vanmiddag. Ik wil alleen maar verhalen over anderen horen.'

'Nou, dan zullen wij je iets vertellen over Boris,' zei Monica lachend.

Ik haalde opgelucht adem en leunde ontspannen achterover in mijn stoel. Nu de druk van de ketel was en ik niet meer hoefde te vrezen dat ik gigantisch door de mand zou kunnen vallen, liet ik alles over mij heen komen. Ik genoot van de ongedwongen en ongecompliceerde sfeer. Het was lang geleden dat ik me zo had geamuseerd.

Het eten was een hectisch gebeuren met de drie mannetjes aan tafel. Ik had nooit verwacht dat de uitgever van Punt-Komma zo'n natuurlijke handigheid had om drie kinderen tot eten te zetten. Vol verbazing sloeg ik het gade. In alle rust en tegelijkertijd pratend met ons duwde hij telkens weer een hap eten bij een van zijn neefjes naar binnen.

'Niet zaniken,' zei hij tegen de jongste, die al begon te kokhalzen bij de aanblik van het eten op zijn bord.

'Ik lust niet groene dingen,' mekkerde het ventje.

'Dit is niet groen, sukkel,' zei Boris terwijl hij een roosje broccoli voor de neus van het ventje rondzwaaide. 'Dit is paars, je bent gewoon kleurenblind.'

'Dat is niet,' krijste de kleuter.

'Gevleugelde Bizon, nou moet je eens goed naar het Opperhoofd luisteren. Dit is paars en jij bent gek op paarse dingen. Daar wordt Gevleugelde Bizon beresterk van.'

Het ventje keek zijn oom met grote ogen en open mond van verbazing aan, en Boris propte onmiddellijk de broccoli in het geopende bekkie. 'Zo, die is binnen,' zei hij lachend.

'Vies,' zei het ventje bijna jankend.

'Ben je mal! Oeroegpoep is toch niet vies? Dat lust toch elke indiaan?'

Het ventje begon meteen te stralen. 'Mam, is dit Oerepoep?'

'Ja,' zei Monica heel serieus.

'Mag ik morgen Oerepoep op mijn brood?'

'Tuurlijk,' zei Monica. 'Alleen, als het een nachtje heeft gelegen wordt het bruin en smaakt het iets anders.'

'O,' zei het ventje teleurgesteld. 'Hoe dan?'

'Waar het naar smaakt?'

Het knulletje knikte heftig met zijn hoofd.

'Een beetje naar pindakaas, geloof ik.'

Ik kon mijn lachen amper inhouden. Ik realiseerde me opeens hoe leuk het zou zijn om kinderen te hebben, hoewel ik Rob nog niet met zoveel fantasie en geduld een kind zag helpen om zijn bordje leeg te krijgen. Eigenlijk zag ik Rob helemaal niet voor me met kinderen. Er was niets aan hem waardoor ik de indruk had dat er kinderen in zijn leven zouden passen. Waarom zag ik dan toch zo duidelijk een leven voor me met Rob en een hele hoop kinderen? Omdat ik van hem hield! Dat was toch logisch? Rob was voor mij de geschikte echtgenoot en hij zou vast wel groeien in zijn vaderrol. Dat kon je toch leren? Daar had je vast wel boekjes voor.

Na het eten bood Boris aan om samen met mij de kinderen naar bed te brengen. Een aanbod waar Monica en Peter dankbaar gebruik van maakten.

'Maar vindt Anne dat wel leuk?' vroeg Monica aan Boris.

'Daar komt ze dan snel genoeg achter,' zei hij laconiek en pakte zijn jongste neef op en zette hem met een grote zwaai op zijn schouders.

'Vincent en Max, jullie moeten Anne naar boven duwen.'

Voordat ik het in de gaten had, voelde ik twee paar handjes op mijn billen en met luid gejuich duwde het tweetal mij de trap op, aangemoedigd door hun jongste broertje.

De twee oudsten sliepen samen op een kamer en ik had van mijn leven nog nooit zo'n klerezooi gezien. Overal lagen autootjes, stukjes lego, papiertjes en allerlei kledingstukken.

'Hé,' fluisterde ik. 'Zullen we een wedstrijdje opruimen doen?'

Vol enthousiasme stortten de ventjes zich op het project. Op handen en knieën kropen we door de kamer en binnen een mum van tijd werd de kleur van het tapijt weer zichtbaar. Toen ik opstond zag ik Boris, leunend tegen de deurpost, toekijken.

'Kom,' zei ik tegen de ventjes. 'Tandenpoetsen, haren kammen en al die andere dingen die jullie moeten doen.'

'Plassen,' gilden ze in koor.

'Dat doe je maar met Boris.'

Boris schoot in de lach. 'Op die leeftijd mag je nog gewoon met ze mee om te plassen, hoor.'

'Weet ik veel. Ik rol vandaag van de ene in de andere mij totaal onbekende wereld.'

'En bevalt het?'

Ik keek hem even recht in zijn ogen. 'Ja.'

Boris ging voorlezen en ik zat ernaast op de grond. Stilletjes luisterde ik naar het prachtige verhaal over een kleine mier die was verdwaald. Zijn stem was zo ongelofelijk heerlijk om naar te luisteren dat ik mijn ogen sloot en helemaal werd meegevoerd in het verhaal.

Toen we even later beneden aan de koffie zaten, vertelde ik hem dat ik het verhaal prachtig had gevonden. Hij begon te stralen en Monica vertelde trots dat het verhaal door hem zelf was geschreven.

'Dat had ik nou nooit van je verwacht,' zei ik oprecht.

De open haard knetterde, en met een glaasje wijn zaten we met zijn vieren naar de vlammen te staren en gezellig te praten. Ik vond het zelfs jammer toen Boris zei dat we helaas moesten gaan.

Terug in de auto zeiden we niets. Ik kon me niet herinneren dat ik ooit eerder zo ongedwongen het gevoel had gehad dat het prima was dat ik mij hulde in stilzwijgen.

Toen hij me uiteindelijk afzette bij mijn appartement vroeg ik of hij nog binnen wilde komen. Ik had onmiddellijk spijt. Waarom deed ik dat nou? Wat moest hij wel niet van me denken?

Ik voelde zijn hand op mijn arm en hij zei: 'Nee, laten we dat maar niet doen.'

Op het moment dat ik de deur van de auto opendeed, zei hij: 'O, Anne. Ik heb nog een vraag. Waarom schopte je nou zo hard tegen mijn been toen we Jansen en zijn vrouw tegenkwamen?'

Ik zuchtte even diep en keek hem aan. Oké, dit was het moment. Ik ging het nu vertellen!

'Nou?' drong hij aan, en hij keek me doordringend aan met zijn donkere ogen.

Ik voelde een tinteling in mijn onderbuik. Ik kon de gekke kriebel niet plaatsen, ik wilde het niet plaatsen, en zonder dat

ik erbij nadacht, zei ik dat ik op de nominatie stond om partner te worden en dat ik de partners nog niet had verteld dat
ik een boek had geschreven, omdat ik niet had verwacht dat
het wat zou worden.

Ik zuchtte opgelucht. Toch fijn dat je kon voortborduren op
een leugen zonder te liegen.

'Zal ik dan morgen Jansen even bellen? Hij moet het tenslotte wel weten, want ik ga je de komende tijd toch nodig
hebben.'

O, shit. Het web van leugens begon akelig dicht te groeien.
Boris zag mijn twijfel.

'Waarom wil je het niet zeggen?'

'Omdat ik bang ben dat het mijn positie binnen JVJ gaat
schaden,' zei ik, en ik doelde daarbij op iets heel anders dan
Boris kon weten.

'Laat mij het dan regelen. Dan komt alles goed.'

Ik knikte een beetje halfslachtig. Ongelofelijk, wat maakte
ik er een puinhoop van!

13

'Oké, handige Annie,' riep ik mezelf tot de orde toen ik me op
de bank neer liet ploffen. 'Je hebt een gouden kans laten schieten om het hem te vertellen, trut!'

Daar zat ik dan: een fusiespecialiste met een blinde vlek voor
cijfers, die een boek had geschreven waarvan ze de inhoud niet
kende.

Ik moest ingrijpen voordat Boris ging bellen met Jansen. Als
dat gebeurde zou ik voorgoed verstrikt raken in het doolhof
van leugens. Ik moest er niet aan denken wat er zou gebeuren
als ze er bij JVJ achter zouden komen dat ik een auteur was,

die nooit één letter had geschreven. Dan kon ik mijn prachtige carrière in het monumentale pand wel op mijn buik schrijven.

Ik pakte de telefoon. Het was al elf uur en ik hoopte maar dat Petra nog wakker zou zijn. Eindeloos ging de telefoon over, maar er werd niet opgenomen. Ik draaide het nummer van haar mobieltje, maar ook dat nam ze niet op. Op niet al te vriendelijke toon sprak ik een boodschap in dat ze mij zo snel mogelijk terug moest bellen. Allerlei tegenstrijdige emoties gingen door me heen. Ik was chagrijnig, maar vreemd genoeg ook opgelucht dat ik haar niet te pakken had gekregen. Al ijsberend liep ik door de kamer en probeerde mijn gedachten te ordenen. Ik realiseerde me dat ik in deze staat absoluut de slaap niet zou kunnen vatten en besloot Merel te bellen om te vragen of ze nog zin had om een borrel bij Mo te gaan drinken. Merel kennende was die altijd wel in voor een kroegbezoek.

'Ik zie je bij Mo,' gilde ze enthousiast door de telefoon.

Ik gaf mezelf een kwartiertje om er weer fris en vrolijk uit te zien en besloot een snelle douche te nemen. Half in gedachten liep ik naar de badkamer, maar op een strategisch onhandige plek stond nog steeds als stille getuige het emmertje met daarnaast de Pritt plakstift en een grootverpakking pleisters. Met een ongelofelijke snelheid struikelde ik over de emmer en terwijl ik een oerkreet slaakte, belandde ik languit in de kamer. Kleddernat en bibberend van de schrik kwam ik langzaam overeind terwijl het water tussen de naden van het parket doorsijpelde. Onder de douche bekeek ik mijn verwondingen. Het viel mee. Een dikke blauwe plek op mijn bovenarm, maar gelukkig geen bloed. Dat was maar goed ook want mijn pleisters dreven nog ergens rond in het plasje water. Zonde! Als ik vanavond thuiskwam, ging ik ze in de magnetron leggen.

Ik had nog geen stap over de drempel gezet of Mo riep al enthousiast dat hij zo blij was dat hij me zag. Hij sloeg een arm om me heen en gaf me een kus op mijn wang. Ik leunde tegen zijn brede borstkas en precies op dat moment kwam Merel binnengerend.

'Verstoor ik een intiem moment?' vroeg ze.

'Nee, hoor. Stamgasten druk ik wel vaker aan mijn borst,' antwoordde Mo lachend.

'In dat geval moet ik wat vaker komen,' zei Merel grinnikend en bestelde wat te drinken voor ons.

Ik zat zo vol van de dingen die ik vandaag had meegemaakt, dat ik het liefste alles wilde vertellen. Over de studio's in Hilversum, en hoe ene Boris bij zijn neefjes het eten naar binnen propte, maar ik kon het niet vertellen zonder uit te leggen waar ik Boris van kende. Mijn hoofd maalde. Ik hoorde Merel aan Mo vertellen dat ze een aardige vent was tegengekomen, informatie die mij normaal gesproken op het puntje van mijn stoel deed belanden, maar deze keer kon ik mijn gedachten er niet bij houden. Veel te snel dronk ik mijn wijntje op en bestelde een tweede, wat mij op een bezorgde blik van Mo kwam te staan, die hij overigens onmiddellijk trachtte te verhullen.

'Hoe gaat het met je?' vroeg Mo. 'Heb je het naar je zin bij Fusies & Overnames?'

'Ja, prima,' zei ik enthousiast. Ik babbelde wat over mijn collega's, weidde uit over Mira en het kapsel van Marjolein, maar mijn normale gedreven enthousiasme en drukke gebaren om mijn woorden kracht bij te zetten waren nu niet aanwezig. Ik wilde ze gewoon hele andere dingen vertellen. Mijn hoofd zat vol met uitgeversverhalen, autistische auteurs en kleine kinderen die indiaantje speelden. Ik zat in een totaal andere wereld en ik hoopte maar dat het ze niet opviel. Gelukkig ging mijn mobieltje over. Ik ging ervan uit dat het Petra was, en met een beleefd excuus liep ik naar een stil hoekje van het café. Ik zuchtte diep van opluchting. Over tien minuten was het voorbij, dan zou ik de leugens achter me kunnen laten en aan Mo en Merel het hele verhaal uit de doeken kunnen doen. Ik verheugde me er nu al op.

'Met Anne,' zei ik.

'Met Jasmijn. Sliep je al? Ik moest je even bellen. Echt fantastisch! Ik heb je vandaag gehoord op de radio. Mens, ik wist niet wat me overkwam! Ik was bij mijn ouders en die luisteren altijd naar *Boeken in de Kast* en het is dat ik mijn mobieltje niet bij me had, anders had ik je al veel eerder gebeld. Ik ben nu net thuis en ik dacht: het maakt me niet uit hoe laat het is maar ik moet Anne bellen. Dat je ons niets verteld hebt! Ben je al die tijd bezig geweest met het schrijven van een boek en dan moet ik dat over de radio horen! Maar goed, gefeliciteerd!' raasde ze aan één stuk door.

Ik geloof dat ik lijkbleek wegtrok. 'Vandaag gehoord?' stamelde ik.

'Wij luisteren altijd. Dat wil zeggen: als ik bij mijn ouders ben. Zij zijn echte fans, maar ik moet zeggen dat ik het zelf ook een heel leuk programma vind. Komt natuurlijk ook omdat het live is, dan wil er nog wel eens iets mis gaan.'

'Live?' vroeg ik zachtjes.

'Luister lieve schat, ik wil natuurlijk alles weten maar niet nu want het is al laat. Ik bel je zo snel mogelijk maar ik wilde je toch even zeggen dat ik het echt heel erg geweldig vind. Gefeliciteerd! Dag, tot snel!'

Het klamme zweet brak me uit. Live! Shit!

'Alles goed?' riep Merel vanaf de bar.

'Ik kom zo. Ik moet nog wat telefoontjes plegen,' riep ik terug, en vroeg me tegelijkertijd af hoe en wanneer ik zo goed in liegen was geworden.

Ik drukte wat willekeurige nummers in en mompelde in mezelf zodat het net leek alsof ik een interessant gesprek aan het voeren was terwijl ik ondertussen probeerde om te overzien wat mijn radio-optreden voor gevolgen had. Desastreus;

een andere conclusie kon ik niet trekken.

Ik kon me nu niet meer terugtrekken. Er was geen ontkomen meer aan. Er was maar één ding dat ik kon doen en dat was het spel meespelen. Ik keek even naar Mo en Merel en heel even overwoog ik om ze in vertrouwen te nemen. Ze zouden er vast vreselijk om moeten lachen!

Merel zag me kijken en zwaaide vrolijk. Als ik het aan Merel vertelde moest ik het ook aan de anderen vertellen. Ik vroeg me af of Jasmijn het kon waarderen, die had me net verteld hoe geweldig ze het vond. En konden Bo en Madelief hun mond houden?

Vertwijfeld beet ik op mijn lip. Wat een diepe ellende! Ik zag Merel en Mo kijken wat ik aan het doen was en ik gebaarde dat ik nog iemand moest bellen. Ik leunde tegen de muur, drukte weer wat cijfers in en hield mijn mobieltje tegen mijn oor waarbij ik heel ernstig keek alsof het een ingewikkeld gesprek ging worden.

Hardop zei ik tegen mezelf: 'Niets vertellen en het spel gewoon meespelen, Anne.' Ik knikte heftig met mijn hoofd. 'Tegen de tijd dat Petra en ik onthullen dat het allemaal een grap is geweest, laat ik het ze wel weten.' Ik knikte weer heftig met mijn hoofd alsof ik het helemaal eens was met degene die ik aan de telefoon had.

Met een resolute beweging klapte ik mijn mobieltje dicht en liep terug naar de bar.

'Rondje van Anne! Ik heb wat te vieren.'

'Vertel,' zei Mo enthousiast.

'Ik was vandaag op de radio.'

'Wat?' riepen Mo en Merel tegelijkertijd.

Ik begon te lachen. 'Ik heb zelf ook niet geluisterd. Ik wist niet dat het live was. Typisch iets voor mij. Lekker handig!'

'Wat moest je op de radio?' vroeg Mo. Hij keek me met grote ogen aan.

'Ik was vandaag met mijn uitgever op stap. Ik heb een boek

geschreven.' Ik keek vrolijk naar Merel en Mo. Goh, wat ging dat liegen mij gemakkelijk af. Als het ook zo makkelijk zou gaan bij de partners, dan was er eigenlijk geen enkele reden om zo gestrest te doen.

Nu was het de beurt aan Merel om met grote ogen vol verbazing te kijken. 'Wáánzinnig!' zei ze op de manier zoals alleen Merel dat kon zeggen. 'Jij blijft me verbazen, zeg. Waar haal je de tijd vandaan om dat ook nog eens te doen. Een boek!'

'Tja, een boek.'

'Ze hebben mij ook wel eens gevraagd of ik wilde publiceren,' zei Merel, 'maar dat kost zo veel tijd. Ik vind het echt knap van je, Anne. Een juridisch handboek!'

'Nou, het is eigenlijk meer een roman.'

Twee paar ogen keken me aan. Ze zeiden helemaal niets. Mo streek met zijn hand over zijn kin en ik wist dat hij dat alleen maar deed als hij het gevoel had dat er iets niet klopte. Ik grijnsde wat en zei: 'Ja, grappig hè? Een roman.'

'Een roman! Nou ja zeg! Waar gaat het over?'

Ik zuchtte diep. Ik moest Petra te pakken zien te krijgen! Ik begon het nu zelf ook gênant te vinden dat ik geen antwoord kon geven op deze toch wel uiterst simpele vraag. Ik keek Merel aan en ik begon weer te lachen, of waren het de zenuwen?

'Dat zeg ik lekker niet. Gewoon kopen!' Ik gaf Merel en Mo een kus, sloeg mijn wijntje achterover en zei verontschuldigend: 'Sorry, jongens, ik moet ervandoor. Ik hoorde zonet ook nog dat er gedoe is op mijn werk, en in plaats van in mijn bed moet ik helaas nog in een dossier duiken.'

Met grote stappen liep ik het café uit, en pas toen ik weer buiten was, haalde ik opgelucht adem.

14

Na een beroerde nacht stond ik om zes uur doodvermoeid op. De hele nacht had de strenge stem van mijn moeder door mijn hoofd lopen malen. 'Al is de leugen nog zo snel, de waarheid achterhaalt hem wel.'

Het leek me dat Petra gewoon snel met de waarheid moest komen, dan liep het vast wel met een sisser af. Althans, dat hield ik mezelf dapper voor.

In alle vroegte zat ik met een kopje koffie en grote wallen onder mijn ogen achter mijn bureau, en ik had voor mijn gevoel al een halve dag achter de rug toen Marjolein om tien uur kirrend mijn kantoor in kwam met in haar kielzog een bos krullen.

'Anne, er is bezoek voor je,' zei ze op extra hoge toon vanwege haar overspannen hormonen, die bij de aanblik van Boris op topsnelheid door haar aderen gierden. Ze had haar kapsel een vreemd kleurtje rood gegeven, en het vurige geheel was wild omhooggestoken. Om instorting te voorkomen was de haardos met een halve spuitbus ozonvernietigende lak vastgezet. Het wiebelde raar op haar hoofd heen en weer en ik vreesde dat het elk moment kon kantelen en als een slap vaatdoekje op haar schouder terecht zou komen. Het was geen gezicht, maar geobsedeerd bleef ik ernaar kijken. Ik vond haar niet bepaald een visitekaartje voor Fusies & Overnames.

'Goedemorgen, Anne,' zei Boris vrolijk.

Marjolein keek afwisselend naar mij en Boris, en maakte tot mijn stomme verbazing geen enkele aanstalten om mijn kamer te verlaten.

'Marjolein, wat dacht je ervan? Koffie halen? Is dat een goed idee?'

Beschaamd droop het rossige schaap af.

'Jij gaat lekker met je collega's om,' zei Boris.

'Hallo, ze zat jou met haar ogen uit te kleden. Ik weet niet wat je tegen haar hebt gezegd maar als ik niet had ingegrepen dan had ze hier nu kwijlend voor je voeten gelegen. En dat terwijl ze toch eigenlijk meer op het type directeur in streepjespak valt! Dus wat heb je met haar gedaan?'

'Ben je jaloers?'

'Doe normaal, ik heb een vriend. Ik heb de man van mijn leven gevonden, de man met wie ik ga trouwen en van wie ik acht kinderen wil. Dan mag jij af en toe langskomen om indiaantje met mijn kroost te spelen.'

'Ik mag toch hopen dat je mij daar niet voor nodig hebt.'

'Wat kom je doen?' vroeg ik kortaf.

'Jansen op de hoogte stellen van jouw geniale talenten.'

'Jansen krijg je alleen te spreken als je een afspraak hebt gemaakt. Heb je die?'

Hij haalde zijn schouders op.

'Oké.' Grinnikend ging ik hem voor. Dit werd feest! Volgens mij dacht Boris dat hij dit klusje even kon klaren, maar dan zou hij toch raar staan te kijken.

Janine, de secretaresse van Jansen, keek verbaasd op toen Boris aan haar bureau verscheen. Op haar vraag of hij een afspraak had moest hij ontkennend antwoorden en onmiddellijk keek ze hem arrogant glimlachend aan.

'Dan kan ik helaas niets voor u doen.'

Boris boog zich voorover, keek haar doordringend aan en fluisterde wat in haar oor. Wat hij zei kon ik niet horen, maar tot mijn stomme verbazing moest Janine lachen en liep ze de trap op naar het torentje.

Terwijl we wachtten keek Boris geamuseerd om zich heen. Hij vond het duidelijk leuk om dit hele gedoe op zo'n advocatenkantoor eens van dichtbij te zien. Ik had weer even een moment waarin de volle omvang van het bizarre gebeuren tot mij doordrong en de zenuwen gierden door mijn strot.

'Ik weet niet of de partners hier wel zo blij mee zijn, Boris.'

'Waar doe je nou zo moeilijk over, Anne. Die partners zijn toch ook gewoon mensen?'

'Dat weet ik zonet nog niet. Ik vraag het me wel eens af...'

Ik kon mijn zin niet verder afmaken want Janine kwam weer naar beneden en zei met een glimlach rond haar mond dat Jansen een paar minuutjes tijd had voor zijn buurjongetje.

Boris gaf me een vette knipoog, pakte me bij de hand en sleepte me de wenteltrap op. Heel even flitste het door me heen dat ik voor het eerst van mijn leven het torentje zou gaan zien, en als het een beetje tegenzat meteen ook voor de laatste keer. Het koude zweet gutste langs mijn rug. Ik kon niet meer terug. Over een paar minuten zou Boris bekendmaken dat ik de schrijfster was van *Donkere Wolken*!

We liepen naar boven en ik had het gevoel dat de wenteltrap eindeloos veel treden telde. Uiteindelijk stapte ik het paradijs binnen en zei met schorre stem: 'Mag ik u even voorstellen. Dit is Boris van der Kaak.'

Ontspannen leunend tegen een stoel keek Boris de partners een voor een aan. Hij was duidelijk niet onder de indruk.

'Mooi uitzicht heeft u hier.' Hij pakte de eerste de beste stoel, ging zitten en speelde wat met het voorzittershamertje dat voor hem lag. Het was de stoel van Jansen. Het was een doodzonde om op de stoel van Jansen te gaan zitten! Er ging een siddering door de partners heen. Ik was geschokt maar vreemd genoeg voelde ik een kriebel in mijn lichaam naar boven komen die normaal gesproken bij mij eindigde in een enorme lachbui. Ik slikte een paar keer en sprak mezelf vermanend toe, maar het lukte me niet om de malle grijns van mijn gezicht af te krijgen.

'Ik ben blij dat u even tijd voor mij heeft kunnen maken. De heer Jansen ken ik al vele jaren maar ik vind het heel bijzonder u allen te ontmoeten, vooral omdat u in uw midden een dame heeft met heel veel talenten,' zei Boris vrolijk.

'Dat bepalen wij wel,' zei Jansma brommend.

'Wat bedoel je, Boris?' vroeg Jansen zo vriendelijk mogelijk. 'Anne is ongetwijfeld een geweldige advocate maar ze is tevens een fantastisch schrijfster.' Blij keek Boris in het rond. Het was plotseling doodstil.

Ik voelde me een beetje misselijk worden maar bleef grijnzen als de eerste de beste stewardess op te kleine schoenen die zichzelf staande moest houden in een overvol vliegtuig vol Japanners die vol verwachting en druk oefenend met hun nieuwe camera's hun eerste Europese vakantie tegemoet gingen.

'Anne heeft een boek geschreven,' ging Boris onverstoorbaar verder. 'Het heet *Donkere Wolken*. Ik ga het uitgeven en het wordt een absolute topper. Dat kan ik u verzekeren. Wat ik u ook kan verzekeren is dat er voor Anne zware tijden zullen aanbreken. Ik wil veel publicitaire aandacht geven aan het boek, en dat betekent dat ze in de gelegenheid moet worden gesteld om lezingen te geven en te signeren.'

Het zweet brak me aan alle kanten uit. Fuseren was al geen lolletje, maar signeren: wat leek me dat een rotwerk! Janssen begon te kuchen en Voorstevoordehoeven wisselde veelbetekenende blikken met Jansen uit. Boris hield niet van langdurige inleidingen, en ik vroeg me af of dit de juiste aanpak was om de heren ervan te overtuigen dat ik een bijzondere medewerker was waar ze vooral héél erg blij mee moesten zijn. Pas later realiseerde ik me dat Boris hier niet zat om de heren te overtuigen, maar slechts een mededeling kwam doen. Het was uiteindelijk Kortewind die het woord nam. 'Meneer van der Kaak. Wij zijn een advocatenkantoor. Anne heeft sinds kort een belangrijke functie gekregen op de sectie Fusies & Overnames en ze staat daarnaast ook nog eens op de nominatie voor het partnerschap. Dat zijn zowaar geen taakjes die je erbij kunt doen.'

'Meneer... eh.'

'Kortewind is de naam.'

'Meneer Kortewind, u begrijpt één ding niet. We hebben het

hier niet over een flutboekje. Ik geef namelijk geen shit uit.'

Er ging een huivering door de torenridders en de gezichten verstrakten bij het woord 'shit'.

'We hebben het hier over een aanwinst voor de Nederlandse literatuur,' ging Boris onverstoorbaar door. 'De schrijfster daarvan werkt hier. Daar mag u best trots op zijn. Ik begeleid toppers en ik zou het wel prettig vinden als de omgeving mee zou willen werken.'

Ik slikte een paar keer. Dit gesprek ging overduidelijk de verkeerde kant op. Niemand vertelde de partners wat ze moesten doen.

'Anne wordt als advocate en schrijfster in de markt gezet. Daar wordt JVJ alleen maar beter van.'

Er viel een doodse stilte. Ik voelde me net de aanbieding van de maand, en dat voelde absoluut niet prettig. Ik durfde niet om me heen te kijken en staarde naar het weelderige, donkerrode tapijt waar tot mijn verbazing mijn hakken geheel in verdwenen.

'Wilt u even beneden wachten? Dan zullen wij overleg plegen,' zei Voorstevoordehoeven op formele toon.

'Wat een triest volk,' zei Boris toen we beneden met een kopje koffie zaten te wachten. 'Dat je hier wilt werken. Waarom ga je niet fulltime schrijven?'

'Doe niet zo raar. Ik houd van mijn werk.'

'Wat beschouw jij eigenlijk als je werk?'

'Dit hier.'

'Anne, mijn gesprekje van daarnet was niet alleen voor die oude rukkers bedoeld, maar ook voor jou. Ik meen het serieus als ik zeg dat ik alleen maar toppers begeleid. Als je daar eigenlijk geen behoefte aan hebt dan moet je het zeggen. Dan ga ik mijn tijd niet verdoen. Sorry, maar voor jou tien anderen.'

Ik keek hem doordringend aan. Het was nu of nooit. Dit was mijn kans om te zeggen dat hij vooral tien anderen moest nemen. Het liefst die ene, die zichzelf Vera de Pagret noemde maar eigenlijk gewoon Petra de Grave heette. Een tuthola, die beweerde dat ze mijn vriendin was maar die mij ondertussen mooi gebruikte om haar prutserige literaire werkje aan de man te brengen. Maar ik zei het niet. Het leek me opeens heel akelig als Boris zijn tijd niet meer aan mij wilde verdoen.

'Natuurlijk ben ik serieus,' stotterde ik, 'maar ik heb ook mijn werk hier. Dat valt moeilijk te combineren. Snap je dat niet? Die mannen in dat torentje verlangen tweehonderd procent van mij. Als jij ook tweehonderd procent van mij verlangt, dan heb ik een heel groot probleem. Dat gaat niet. Je kunt niet van mij verwachten dat ik kies voor een boek waarvan ik niet eens weet of het wat gaat worden, terwijl er hier een glanzende carrière voor me ligt. Jij kunt wel zeggen dat *Donkere Wolken* geweldig is, maar misschien ligt het overmorgen bij de ramsj!'

Hij keek me lachend aan. 'Wat heb jij weinig vertrouwen in jezelf. Ik weet zeker dat je zo meteen te horen krijgt dat je alle medewerking zult krijgen. Wedden?'

'Ik wed nooit.'

'Ook goed, maar ik wil wel dat je me helemaal vertrouwt.'

Een grote glimlach verscheen op mijn gezicht. Boris vertrouwen? Ik wilde niets liever!

'Jullie mogen weer naar boven, hoor,' riep Janine vrolijk met haar kop net boven de balie uit.

Met twee treden tegelijk nam Boris de wenteltrap. Hijgend kwam ik erachteraan.

'Ga zitten,' zei Jansen en hij wees op de stoel tegenover hem. 'We hebben er even rustig over gesproken en zijn eigenlijk heel erg trots om Anne in ons midden te hebben. We geloven in Anne als advocate en we zullen in haar geloven als schrijfster. Waar mogelijk zullen we haar alle ruimte bieden, zodat ze haar schrijverschap kan ontplooien.'

Ik keek verbaasd naar de instemmend knikkende hoofden

van de partners. Wat gebeurde hier allemaal!

'Mooi,' zei Boris, 'ik had niet anders verwacht dan dat u de juiste beslissing zou nemen.'

Hij gaf iedereen een hand en nam met twee treden tegelijk weer de trap naar beneden.

'Dag Janine,' hoorde ik hem nog vrolijk roepen.

Totaal verbaasd mompelde ik tegen de partners dat ik maar snel aan het werk moest gaan. Ik had het tenslotte druk genoeg. Ik draaide me om, en in mijn haast weg te komen, struikelde ik over de drempel. Ik glimlachte verontschuldigend naar de mannen die wezenloos naar me zaten te kijken. Verbeeldde ik het me of schudde Jansen afkeurend zijn hoofd? Heel voorzichtig, om nog meer ellende te voorkomen, daalde ik de wenteltrap af. Verbaasd gadegeslagen door Janine.

Pas op het moment dat ik weer veilig in mijn eigen kantoor zat, kon ik weer een beetje ademhalen. Mijn eerste officiële optreden in het torentje en ik had als een tuimelaar het ovaal verlaten! Hoe kreeg ik het voor elkaar! Aan de andere kant: ik was niet ontslagen en ook niet verbannen naar het archief. Maar ondanks de opluchting bleef ik het gevoel houden dat ik veel te hard een helling afskiede en in de verte het einde van de piste zag opdoemen. Daar moest ik maar niet te lang over nadenken, anders donderde ik in een depressieve gletsjerspleet, die zo diep was dat zelfs tien Zwitserse reddingsteams en vijf sint-bernardshonden machteloos moesten toekijken. Ik kon nu toch niks meer aan de situatie veranderen en het leek me verstandiger om mezelf lachend uit deze netelige situatie te redden. Veel erger dan dit kon het tenslotte niet worden. Alhoewel! Als ik niet snel wist waar dat stomme boek over ging dan kon het heus nog wel véél erger worden. Ik pakte onmiddellijk de telefoon.

'Petra, ik moet je even spreken.'

'Ik ben aan het werk. Waar gaat het over?'

'Kunnen we even samen lunchen?'

'Nee, ik heb echt geen tijd.'

'Je moet even tijd voor me maken!'

'Is het zo belangrijk?'

'Ja, ik ben het manuscript kwijt en iedereen wil weten waar dat boek over gaat.'

Ze begon heel hard te lachen. 'Ik kan alleen vanmiddag om een uurtje of vijf.'

'Dan heb ik een afscheidsborrel. Daar moet ik naartoe. Alles wat belangrijk is, komt daar samen.'

'Dan ga ik toch gezellig met je mee?' zei Petra enthousiast.

'Volgens mij heb je daar niet zoveel aan. Ik moet met allerlei mensen praten, dat is toch helemaal niet leuk voor jou?'

'Je zult van mij geen last hebben. Ik red me wel.'

'Waarom ook niet. Luister Petra, we moeten daarna wel even samen praten want het loopt allemaal een beetje uit de hand met dat boek.'

'Ja, joh. Dat komt allemaal wel goed,' zei Petra luchtig.

Nadat ik had opgehangen keek ik even zuchtend om me heen en vroeg me af of het inderdaad wel goed zou komen.

Ik trommelde zenuwachtig met mijn vingers op mijn bureau en besloot dat ik mijn tijd maar beter nuttig kon besteden. Er lag een enorme stapel dossiers op me te wachten. Het waren er veel te veel. Als ik de hele boel nou zo snel mogelijk liet fuseren dan zou ik toch moeten eindigen met de helft minder dossiers?

'Hoi Anne,' zei Mira, die binnen kwam lopen en zonder nog wat te zeggen meteen aan haar bureau ging zitten, haar computer aandeed en ijverig van alles en nog wat begon te doen.

'Mira, ken jij dat gevoel dat je leven een puinhoop is en dat je daar niets aan kunt veranderen?'

Ze keek me vragend aan. Schaapachtig, zoals alleen Mira dat kon.

'Zie je deze gigantische stapel dossiers?'

Mira knikte heftig.

'Ken je niet dat gevoel, Mira, dat op een dag deze enorme stapel omver dondert en je levend wordt begraven onder juridische nonsens? Ken je dat niet? Zie je het niet voor je?'

Ze schudde haar hoofd.

Ik wel. Ik zag het helemaal voor me inclusief het berichtje in de krant. *Briljant advocate en schrijfster droevig om het leven gekomen door verstikking. Arbeidsinspectie gaat onderzoek doen naar wantoestanden bij advocatenkantoren.*

'Echt niet?' Ik keek haar vragend aan.

Mira schudde weer haar hoofd alsof ze vermoedde dat ik de grenzen van krankzinnigheid aan het bereiken was.

De rest van de dag bracht ik onproductief door. Mira deelde iets mee over een oud dossier en gegevens die niet klopten. Ze keek er heel verontrust bij. Ik geloofde het allemaal wel: gedane zaken namen geen keer.

Tegen vier uur besloot ik ermee op te houden. Ik kon me niet concentreren en ik belde Petra op dat ze mij rond vijf uur bij Mo moest ophalen. Dan zouden we van daaruit samen naar de borrel gaan.

Diep snoof ik de koude lucht op toen ik de deur van het kantoor achter me sloot. De deur viel altijd wat zwaar in het slot en ik moest aan een gevangenis denken. Ik liep het statige trapje af met zijn gietijzeren hekwerk en kon een grijns niet onderdrukken toen ik mijn fiets tegen de voorgevel zag.

Oké, Kortewind had een punt. Het zag er inderdaad wat mal uit tegen de schitterende monumentale voorgevel. Ook niet netjes van mij me niet aan de afspraken te houden. Ik had toch beloofd dat ik hem om de hoek zou zetten?

Gehaast zocht ik in mijn jaszak naar mijn fietssleutel. Ik rommelde wat in mijn tas maar ook daar kon ik hem zo gauw niet vinden. Waar had ik dat rotding nou weer gelaten? Met een chagrijnige kop liep ik het kantoor weer binnen en smeet mijn tas op mijn bureau.

'Is er wat?' vroeg Mira.

'Ik ben mijn fietssleuteltje kwijt,' antwoordde ik geïrriteerd.

'Goh, dat heb je nou nooit.' Ze draaide zich om en ging weer onverstoorbaar door met haar werkzaamheden.

Met veel lawaai stortte ik de inhoud van mijn tas op de grond en haalde ik de zakken van mijn jas en kleren ondersteboven. Geen sleuteltje. Zuchtend verplaatste ik alle dossiers en haalde ik al mijn laatjes leeg. Geen sleuteltje.

'Waar ben je overal geweest? Terugdenken, dat is wat je moet doen,' zei Mira zonder op of om te kijken.

'Ik wil niet terugdenken,' zei ik geïrriteerd. 'Ik wil vooruit!'

'Dan vind je je sleuteltje nooit.'

Met een zucht ging ik op mijn bureaustoel zitten. Het was inmiddels al halfvijf en ik besloot Petra te bellen.

'Peet, ik ben mijn sleuteltje kwijt. Kun jij hiernaartoe komen, dan kan ik bij jou achterop.'

'Wist je dat jij altijd op zoek bent naar je fietssleuteltje? Zolang ik je ken, ben je al...'

'Ja, ja, wrijf het maar in. Ik weet ook wel dat ik in die tijd een cursus Grieks en filo-kleien had kunnen volgen. Maar daar heb ik nu weinig aan. Ik heb overal gezocht,' zei ik wanhopig.

Ik hing op en keek Mira vragend aan.

'Denk na. Waar ben je vandaag overal geweest?' vroeg ze nogmaals.

'Hier.'

'Alleen hier? Je bent toch wel naar de wc geweest?'

'Ik ben in het torentje geweest,' zei ik verschrikt.

'Zo,' zei Mira bewonderend.

Nee, hè. Met drie treden tegelijk nam ik de trap naar de bovenste verdieping om daar hijgend bij Janine aan te komen.

'Janine, heb ik hier mijn fietssleuteltje laten liggen?'

'Hoe ziet hij eruit?' vroeg ze poeslief.

'Gewoon,' zei ik met een rood hoofd. 'Als een sleuteltje.'

'Zit er nog iets aan?'

'Ja,' zei ik en mijn wangen kleurden nog roder. 'Een sleutelhanger.'

'Wat voor sleutelhanger?'

'Een aapje. Een aapje dat een geel T-shirtje draagt waarop staat "vergeet mij niet".' Ik was inmiddels de schaamte voorbij.

Met een valse grijns op haar gezicht haalde Janine mijn fietssleutel uit haar laatje. 'Jansma heeft hem gevonden. Hij lag op de grond in het torentje.'

Petra stond al op mij te wachten. Hijgend kwam ik aangerend en mijn blouse plakte zweterig tegen mijn natte oksels. Als ik ergens een hekel aan had dan was het wel aan die vieze, natte zweetplekken! Tot mijn grote verbazing had Petra zich leuk aangekleed. Het was niet bijzonder, maar over het algemeen ging Petra nogal saai gekleed, en wat ze nu droeg, was voor haar doen bijna frivool te noemen.

Zo snel mogelijk fietsten we door de stad. Toen we aankwamen, zei ik: 'Ik blijf hoogstens twee uurtjes maar ik wil na afloop nog wel even met je praten. Goed?'

Ze knikte.

'Veel plezier, misschien kom je nog een leuke man tegen.' Ik gaf haar een knipoog. 'Om zeven uur sta ik hier weer bij de deur.'

Doelloos liep ik rond met een glas witte wijn in mijn handen. Ik zat nog niet helemaal lekker in mijn vel. Waar ik normaal gesproken door Jan en alleman werd aangesproken, had ik nu een aura van afstandelijkheid om mij heen hangen. Niet aantrekkelijk in ieder geval, want er was niemand die aandacht aan mij besteedde. Tot mijn grote verbazing zag ik op een gegeven moment Petra in gesprek met de heer Stoutjes, voorzitter van het Verbond van Christelijke Werkgevers. Hoe deed ze dat?

Vanachter een pilaar sloeg ik haar gade. Het was een geanimeerd gesprek, en tot mijn verbazing zag ik dat hij zijn kaartje aan haar gaf. Mijn mond viel open. Ik kon de drang om haar te blijven bespieden niet weerstaan, en waarschijnlijk was ik als een professionele stalker achter haar aan geslopen als ik niet op mijn schouders was getikt door een van mijn rijkste cliënten. Vanaf dat moment stuiterde ik weer als een flipperkastbal door de zaal. Korte praatjes hier, een zoentje daar. Kortom: iedereen had me weer gezien, en ook al werkte ik nog maar enkele weken op Fusies & Overnames, inmiddels wist ik dat zien en gezien worden het allerbelangrijkste was.

Rond zeven uur stond ik op de afgesproken plek om nog minstens een halfuur op Petra te moeten wachten. Uiteindelijk kwam ze aangerend, met rode wangen van opwinding.

'Leuk zeg, Anne, zo'n borrel. Gezellige mensen. Ik heb me prima geamuseerd. Dit moeten we vaker doen.'

'Dacht het niet.'

'Wat heb jij opeens?'

'Weet ik veel,' mopperde ik een beetje toen we bij de fietsen stonden. 'Nou, ja, dat boek van jou zit me af en toe knap dwars. Ik heb er zelfs slapeloze nachten van. Weet jij eigenlijk wel waar we mee bezig zijn?'

'Ja.'

'Jij noemt het een goede grap maar ik zit gewoon keihard te liegen. Leugens en bedrog, Petra. Dat is wat ik aan het verspreiden ben.'

'Zo moet je het niet zien. Daar word je ongelukkig van,' zei ze laconiek.

'Dat probeer ik mezelf ook voor te houden. Inmiddels ben ik op de radio geweest en heeft Boris van der Kaak de partners op de hoogte gesteld en ondertussen weet ik niet eens waar het boek over gaat.'

Petra begon te lachen. 'Dat is pas echt grappig! Je moet je niet zo druk maken. Uiteindelijk gaan we de waarheid vertellen en dan komt het allemaal goed.'

'Wanneer breekt uiteindelijk aan? Uiteindelijk zullen de mensen in mijn omgeving zich belazerd voelen als ze erachter komen hoe het daadwerkelijk zit. Snap je dat dan niet?' Ik begon me zichtbaar te ergeren aan haar gebrek aan inlevingsvermogen.

'Wat wil je dan, Anne? Moeten we morgen aan iedereen de waarheid gaan vertellen? Voel jij je dan beter?'

'Nee, dat kan dus niet meer,' zei ik wanhopig. 'Als ik nu opeens vertel dat het allemaal een grap is, zijn mijn kansen op het partnerschap absoluut verkeken. Er zijn dingen die je je niet kunt permitteren. Verlies aan geloofwaardigheid is er daar één van.'

'Nou, dan hebben we toch geen enkel probleem. Ik wil het ook nog niet onthullen. Dus dan komt het toch allemaal goed?'

Ik zag dat ze opgelucht ademhaalde en ik realiseerde me dat ze maar met één ding bezig was en dat was met zichzelf. Mijn vriendin, het grijze muisje, had haar zaakjes goed voor elkaar.

Ze legde haar hand op mijn arm en zei: 'Anne, je bent mijn beste vriendin. Ik zal nooit iets doen wat jou zou schaden. Dat weet je toch?'

Ik keek haar nog eens goed aan. Ik probeerde haar gedachten te peilen. Ze knikte me slechts bemoedigend toe.

'Goed,' zei ik berustend, 'ik vrees dat ik niet veel keus heb. Ik ben je pseudoniem in levenden lijve en jij zorgt dat je een goed moment kiest om de waarheid te zeggen. Petra, één ding moet je me beloven: ik wil wel dat je dat moment met mij overlegt.'

'Ja, natuurlijk. Wat denk jij dan?' zei ze vrolijk.

'Doe je morgen het manuscript bij me in de bus?'

'Dat doe ik, en ik zal er een roze strik om doen.'

'Waar gaat het boek nou eigenlijk over?' vroeg ik lachend.

'Over bedrog, Anne. Waar anders over.'

15

De weken die volgden vlogen voorbij. Het enige wat ik deed was werken tot 's avonds laat, waarna ik uitgeput in bed viel. Ik nam niet eens de tijd om tussen de middag ergens te gaan lunchen. Marjolein zorgde voor heel veel zwarte koffie, en ondertussen werkte ik als een bezetene door. Als een hamster knaagde ik mijzelf een weg door de dossiers vol met financieel jargon waar ik geen kaas van had gegeten.

'Mo mist je,' riep Ellen, een oud-collega van letselschade, toen ik weer eens zielig en alleen op kantoor achter was gebleven.

'Wat denk je van mij?' zei ik tegen haar, en ik wees op mijn kleffe broodje kaas en suffe glaasje karnemelk.

'Dus jij mist alleen maar Mo's broodjes?'

'Ja, wat moet ik anders missen?'

'Mo mist jou.' Ze gaf me een knipoog en liep mijn kantoor weer uit.

Ik haalde mijn schouders op en zuchtte eens diep. Ellen was een dwaze doos, briljant juriste, maar in de gewone menselijke omgang niet te volgen. Ik schudde mijn hoofd in een poging om me te concentreren, en verdiepte me in een akelig dossier vol cijfertjes, die ik niet kon thuisbrengen. Mijn gedachten dwaalden onmiddellijk af naar Rob. Ik had hem al zes dagen niet gezien. Hij had het hartstikke druk, net als ik. Zijn aanbod om nog even snel langs te komen rond een uurtje of tien had ik afgeslagen. Ik wilde gewoon eens gezellig met hem uit eten of naar de film. Even weg uit die sleur van snelle seks en het uitwisselen van allerlei niet ter zake doende dingen die op kantoor waren gebeurd. Als je verliefd was, deed je toch leuke dingen met elkaar? Hield Rob wel van mij?

Die vraag bleef de hele tijd in mijn hoofd rondzoemen waardoor ik me al helemaal niet meer kon concentreren op de getallen met veel te veel nullen in het dossier. Ik was verliefd, dat wist ik zeker. Daar was geen twijfel over mogelijk. Ik was de laatste tijd goed bezig op mijn werk en ik deed niet meer van die wilde dingen; ik dronk minder, ging op tijd naar bed. Dat moest wel door Rob komen. Hij bracht rust in mijn leven. Misschien was het wel goed dat we niet continu met zijn tweeën op pad waren. Had ik het niet gewoon nodig dat er iemand in mijn leven was die zijn eigen gang ging en die alleen maar af en toe bij me langskwam? Ik zat toch niet te wachten op een vriendje dat mij de hele dag claimde en van alles en nog wat met mij wilde ondernemen? Daar had ik niet eens de tijd voor! Ik vond het al vervelend genoeg dat ik niet eens de tijd had om mijn vriendinnen te zien!

Ik pakte resoluut de telefoon om Rob te bellen. Ik wilde weten of hij nog wel van me hield en wel nu onmiddellijk.

'Schatje, natuurlijk houd ik van je!' zei Rob oprecht. 'Hoe kom je er nou bij om te denken dat ik niet van je houd?'

Ik haalde opgelucht adem. 'Maar waarom doen we dan nooit iets leuks samen?'

'Had je dan liever gezien dat wij zo'n uitgeluld stelletje zijn dat samen op de bank televisie zit te kijken en op zondagmiddag bij de wederzijdse ouders op bezoek gaat?'

'Ja. Nee. Nee, dat bedoel ik nou ook weer niet.'

'Wat is het nou? Ja of nee? Lieverd, ik houd juist zoveel van je omdat je niet zo'n standaardmuts bent die op zaterdag wil winkelen en continu samen dingen wil doen. Daar krijg ik het benauwd van. Om van je te houden hoef ik je toch niet aldoor te zien? Ik vind dat juist de kracht van ons!'

Hij had gelijk, maar toch... 'Soms heb ik de behoefte je wat te vertellen, maar dan ben je er niet!'

'Ik kan er toch niet altijd zijn?'

'Nee, maar... hoe kan ik je dat nou uitleggen. Kijk... zoals... bijvoorbeeld.' Ik begon te stotteren. 'Eigenlijk moet ik je iets heel belangrijks vertellen.'

Het was even helemaal stil aan de andere kant van de lijn.

'Wat is er?' vroeg hij uiteindelijk.

Ik wist niet goed hoe ik het moest zeggen. Ik wilde niet tegen Rob liegen maar aan de andere kant wist ik niet of het verstandig was om hem de waarheid te vertellen over het boek dat ik zogenaamd had geschreven. Ik vond het hele *Donkere Wolken* gedoe een stomme actie van mezelf en ik kon me voorstellen dat Rob het al helemaal niet grappig vond.

'Anne, wat is er?' vroeg hij weer, maar nu op indringender toon.

'Ik weet niet hoe ik het moet zeggen.'

'Verdorie, je bent toch niet zwanger hè?'

Ik schrok van zijn agressieve toon en zei snel: 'Nee, joh, ben je mal!'

'O, gelukkig. Ik schrok me een ongeluk.'

'Zou je dat zo erg vinden dan?' vroeg ik timide.

'Op dit moment zou het wel een hele slechte timing zijn. We zijn zo lekker bezig met ons werk.' Hij zei het zo vriendelijk mogelijk. Een duidelijke poging om zijn eerste reactie goed te maken.

'Maar op zich? Ik bedoel... zou je? Later? Eh... als we meer tijd hebben, en zo?'

'Je bedoelt of ik kinderen wil?'

'Ja,' zei ik zachtjes.

'Ik denk het wel. Ik weet niet hoe het is maar ik denk dat ik ze best zou willen. Ik heb er eigenlijk nooit zo over nagedacht.'

'En als je ze wilt. Wil je ze dan van mij?'

'Maar schatje toch, ik houd toch van je? Van wie zou ik ze anders moeten krijgen?'

Ik zuchtte zo hard van opluchting dat het hoorbaar moest zijn aan de andere kant van de lijn.

'Wilde je me dat vertellen? Dat je kinderen wil?' zei hij lachend.

'Ja!' Mijn hart klopte wild van opwinding. Rob hield van me en wilde mij als moeder van zijn elf kinderen. Wat wenste ik nog meer?

'Zal ik vanavond rond tienen langskomen? Dan kunnen we even oefenen.'

'Prima,' zei ik lachend, en ik besloot dat ik nog niks zou zeggen over mijn leugenachtige schrijverschap, maar dat ik hem het eerste exemplaar zou overhandigen met een sierlijk geschreven voorwoord waarin stond dat dit boek op leugens berustte maar dat mijn liefde voor hem de absolute waarheid was.

Ik voelde me plotseling enorm opgelucht. Wat zat ik me toch zorgen te maken om niks!

Ik was ontzettend benieuwd waar Boris met me naartoe wilde. Ik had de vrijdagmiddag voor hem vrij moeten houden. Hij had het niet leuk gevonden toen ik hem vertelde dat ik om zes uur weer terug moest zijn voor de wekelijkse kantoorborrel.

'Jeetje, Anne, als er nou iets niet belangrijk is dan is het wel een kantoorborrel.'

'Daar heb je helemaal gelijk in, Boris, maar als Jansen speciaal aan mij heeft gevraagd of ik aanwezig wil zijn dan kan ik moeilijk niet op komen draven.'

'Waarom moet je zo nodig aanwezig zijn?' vroeg hij nieuwsgierig.

'Weet ik veel.'

'Misschien gaat hij de rest van JVJ vertellen over *Donkere Wolken*?'

'Nee, want ik heb gevraagd of ze het nog even stil willen houden.'

'Waarom?'

'Omdat ik nog maar net ben begonnen op Fusies & Overnames. Het kost me echt veel moeite om de boel daar op de rit te krijgen en me in te werken. Denk je nou echt dat ik zit te wachten op allerlei vragen van collega's?'

Hij schudde zijn hoofd, terwijl hij ondertussen zijn auto behendig door de straten van Amsterdam manoeuvreerde op weg naar Joost mocht weten waar. 'Ik heb dit echt nog nooit meegemaakt, Anne. Je boek wordt uitgegeven en jij wilt het liever niet van de daken schreeuwen. Ik vind je maar een merkwaardige dame.'

Stilletjes keek ik uit het raam. Op de een of andere manier vond ik het niet leuk dat hij mij maar een merkwaardige dame vond. Ik wilde iets grappigs vertellen om hem aan het lachen te maken. Als hij lachte, had hij zulke leuke kuiltjes in zijn wangen, maar ik was door mijn grappen heen.

'Hé, ik weet het,' zei hij plotseling enthousiast, en hij sloeg met zijn vlakke hand op mij bovenbeen. 'Ze gaan bekendmaken wie de nieuwe partner wordt. En dat ben jij, Anne! Natuurlijk, dat is het. Daarom moet je aanwezig zijn op de borrel.'

Ik keek hem fronsend aan. 'Denk je? Dat was nog niet in me opgekomen.'

'Ja, tut. Dat denk ik. Hoe lang duurt die borrel?'

'Meestal tot een uurtje of acht.'

'Dan kom ik je daarna halen. Dan gaan we samen uit eten.'

'Ja, maar... misschien wil ik het wel met iemand anders vieren.'

'Ook goed. Dan sta ik er niet. Met wie ga je het vieren? Met die man van je?'

Ik keek weer uit het raam. Rob was gisteravond gekomen, een uurtje gebleven, en had vervolgens laten weten dat hij het weekend echt thuis moest gaan werken. Zo ontzettend druk. Op mijn aandringen om vanavond samen iets te gaan doen, had hij zuchtend geantwoord dat we dit gedoe niet elke keer moesten herhalen. Hij had het druk. Druk, druk, druk, druk, maar maandagavond was ik weer aan de beurt.

Ik keek Boris even aan. 'Oké, waarom niet. Vanavond om acht uur. Dan gaan we samen uit eten,' zei ik gespeeld enthousiast.

Hij parkeerde de auto in een smal straatje en zei: 'Zo, we zijn er.'

'Waar?'

'Bij de drukker. Je boek is klaar, gedrukt en al. Met een mooie omslag,' zei hij blij.

Ik keek hem stom aan. Daar had ik zin in! Op bezoek bij een drukker. Ik had alles leuk gevonden: taartjes eten, zijn neefjes naar bed brengen, desnoods met zijn tweetjes op mijn roze geval door de regen fietsen. Maar naar een drukker om dat stomme boek te bekijken!

'Ben je niet nieuwsgierig?' vroeg hij geïrriteerd.

Ik pakte hem bij de arm en dwong hem om mij aan te kijken. 'Boris, je moet je goed realiseren dat ik dit boek nooit naar een uitgever zou hebben gestuurd. Peet heeft dat voor mij gedaan.'

'Peet?'

'Ach ja, zo noem ik haar. Ik bedoel Vera,' zei ik mezelf snel herstellend. 'De timing is gewoon heel erg slecht,' zei ik, dankbaar de woorden van Rob herhalend.

Doordringend keek hij me aan, zijn ogen samengeknepen. Ik zag hem denken. Hij was niet dom, hij moest zo langzamerhand toch in de gaten hebben dat de boel niet klopte?

'Schrijfster tegen wil en dank?'

'Dat is een goede titel voor mijn tweede boek. Dank je, Boris,' zei ik zo vrolijk mogelijk, en ik gaf hem een dikke zoen op zijn wang. Gelukkig, dit had ik weer fantastisch opgelost. Nu het spel in volle hevigheid was losgebarsten moest ik wel zelf de regie in handen houden en zelf bepalen wanneer ik met de waarheid naar voren zou komen.

Het was een rare gewaarwording mezelf in alle zwart-witvrolijkheid op de achterflap van een mij totaal onbekend boek te zien staan. Tot mijn schrik realiseerde ik me dat Peet een half-jaar geleden aan mij had gevraagd of ik een pasfotootje van mezelf had. Ze had een leuk plan om iets te gaan doen met de pasfoto's van haar familie en vrienden. Ik vermoedde gefröbel in een passe-partout. Onmiddellijk herkende ik het fotootje dat ik had opgestuurd. Een zenuwachtige tinteling schoot door mijn lichaam. Was dit toeval, of was Petra gewoon ontzettend doortrapt?

'En wat vind je ervan?' vroeg Boris.

'Héél mooi, het ziet er geweldig uit,' zei ik enthousiast. Ik meende er geen donder van, maar ik wilde Boris niet nog meer tegen me in het harnas jagen.

'Leuk ook die pilaren tegen die grijze wolken.'

'Dat zijn Griekse zuilen.'

'Ja, erg leuk bedacht.'

Boris keek me fronsend aan. 'Nou dat heb je zélf bedacht hoor, maar misschien moet jij je eigen boek nog eens nalezen.'

Ik slikte even en verlegen keek ik de andere kant op. Onmiddellijk nadat ik het manuscript had gekregen van Petra was ik begonnen met lezen, maar ergens halverwege het eerste hoofdstuk was ik in slaap gevallen.

'Mag ik twee exemplaren meenemen? Ik ben zo trots op mijn eerste boek.'

'Natuurlijk.'

Boris nam nog een aantal formaliteiten door met de drukker, waarna we zwijgend terugreden. Toen hij mij afzette, wenste hij me nog veel succes bij de kantoorborrel.

'Ik zie je om acht uur,' riep ik terug en zwaaide hem net zo-lang na totdat hij uit het zicht was verdwenen.

De grote vergaderzaal was helemaal stampvol. Vooraan, ach-ter een katheder om het wat extra cachet te geven, stond Jan-sen.

'Fantastisch dat jullie hier allemaal vandaag aanwezig zijn bij onze wekelijkse vrijdagborrel. Ik heb een aantal mededelingen te doen. Eentje van huishoudelijke aard en een feestelijke,' sprak Jansen op gewichtige toon.

Ik stond een beetje achteraan en genoot intens van de dingen die zouden gaan komen. Ik had er nog eens over nagedacht en Boris had waarschijnlijk gelijk. Ik werd vast tot partner benoemd. Waarom had Jansen mij anders zo op het hart gedrukt dat ik echt moest komen? Dat deed hij anders nooit. Vanuit mijn ooghoeken keek ik naar Berthold, die geheel ontspannen tegen een tafel leunde. Even flitste het door mij heen dat Berthold ook wel eens gekozen zou kunnen worden, maar onmiddellijk liet ik dat idee weer varen. Nee, dat was niet logisch. Dan was het tenslotte niet noodzakelijk dat ik ook aanwezig moest zijn, tenzij Jansen het juist heel geestig zou vinden als ik hier van ellende door de grond zou zakken. Zenuwachtige kriebels gingen als elektrische stootjes door mijn lichaam. Je wist het maar nooit met die partners en ik zou pas echt rustig adem kunnen halen als ik benoemd was.

'Allereerst heb ik een mededeling over ons jaarlijks terugkerende kerstfeest. Net als vorig jaar vieren we Sinterklaas en kerst samen in een ludieke sfeer waarin kerstballen samengaan met surprises. Daarom gaan we zo meteen lootjes trekken en net als vorig jaar verwacht ik weer vele originele en creatieve uitingen van jullie. Doe je best, maar laat het bedrag van het ludiek verpakte cadeautje de vijftien euro niet te boven gaan.'

Ik zuchtte even. Wat was die Jansen toch eigenlijk een idioot. Zou ik ook zo worden als ik partner werd? Ik zag mezelf opeens voor me aan het ovaal, eenzaam in mijn vrolijk gekleurde bloesje tussen de grijze ouwe lullen.

Ongeïnteresseerd trok ik een lootje uit het rieten mandje waarmee Janine rondging. Ik had Berthold! Hoe kreeg ik het voor elkaar!

'Beste, lieve mensen, ik geloof dat we allemaal door het lot van een lot zijn voorzien en ik wil daarom overgaan tot het doen van de feestelijke mededeling.'

Mijn hart begon heftig te bonken. Het bonkte hard tegen mijn ribbenkast en ik voelde mijn bloeddruk suizen in mijn oren. Krampachtig kneep ik mijn handen samen.

'Lieve mensen...'

Ik slikte een paar keer. Het was duidelijk. Dit werd de dag van mijn leven. Ik keek even snel naar Berthold en ik zag dat hij naar mij keek. Als blikken konden doden... Onmiddellijk keek ik naar de grond. Ik kon veel hebben maar hier werden pure haatsignalen uitgezonden.

'Lieve mensen, we zullen dit jaar met een redelijk goede winst afsluiten, en we hebben besloten dat we die winst gaan aanwenden op een wijze waar wij allen plezier van zullen hebben.' Jansen hield even stil, knikkend als een staatsman overzag hij zijn gepeupel. 'We gaan het souterrain verbouwen!' riep hij op luide en juichende toon.

Ik vermoedde dat hij had gehoopt op geklap en hoerageroep maar iedereen keek elkaar verbaasd aan. Ik wist niet waar ik moest kijken en probeerde me te verschuilen achter de brede schouders van ene Gert-Jan van belastingrecht, zodat niemand mijn asgrauwe en teleurgestelde smoeltje zou zien.

'In het souterrain gaan we een bedrijfskantine bouwen volgens moderne principes edoch ouderwets concept,' ging Jansen enthousiast verder. 'Het wordt een echte Saartjeskeuken waar we allemaal de lunch en eventueel een diner kunnen gebruiken. Ik wil met jullie het glas heffen en ik wens jullie een fijne vrijdagmiddagborrel toe, die we vanaf 1 januari natuurlijk in de Saartjeskeuken gaan gebruiken.'

Saartjeskeuken! Een kitscherig, landelijk gebeuren in de kelder van JVJ? Hadden die idioten nou serieus voor veel geld een hippe kit(s)chendesigner ingehuurd om met zoiets stompzinnigs te komen? Of had de vrouw van Voorstevoordehoeven alle bladen op het gebied van keukenkastjes doorgeploegd om tot de conclusie te komen dat de Saartjeskeuken toch zeker het komende halfjaar dé trend in Nederland zou worden? Nou, daar waren we dan mooi klaar mee. En Mo dan? Ik voelde mijn keel pijnlijk samenknijpen. Arme Mo!

'Leuk hè,' gilde Marjolein enthousiast in mijn oor.

Ik wist niks te zeggen. Het enige wat door mijn hoofd ging was Mo.

'Teleurgesteld?' siste Berthold akelig hard in mijn oor.

'Ik vind dit echt rot voor Mo.' Ik had bijna tranen in mijn ogen.

'Dat bedoel ik niet,' zei hij vals.

'Maar ik wel. Kom op, Berthold, jij gaat er toch ook altijd naartoe. Hij heeft de lekkerste broodjes van Amsterdam!'

'Ja, maar hij heeft het niet zo snugger aangepakt.'

'Hoezo?' riep ik verbaasd uit. 'Je kunt het hem toch niet kwalijk nemen dat het eventjes heeft geduurd voordat hij een vergunning kreeg om uit te breiden? Eind februari gaat hij de boel doorbreken. Dan wordt het hartstikke groot en is het ruimteprobleem meteen opgelost.'

'Daar gaat het helemaal niet om,' zei Berthold uit de hoogte. 'Dat ruimteprobleem is niet de oorzaak dat de partners een eigen bedrijfskantine willen hebben.'

'Wat is dan het probleem?' vroeg ik, en stelde mezelf ongerust de vraag hoe het kon dat Berthold van de hoed en de rand wist terwijl dit voor mij koud op mijn dak kwam vallen.

'Jij bent lekker op de hoogte!'

'Dat komt omdat jij partner wordt en ik niet,' zei ik allerliefst. Ik wilde nu absoluut weten wat er aan de hand was en volgens mij kon Berthold mij het antwoord geven. Ik was bereid om elke denkbare veer in zijn reet te steken om informatie uit hem te trekken.

'Kijk, het zit zo.' Hij nam me mee naar het dichtstbijzijnde tafeltje.

'Vertel, Berthold,' zei ik zo vriendelijk mogelijk.

'Enige tijd geleden is Janssen met een Italiaanse cliënt bij Mo gaan lunchen. Janssen heeft toen Mo aan zijn tafeltje genodigd om gezellig even mee te praten. Het is natuurlijk heel prettig als je als gast even met de gastheer kunt converseren, en al helemaal als je een belangrijke buitenlandse cliënt bij je hebt. Snap je dat?' vroeg hij belerend aan mij.

'Ja, natuurlijk snap ik dat.'

'Maar Mo begreep helemaal niet waar ze het over hadden! Nu moet je weten dat Janssen een heel dure conversatiecursus heeft gevolgd om een beetje Italiaans te spreken. Dus dan is het knap vervelend als Mo daar niet op inspeelt.'

Ik begon een beetje de draad kwijt te raken. 'Hoe had Mo dat moeten doen dan? Hij spreekt toch geen Italiaans?'

'Dat wist jij?'

Ik keek Berthold aan alsof hij niet helemaal goed bij zijn hoofd was. 'Ja, natuurlijk wist ik dat. Ik praat toch ook geen Grieks of Armeens tegen hem.'

'Wij, van JVJ,' zei hij op een toontje alsof ik niet tot die club behoorde, 'waren in de veronderstelling dat Mo een Italiaan was. Niet zo raar toch om dat te denken als je Italiaanse broodjes op de menukaart hebt?'

'Wat is nou eigenlijk het probleem?'

'Mo is een Marokkaan!' Hij sprak het woord Marokkaan uit alsof het een ziekte was.

'Ja, en jij bent een nicht uit Assen.'

Woest fonkelden zijn ogen. 'Anne, zoals gewoonlijk begrijp je de essentie van het probleem weer eens niet. Mo is een Marokkaan in een hele dure auto en als dat café een dekmantel voor duistere praktijken is, dan is het niet handig als JVJ daarmee wordt geassocieerd.'

'Hoe komen jullie daarbij?' zei ik lachend. 'Mo is een hardwerkende jongen die al zijn hele leven in Nederland woont. Hij is hier geboren! Hij spreekt nog amper Berbers, man. Wat willen jullie nou toch van hem?'

'Wij willen geen enkel risico nemen. Dat kunnen we ons niet permitteren.'

'Doe normaal, Berthold! Het ego van Janssen heeft een deuk opgelopen omdat hij voor paal stond bij zijn cliënt. Hij wilde de show stelen maar dat is jammerlijk mislukt. Ik vind dit echt te bizar voor woorden, je moet wel heel dom zijn als je denkt dat iemand die Italiaanse broodjes serveert ook meteen een Italiaan is. Waar denk je dat de afkorting Mo voor staat? Voor GiorgioMo? Wat dacht je van Mohammed? Je bent niet goed bij je hoofd!'

Ik had met enige stemverheffing gesproken en iedereen zat inmiddels nieuwsgierig naar ons te kijken. Een kantoordrama was altijd leuk, en vooral op de vrijdagmiddagborrel, dan kon je er nog even over napraten. Ik bezag het zooitje aan collega's, en zonder nog wat te zeggen, liep ik weg.

Buiten benam de kou mij de adem. Het begon al een beetje te vriezen. Schuin tegenover mij zag ik de gezellige lichtjes van Mo's café. Als iedereen van jvj weg zou blijven dan zou Mo gigantisch in de problemen komen. Over een aantal maanden zou hij gaan verbouwen en een enorme investering doen, als hij dat niet al had gedaan. Hoe kon ik hem nu vertellen dat ze bij jvj hadden besloten dat ze met ingang van volgend jaar broodjes kaas en glaasjes melk gingen drinken bij Saartje? In een met klompen behangen keuken zouden we ouderwets kneuterig Hollands gaan doen. Ik miste Mo's broodjes nu al. Ik vloekte even uit de grond van mijn hart en fietste vervolgens keihard naar mijn huis, waar ik hijgend aankwam.

16

Ik had de deur nog niet achter mijn kont dichtgetrokken of mijn mobieltje ging over.

'Met Madelief. Doe je de deur vast open?'

'Ik ben niet thuis.'

'Wat ben je toch een lekkere malle muts. Ik zie je toch naar binnen gaan. Ik parkeer net mijn auto voor je deur. Ik heb je toch wat te vertellen. Echt een giller.'

Als ik ergens geen zin in had! Met een kwaaie kop trok ik de voordeur open.

'Hoi, Anne.'

Ze gaf me een vette nasmakkende luchtkus en liep zo de trap op naar boven. Ik kon niet anders dan de enorme reet, geperst in een te strak jeansgebeuren, volgen. Ze had een kort nepbontjasje aan waar ze ongetwijfeld de prijs van drie ijsberen voor had betaald, en zo wiegde het geval Madelief naar boven. Ze liet zich onmiddellijk op mijn bank neerploffen, keek me smekend aan en zei dat ze wel een wijntje kon gebruiken. Zuchtend voldeed ik aan haar verzoek, en om het leed enigszins te verzachten nam ik er ook maar een.

'Wat kijk je chagrijnig?' zei ze.

'Ja, ik heb een enorme rotdag gehad, dus als je het niet erg vindt dan wil ik graag...'

'Nee, joh, dat vind ik helemaal niet erg. Gelukkig heb ik een goed verhaal te vertellen. Echt hilarisch, wat ik nu toch weer heb meegemaakt.'

Zonder ook maar een moment aan mij te vragen waar mijn rotdag uit had bestaan, krulde ze zich eens lekker op en nestelde ze zich als een vette poes op mijn bank. Ze nipte wat aan haar wijntje en keek mij met haar spleetoogjes aan. Het was de bedoeling dat ik nu ging vragen wat het hilarische gebeuren was geweest, en dus deed ik dat maar. Onmiddellijk stak ze van wal.

'Tim heeft twee uur in de kast gezeten!' Triomfantelijk keek ze me aan.

'Tim?'

'Ja, die Angolese jongen. Daar heb ik je toch over verteld?' Ze was duidelijk teleurgesteld dat ik het ventje nu al weer was vergeten.

'O, die. En wat deed die in een kast?'

'Nou meid, dat zal ik je vertellen. Tim komt regelmatig overdag even langs om eh... je weet wel.'

Ik knikte alsof het de gewoonste zaak van de wereld was.

'Kijk, Peter is toch de hele dag weg dus de kans dat we betrapt worden leek mij uiterst klein, maar vandaag reed hij zomaar de oprijlaan op. Het is dat ik hem hoorde aankomen. Zie je het voor je: Peter, die de oprijlaan oprijdt terwijl ik net mijn genotsmoment beleef met Tim.'

'Genotsmoment?' Ondanks mijn beroerde humeur kon ik een lach niet onderdrukken.

'Als een speer ging Tim in zijn blote kont naar de kamer van Bente en heeft zich daar verstopt in haar kast.'

'In zijn blote reet?' vroeg ik grinnikend.

'Ja, zie je het voor je?' zei ze lachend. 'Tim al rennend over de overloop met die mooie zwarte billen van hem. Op datzelfde moment kwam Peter door de voordeur naar binnen.'

'Zo, dat was zeker wel een huivermoment!'

'Zeg dat wel!' antwoordde ze bloedserieus. 'Ik dus naar beneden in mijn badjas. Vraagt Peter wat er met mij aan de hand is. Dus ik zo'n hoofd als een biet, natuurlijk. Dus ik zeg dat ik even lag te slapen. Kijkt hij me toch raar aan en vraagt hoe ik aan dat rode hoofd kom. Kreeg ik helemaal een kop als een boei. Dacht hij dus echt dat ik daar in mijn eentje een beetje zat te...'

'Genotsmomenten te beleven.'

'Tja, nou mooi niet. Dat doe ik toch echt niet in mijn eentje. Het idee alleen al.'

Ze ging even verzitten, nam weer een slokje van haar wijn, haalde een diepe teug adem en ging weer door met haar verhaal.

'Dus ik zeg waarom ben je thuis? Zegt hij dat wist je toch! Ik krijg straks een man voor de verzekeringen. Ik zeg, een man voor de verzekeringen? Wie dan, hoe heet hij? Blijkt dat hij Karel heeft geregeld om zijn verzekeringsportefeuille door te nemen! Zie je het voor je? Tim in de kast en Karel die elk moment kan aanbellen!'

Ik probeerde het voor me te zien, maar mijn fantasie begon me een beetje in de steek te laten. Ik schonk nog wat wijn in.

'Dus ik ben naar boven gegaan om mijn kleren aan te trekken – en om Tim zijn kleren te geven, want die lagen nog her en der door de slaapkamer – en ik als een speer weer naar beneden. Belt de au pair dat ze niet op tijd is om de kinderen van school te halen. Dus ik zie mijn kans schoon en vraag aan Peter of hij de kinderen even wil halen. Zegt hij dat hij daar geen zin in heeft! Snap jij dat nou? Hij is er nooit! En dan is hij een keer thuis, wil hij de kinderen niet ophalen. Dus ik werd razend. Maar goed, dat heeft bij Peter geen zin, dus woedend ben ik in de auto gestapt om de kinderen op te halen.'

'En al die tijd zat Tim in de...'

'Ja, natuurlijk. Waar had ik hem anders moeten laten?' viel ze me in de rede.

'In de auto heb ik hem ge-sms't dat hij gewoon moest blijven zitten en zich niet mocht verroeren. Maar ja, het is natuurlijk altijd afwachten of hij mijn sms'je begrijpt. Zo goed kan hij tenslotte nog geen Nederlands.'

'Tim heeft een mobieltje?'

'Ja, dat heb ik voor hem gekocht. Ik vind het wel prettig als hij bereikbaar voor me is.'

Ik hield het niet meer en begon keihard te lachen. 'Tuurlijk! Stel je voor dat je behoefte hebt aan een genotsmoment en je kunt hem niet bereiken. Dat lijkt me echt verschrikkelijk.'

Ze keek me even goedkeurend aan en zei: 'Ik wist wel dat jij het zou begrijpen. Wil je ook eens mee naar het asielzoekerscentrum?'

'Nou nee, ik heb het momenteel erg druk,' zei ik nog nahinnikend. Had ze nou echt niet in de gaten dat ik haar zat uit te lachen?

'Dus toen stond ik daar op het schoolplein. Ik had een pret, zeg. De tranen liepen over mijn wangen.'

'Waarom?' Ik raakte even de draad kwijt. Het leek me dat in zo'n situatie paniek de boventoon moest voeren. De kans dat er thuis een slachtpartij gaande was, leek me niet geheel denkbeeldig.

'Nou, het is toch hilarisch? Tim die daar in die kast zit. Met Peter beneden en Karel onderweg. Ondertussen zocht ik naar de klas van die kids, want ik kom eigenlijk nooit meer op school. Ik heb aan het begin van het jaar een beetje die ouders gescand maar ik vond het helemaal niks, dus nu gaat de au pair ze gewoon ophalen. Ja, als je er niks te zoeken hebt, moet je er niet komen. Nou, uiteindelijk had ik het hele gedoe aan kinderen bij elkaar, dus wij naar huis. Die kinderen waren natuurlijk helemaal wild dat ik ze kwam halen, en ondertussen zat Tim nog steeds in de kast. Ik moest dus wel zorgen dat Bente niet naar boven ging. Dus ik doe wat prietjepraat met die kids en drink wat koffie. Nou, toen kwam Karel. Die deed heel professioneel, alsof we elkaar alleen maar van de vorige school kenden. Kortom: het ging allemaal goed totdat...'

'Totdat?' Ik zat inmiddels op het puntje van mijn stoel.

'Op een gegeven moment gingen Peter en Karel naar buiten om in de garage naar Peter zijn oldtimer te kijken, en toen ben ik als een idioot naar boven gegaan om Tim te bevrijden. Ik stap net met Tim door de voordeur naar buiten en daar komen Peter en Karel aan. Ze waren omgelopen. Dat had ik niet kunnen bedenken! Wat er toen gebeurde! Het is ongelofelijk! Ik weet niet waar ik het vandaan haalde, maar ik zeg alsof het de normaalste zaak van de wereld is: "Jongens, dit is Tim. Onze nieuwe klusjesman." Peter vond hem helemaal geweldig, alleen Karel keek een beetje merkwaardig. Hij dacht dat hij hem ergens van kende. Nou, zei Peter tegen Karel, jij komt bij de mensen thuis dus waarschijnlijk ben je hem daar ergens tegengekomen. Vind je het niet hilarisch?' zei ze, en ze gaf me een enorme por tussen mijn ribben.

'Ja, een leuk verhaal. Echt!' zei ik bemoedigend, maar echt normaal vond ik het niet.

Ze schonk zichzelf nog een glas wijn in en klokte het achterover. 'Ik moet gaan. Peter komt zo thuis.'

'Gaan jullie iets leuks doen?' Op het moment dat ik de vraag stelde, realiseerde ik me dat het een hele stomme vraag was. Natuurlijk gingen ze niks leuks doen. Daar had Madelief helemaal geen tijd voor, die had het hartstikke druk met haar gecompliceerde liefdesleven.

'Nou nee. Ach, je mag het ook best weten,' zei Madelief en ze keek me vrolijk aan. 'Ik wil eigenlijk nog wel een broertje of zusje voor Emma, anders zijn Joris en Bente zo in de meerderheid. Het is vandaag precies het goede moment. Dus dan moet je het gewoon even doen.'

Sprakeloos keek ik haar aan. Net zo snel als ze gekomen was, verdween ze ook weer. Hoofdschuddend keek ik haar na. Eén ding wist ik zeker: Madelief spoorde niet, maar haar bizarre verhalen waren bijzonder goed voor mijn humeur!

Net op het moment dat ik de lege glazen naar de keuken wilde brengen, ging mijn mobieltje. Ik vermoedde dat het Madelief was die mij nog even op mijn zwijgplicht wilde wijzen, maar het was Boris die al een halfuur voor JVJ op mij stond te wachten.

17

Woelend en draaiend lag ik in mijn bed. Ik kon de slaap niet vatten. Om het uur zocht ik mijn heil in afwisselend een fles wijn en een pak melk, maar niets hielp. Mo's dreigende ellende hield me klaarwakker. Daar kwam nog bij dat ik Boris op een niet al te vriendelijke manier had afgepoeierd en ook dat zat me niet helemaal lekker. Verbaasd maar enthousiast had hij zich afgevraagd waar ik bleef. Kortaf liet ik hem weten dat er niets te vieren viel, waarop hij antwoordde dat we dan toch gewoon gezellig konden gaan eten. Toen ik zei dat dat kon maar dat ik dat niet deed, beëindigde hij het gesprek met de woorden dat ik een onbeschoft kreng was, maar dat hij evengoed mijn zaken zou behartigen, en dat ik woensdag de vijftiende vrij moest houden voor de presentatie van mijn boek.

Boris kon het dak op, maar toen ik in mijn bed lag, had ik spijt als haren op mijn hoofd. Wat was er met me aan de hand? Waarom was ik niet gezellig met hem gaan eten? Het zat me in ieder geval goed dwars. Dat en het naderende onheil dat Mo te wachten stond, bleven maar door mijn hoofd spoken.

Rond vier uur was ik het helemaal zat. Ik besloot Merel te bellen. Ze had tenslotte nachtdienst. Met een beetje mazzel zat ze met twee vingers in haar neus eindeloze hoeveelheden koffie naar binnen te werken en had ze prima de tijd om mij door een slapeloze nacht heen te helpen.

Nerveus trommelde ik met mijn vingers op de tafel. Merel werd opgepiept en ik vroeg me plotseling af of ik het wel kon maken om haar in haar nachtdienst te bellen. Als ze niks te doen had, lag ze waarschijnlijk te slapen, en als ze wel wat te doen had, zat ze niet op mij te wachten.

'Met Merel van der Klip.'

'Merel, met Anne,' zei ik blij.

'Anne, wat is er! Waarom bel je mij midden in de nacht?'

'Sorry, stoor ik je?'

'Ja, ik zat in het mortuarium.'

'Gadverdamme, nou wees maar blij dat ik je even bel.'

'Met een leuke patholoog,' fluisterde ze, 'dus als je het niet erg vindt, dan ga ik snel weer terug voordat het hele zaakje er weer doods bij hangt.'

Nog voordat ik wat kon zeggen, had ze al weer opgehangen. Verbaasd keek ik naar de hoorn in mijn hand. Ik kon nog net de piep van de verbroken verbinding horen. Er bekroop mij een naargeestig gevoel dat ik niet kon thuisbrengen. Sinds mijn spectaculaire overgang naar Fusies & Overnames, waar ik niet om had gevraagd, en mijn leugenachtige bestaan als schrijfster, waar ik al helemaal niet om had gevraagd, was het net alsof ik de regie over mijn eigen leven kwijt was geraakt. Ik vroeg me af hoe mijn leven eruit had gezien als ik de rollatorzaak had doorgezet en door bejaard Nederland in de armen was gesloten als heldin die geblesseerde oudjes een riante vergoeding voor hun geleden schade had bezorgd. Hun lot lag nu in handen van Janssen, die ongetwijfeld samen met de Van Nevelstijntjes een fiscaal aftrekbare truc had bedacht om het bejaardenleed zo goedkoop mogelijk te schikken en de zaak zo geruisloos mogelijk naar de donkere dieptes van de doofpot te laten verdwijnen. Ondertussen liep ik hier in het holst van de nacht slapeloos rond te lopen. Dat moest snel afgelopen zijn. Al dat getob was niks voor mij.

Hoe langer ik erover nadacht, hoe meer ik het gevoel kreeg dat de oorzaak van mijn naargeestige stemming te maken had met dat stomme boek waarover ik tegen iedereen moest liegen.

Zonder verder na te denken, belde ik Petra. Al moest ik de telefoon zestig keer laten overgaan, ik zou haar te pakken krijgen, en haar voor eens en altijd laten weten dat ik er niet verder mee wilde gaan. Het schaadde niet alleen mijn carrière, maar privé werd ik er ook niet gelukkiger van.

Tot mijn stomme verbazing ging de telefoon maar drie keer over en kreeg ik een totaal fitte Petra aan de telefoon.

'Wat ben jij aan het doen?' vroeg ik verbaasd. 'Slaap je niet?'

'Pardon? Jij belt mij midden in de nacht op en vraagt je dan af waarom ik niet slaap? Ik ben toevallig wakker en ik sta op het punt om weg te gaan dus ik bel je wel even een andere keer.'

Voor de tweede keer binnen vijf minuten staarde ik in volledige verbazing naar mijn telefoon, en ik vroeg me bezorgd af waar Petra in hemelsnaam om vier uur 's nachts naartoe ging.

Wat was er met mijn vriendinnen aan de hand? Madelief, die haar gekleurde minnaar in de kledingkast van haar stiefdochter verstopte. Merel, die boven op een patholoog kroop op een plek waar de meesten onder ons toch liever niet wilden zijn. Kim, die hoogzwanger vreemdging met een Harderwijker. En Petra, die midden in de nacht ergens naartoe moest terwijl zij op dat tijdstip toch echt in haar nest behoorde te liggen. Ik kon maar één ding concluderen, en dat was dat ze allemaal hartstikke gestoord waren. Ik was de enige die zich nog een beetje normaal gedroeg.

Het besef dat ik mezelf eigenlijk best normaal vond, bezorgde me op slag een goed humeur, en ik wist zeker dat ik weer helemaal de oude Anne zou worden als ik de regie over mijn eigen leventje terugkreeg.

'Grip en controle, Annie, alleen dat kan je redden,' sprak ik mezelf streng toe. Glimlachend liep ik weer naar mijn bed. Grip en controle; mijn reddingsplan om mijn leven weer in het rechte spoor te krijgen klonk meer als een slogan voor een slipcursus.

Voordat ik mijn ogen dichtdeed, dwaalden mijn gedachten nog even af naar Rob. Morgenochtend zou ik naar hem toegaan, en deze keer zou ik me door niets en niemand laten weerhouden. Ik wilde weten waar hij woonde, hoe hij leefde. Kortom: ik wilde Rob. Ik wilde een echte, normale relatie met hem, en wel vanaf morgen!

Met een positief gevoel dat alles helemaal goed zou komen, viel ik als een blok in slaap, om de volgende ochtend om negen uur wakker te worden.

Het was koud, bitterkoud, en ik verstopte mijzelf in een wollen muts met dito sjaal. Ik geloof dat ik niet meer te herkennen was, alleen mijn ogen waren nog zichtbaar en in mijn winterse boerka-outfit reed ik zo snel mogelijk op mijn fietsje richting Van Baerlestraat, met op mijn rug een rugzakje met daarin een mooi ingepakt exemplaar van *Donkere Wolken*. Ik telde de trams die ik tegenkwam. Als ik op een even getal uitkwam, dan was Rob blij met mijn bezoek. Negen, tien, elf, wat reden er toch een hoop trams in Amsterdam. Twaalf, dertien... shit, ik moest wel oppassen. Lag ik daar bijna alweer onder een tram!

Geïmponeerd keek ik naar de mooie, statige huizen. Rob had het goed voor elkaar!

Ik zette mijn fiets achter een grote glasbak aan de overkant. Ik moest bij de voordeur zijn waar de nummers 14c en d achter schuilgingen. Met verkleumde vingers zette ik mijn fiets op slot, en net toen ik mij wilde omdraaien om naar de overkant te lopen en aan te bellen, ging de imposante deur open.

Een blonde vrouw met twee kindjes kwam naar buiten. 'Goed je best doen, hoor,' zei ze tegen de twee jongetjes, die allebei gekleed waren in hockeykleren. De dunne beentjes waren bloot en ze bibberden van de kou.

'Het is veel te koud, mama!' riep de kleinste.

'Kom op, het is de laatste wedstrijd voor de winterstop. Nog even doorzetten.'

De jongste begon te huilen en de oudste riep: 'Waar blijft papa nou?'

'Die komt eraan,' zei de moeder, die zelf ook stond te rillen in haar ochtendjas.

'Daar ben ik al jongens. Kom, we gaan lekker hockeyen. Als je eenmaal rent, krijg je het vanzelf warm. De enige die zielig is, is papa. Die moet langs de kant staan. Daar krijg je het nog eens koud van.'

Ik dook in elkaar en bekeek het tafereel van de vrolijke vader die op zaterdagochtend met zijn kinderen naar het hockeyen ging, terwijl vrouwlief nog even het bed in mocht duiken. Rob gaf zijn vrouw een kus en duwde zijn zoontjes richting auto. Even keek hij nog mijn kant op, maar ik was goed vermomd en hij herkende me niet.

18

Hoe ik ook mijn best deed, het lukte me niet onder een tram te komen. In een waas van tranen reed ik door Amsterdam en zonder dat ik erbij nadacht, fietste ik richting Mo.

Helemaal overstuur stond ik voor de deur van het café maar het was nog niet open. Terwijl ik hard tegen de deur aan stond te duwen, realiseerde ik me opeens dat het maar goed was dat Mo nog gesloten was. Ik mocht dan een probleem hebben, dat van Mo was nog veel groter, en ik was degene die hem dat behoorde te vertellen.

Verdrietig en met tranen in mijn ogen, fietste ik naar huis en liep vermoeid de trap op.

'Ben jij het, Anne?' riep mijn bovenbuurvrouw, Margot, naar beneden.

'Ja.'

'Ik moet je even spreken.' Hijgend kwam ze naar beneden gerend.

'Wat is er?'

'Lange nacht gehad?' vroeg ze, terwijl ze me bezorgd aankeek.

'Zoiets.' Ik bleef tegen mijn deur leunen en Margot had al snel in de gaten dat ik haar niet ging uitnodigen voor een kopje koffie.

'Ik wil het even met je hebben over die vent van hier beneden.'

'Wat is daarmee?'

'Dat is een rare. Weet je wat Henk laatst heeft gevonden op de trap?'

'Nou?'

'Een rood kanten slipje! Ik heb altijd al geweten dat hij van beneden een beetje raar is, maar zo raar! Henk denkt dus dat het een travestiet is!'

'Zo! Dat is me wat. Een travestiet! Denk je dat hij gevaarlijk is?'

'Zullen we even een kopje koffie drinken?' zei ze fluisterend.

'Sorry, Margot, maar ik heb echt geen tijd. Ik ben heel blij dat je me even gewaarschuwd hebt. Ik zal het in de gaten houden. Een rood kanten slipje! Ordinair zeg!' Met een zucht sloot ik de deur achter me en vroeg me af of Margot en Henk het broekje aan zijn deurknop hadden gehangen, want in dat geval kon ik nu dus naast mijn tostiapparaat en zo'n zes kopjes suiker ook mijn string bij hem gaan ophalen.

Het lichtje van mijn antwoordapparaat flikkerde wild. Ik had drie berichten. De eerste was die van Rob.

'Hallo, lieve Anne, het is nu elf uur en je ligt vast nog in je bedje. Ik ben druk aan het werk op kantoor, lekker rustig hier in het weekend. Ik mis je. Zal ik vanmiddag even langskomen? Voor jou kan ik wel een uurtje vrijmaken.'

'Hé, An. *C'est moi*, Merel. Sorry, dat ik geen tijd had vannacht. Was het belangrijk?'

'Anne, met Petra. Waarom belde je me nou midden in de

nacht? Ik ben gebeld door de assistente van Boris, en ze maken zich een beetje zorgen of je wel voldoende tijd gaat besteden aan de promotie van het boek. Ik stel dus voor dat je…'

Hier hield het bericht op. Een akelige piep liet weten dat het bandje vol was. Met een enorme vaart gooide ik uit pure woede de fruitschaal die op tafel stond door de kamer. De twee bananen die al enige tijd lagen te liggen, knalden tegen de muur en de schil spatte uiteen waardoor een vies bruin spoor van de rotte bananen langs mijn mooie witte muren droop.

Uit pure frustratie begon ik te giechelen. Mijn fantastische reddingsplan om mijn leven weer op de rit te krijgen, was al binnen vierentwintig uur in duigen gevallen. De komende acht jaar zou ik in ieder geval geen acht kinderen krijgen, en op de een of andere manier was dat een behoorlijke opluchting. Ik zag mezelf al totaal gestrest door Amsterdam rijden met zo'n veel te grote auto vol gillende kinderen, die naar schoonspringen, hockey, workshop glasblazen, yoga, knutselen onder de vijf, knutselen boven de vijf, triangelles en kunstrijden op rollerskates moesten. Terwijl Rob zogenaamd elke dag moest overwerken om al deze vormen van ontwikkelingstherapie te bekostigen, en ter ontspanning zijn spermacellen de vrije loop liet in de eerste de beste naïeve, vrijgezelle dame die ervan droomde om met hem tien kinderen te krijgen. Daar was ik dus mooi aan ontsnapt!

Goed beschouwd was mijn plan om mijn leven weer op het rechte spoor te krijgen dus aardig gelukt, alleen voelde dat nog niet zo.

Ik besloot dat ik mezelf het beste het weekend kon opbergen. Met een beetje mazzel zag het leven er op maandagochtend weer heel anders uit, en zou ik de actie grip-en-controle wel weer nieuw leven inblazen, maar nu even niet! Ik nam alles wat ik aan lekkers in huis had mee naar mijn slaapkamer. Als een echte hamster nestelde ik mij in mijn bed en zette de televisie aan. Tegen vieren wisselde ik de koekjes en thee in voor chips en wijn en tegen een uur of tien viel ik totaal bezopen in slaap. Dit hele ritueel herhaalde ik op zondag. Ondertussen stond mijn telefoon roodgloeiend en werd er om de haverklap aan de deur gebeld. Ik vond het wel prima. Ik nam niet op en deed niet open.

Ziek, zwak, misselijk, maar optimistisch zat ik maandagochtend om acht uur op kantoor. Een afzichtelijke stapel dossiers grijnsde me tegemoet. Heel langzaam druppelde iedereen binnen en werd ik weer volledig meegesleurd in de bedrijvigheid van de sectie Fusies & Overnames. Binnen een paar uur had ik tien dossiers en tien koppen koffie weggewerkt, en had ik nog eens tien dossiers verschoven naar de bureaus van Hans en Gerard. Het ging weer helemaal goed met me. Vond ik zelf.

'Je moet bij Voorstevoordehoeven komen,' gilde de secretaresse door de intercom.

'Nu?' gilde ik terug.

'Ja, nu.'

'Ik heb zo meteen een afspraak met De Jong,' schreeuwde ik verontwaardigd tegen het plastic geval.

'Heb ik verzet.'

Nou zeg! Het moest niet veel gekker worden. Twee minuten later zat ik te wachten in het kantoor van Voorstevoordehoeven.

'Kopje koffie?' vroeg Ellen, de secretaresse van Voorstevoordehoeven. 'Hij komt er zo aan hoor.'

'Dat mag ik toch hopen, ik heb tenslotte meer te doen!'

Het was niet mijn bedoeling Ellen te schofferen. Het arme kind kon er tenslotte ook niks aan doen, maar ik was vastbesloten dat ik vanaf nu zelf ging bepalen wat er gebeurde, en dat werkte natuurlijk niet helemaal als anderen zomaar afspraken voor mij gingen verzetten.

De deur zwaaide open en Voorstevoordehoeven kwam binnen.

'Zo, ik heb wat leuks voor jou!'

'O?'

'Jij mag naar Londen.'

'Geweldig! Wanneer? Waarom?'

Voorstevoordehoeven begon te lachen. 'Kijk, dat zijn de goede vragen.' Hij ging tegenover me zitten en zei: 'Ken jij Dubock?'

'De man achter 4US?'

'Ja, die.'

'Ik ken hem van naam, maar niet persoonlijk,' zei ik, en ik ging nieuwsgierig op het puntje van mijn stoel zitten.

'Hij gaat op overnamepad. Hij wil een IT-gerelateerd bedrijf in Londen overnemen. Ik wil dat je met hem meegaat en hem begeleidt. Hans gaat ook mee, en hij zal de zaak op zijn getallen beoordelen.'

Ik zuchtte even van opluchting. Die cijfers waren nog steeds niet mijn sterkste kant.

'Fantastisch, lijkt me geweldig. Wanneer ga ik?'

'Achttien januari.'

'Maar dan kan ik niet,' zei ik verlegen. 'Dan ga ik met mijn vriendinnen skiën. Dat heb ik toch in de agenda gezet. Heeft Marjolein niet...'

'Ja, dat heeft Marjolein keurig doorgegeven. Ik had twee mogelijkheden. Die Engelsen konden voor de kerst of erna. De andere mogelijkheid was volgende week; de veertiende en de vijftiende.'

'Nou, had die dan genomen.'

Voorstevoordehoeven keek me merkwaardig aan. 'De vijftiende heb jij je boekpresentatie, dan ben je de hele dag niet aanwezig op kantoor. Overigens heeft jouw uitgever ons als partners uitgenodigd voor de feestelijke borrel. Wat ik zeer op prijs stel van die uitgever, want van jouw kant zal een uitnodiging niet komen.'

Ik wreef even met een hopeloos gebaar over mijn slapen. Er kwam een bonkende koppijn opzetten.

'Sorry, meneer Voorstevoordehoeven, dit moet wel heel raar overkomen. Ik heb het ook erg druk en ik ben nu eenmaal meer met JVJ bezig dan met mijn boek. Dat moet u toch deugd doen?'

'Ik had niet anders verwacht,' zei hij bot.

'Helaas moet ik u nu teleurstellen want ik kan echt niet naar Londen. Ik vlieg namelijk vrijdag de achttiende naar Zwitserland. Ik ben zelf degene die het weekend heeft georganiseerd, dan kan ik toch moeilijk de grote afwezige zijn?'

Dreigend kwam hij op me aflopen. Met zijn handen op mijn stoelleuning leunend, boog hij zich naar voren. Zijn gezicht akelig dicht bij het mijne. Hij rook niet al te fris.

'Helaas begrijp je het niet zo goed, Anne. Je mag dan wel een boekje geschreven hebben, maar je werk gaat voor. Dus als jij de vijftiende december van ons vrij krijgt om je boekje feestelijk welkom te heten, dan ga je de achttiende januari naar Londen. Is dat begrepen?'

'Ja,' zei ik bedeesd, en ik stond op.

Terwijl ik naar de deur liep, zei hij: 'Geef je ticket aan Ellen, dan zal zij zorgen dat je zaterdag de negentiende meteen door kunt vliegen van Amsterdam naar Zwitserland. Wij zullen de kosten betalen, dan mis je maar één dag.'

'Dank u.' Ik had de controle nog niet helemaal terug, dat was me duidelijk.

19

Ik zat nog niet koud achter mijn bureau, of het nare hoofd van Berthold stak om de hoek.

'Mo weet ervan, hoor. Ik heb Mo ingelicht over de Saartjeskeuken,' riep hij mij op verwijfd toontje toe. 'Hij vond het echt verschrikkelijk!' Hij rolde even dramatisch met zijn ogen en klakte met zijn tong. 'Héél naar, ik had zo met hem te doen! Wat is het eigenlijk een lekker ding! Weet jij of hij eh... van je weet wel houdt.'

'Of hij een homo is, Berthold? Geen idee, maar als hij van jongens houdt, dan alleen van leuke. Dus jij maakt geen schijn van kans.'

Ik kreeg nog even een vuile blik toegeworpen, waarna hij de deur van mijn kantoor dichtsmeet. Shit! Mo had het van mij moeten horen. Dat was het minste wat ik had kunnen doen. Hoe kon ik dit nog goedmaken? Ik overzag mijn bureau en ik besloot dat mijn enorme stapel dossiers nog wel een paar uurtjes kon wachten. Eerst maar eens een kopje koffie bij Mo.

Het was helemaal stil in het café. Vanuit de keuken hoorde ik de afwasmachine draaien. Heel voorzichtig keek ik naar binnen waar Mo helemaal alleen aan het keukentafeltje zat. Een hagelwit T-shirt spande rond zijn brede schouders en zijn hoofd rustte vermoeid in zijn handen. Alles aan hem straalde wanhoop uit.

'Mo?' vroeg ik zachtjes.

Verschrikt keek hij om, zijn ogen waren rood en ik vermoedde dat hij had gehuild.

'Gaat het, Mo?'

Hij schudde zijn hoofd, stond op en liep naar me toe. Zonder wat te zeggen nam hij me in zijn armen en begroef zijn gezicht in mijn lange haar. Ik denk dat we een minuutje of tien zo samen stonden. Zwijgend, elkaar vasthoudend.

Hij zuchtte eens diep en keek me recht in mijn ogen. 'Ik denk dat het wel goed gaat komen. Gelukkig drijft mijn klandizie niet alleen op JVJ en ik heb inmiddels al een redelijke reputatie opgebouwd in Amsterdam. Het enige waar ik me zorgen over maak is de verbouwing. Als ik dit had geweten, had ik natuurlijk nooit het pand hiernaast aangekocht. Dus ik hoop maar dat ik voldoende buffer heb om het eerste halfjaar te overbruggen, en dat de investering in het pand mij niet de nek omdraait.

Ik streek een dikke krul zwart haar uit zijn gezicht. Het deed me gewoon fysiek pijn om Mo's wanhoop te zien, ook al probeerde hij het te verbergen.

'Ik blijf gewoon komen, Mo. Dat weet je toch?' zei ik dapper.

'Natuurlijk, lieve schat, maar ik begrijp het ook als je bij JVJ gaat lunchen. Jij kan er toch niks aan doen dat die ouwe gekken hebben besloten om de boel te verbouwen.'

'Nee, maar als ik nou al partner was, dan had ik er misschien iets aan kunnen veranderen.'

'Gaat alles goed met je?'

Ik twijfelde even of ik hem met mijn ellende moest lastigvallen. Hij keek me onderzoekend aan, alsof hij al wist dat mijn leven op dit moment één grote puinhoop was.

'Wanneer komt je boek eigenlijk uit?'

Ik zweeg. Ik wist niet waar ik moest beginnen en keek Mo slechts hulpeloos aan. Hij gaf me een lieve glimlach, alsof hij wilde laten weten dat hij me nog steeds leuk vond. Met tranen in mijn ogen grijnsde ik terug.

'Wil je wat drinken?'

'Lekker. Doe maar een koffie!'

'Koffie verkeerd?'

Ik begon te lachen en zei: 'Doe mij maar een koffie verkeerd.'

Het gaf me rust om naar Mo te kijken terwijl hij bezig was achter de bar. De spieren in zijn armen deden de zwarte haartjes op zijn armen als rustig kabbelende golfjes bewegen. Het was een lust om naar te kijken. Ik zweeg en keek, en als het aan mij had gelegen dan had dit een eeuwigheid mogen duren.

'En?' vroeg hij belangstellend.

'Wat?'

'De koffie. Vind je het lekker?'

'Niet verkeerd,' zei ik heel serieus, en ik meende het ook nog.

Mo gaf me een vette knipoog en een brede grijns verscheen op zijn gezicht. Mijn hart begon sneller te kloppen, en een intens tevreden gevoel kwam over mij. Dat had ik toch maar mooi voor elkaar gekregen. Ik mocht dan heel handig alles weten te verprutsen, ik had Mo wel weer aan het lachen gekregen.

We zwegen en dronken onze koffie, en ik genoot van het samenzijn daar in het lege café.

Helaas werd onze rust verstoord, en met een harde knal werd de deur van het café geopend en kwam de oude stamgast, die normaal gesproken alleen maar rond borreltijd verscheen, met veel lawaai naar binnen.

'Wat heb ik nou gehoord?' riep hij verbaasd uit.

'Wat?'

'Er wordt gezegd dat jij een drugsbaronnetje bent!'

'Wat,' riep Mo woedend uit.

'Een drugsbaronnetje! Ze zeggen dat je dat bent. Dat hoorde ik gisteren. Je bent een Marokkaan die in drugs handelt. Dit café is alleen maar een dekmantel. Je hebt een veel te dure auto, zeggen ze.'

Mo trok bleek weg. Ik liep onmiddellijk naar hem toe want ik vreesde dat hij elk moment flauw zou vallen.

'Is dat zo, Mo?' vroeg de oudere man, die Mo's reactie als een bevestiging zag. 'Je doet toch niet in die rotzooi?'

'Nee, natuurlijk niet,' zei ik woest. 'Ze lullen maar wat.'

'Maar hoe komen ze daar dan bij?' vroeg de oude man weer.

'Dat weet ik toch ook niet!' Ik probeerde Mo te ondersteunen maar hij was veel te zwaar voor mij.

'Ga even zitten, Mo, ik kan je bijna niet meer houden.'

Met een asgrauw gezicht leunde Mo tegen de bar. Ik hield hem nog steeds vast en voelde zijn hart wild kloppen.

'Ze proberen me kapot te maken, Anne. Waarom doen ze dat?' vroeg hij hulpeloos.

'Ik heb geen idee, maar daar ga ik nu achter komen. Ik wil weten of deze roddels van JVJ vandaan komen. Ik laat het je straks weten.'

Met grote passen beende ik het café uit. Dit ging te ver. Ik wilde onmiddellijk een van de partners spreken. Degene die dit op zijn geweten had, mocht wat mij betreft wegens smaad voor de rechter gesleept worden. Ook als het een van de partners betrof.

Uiteraard probeerde Janine me op haar arrogantst af te poeieren, maar ik straalde zoveel woede uit dat ik haar al snel kon overtuigen dat ik Jansen onmiddellijk moest spreken.

Verbaasd keken Jansen en Jansma op nadat ik na een korte klop op de deur naar binnen stormde.

'Heren, het spijt me, maar ik moet u echt even spreken.' Ik ging zitten zonder dat ik daartoe werd uitgenodigd, maar dat interesseerde me helemaal niks.

'Ik vind dat de wijze waarop er met Mo wordt omgegaan niet valt te tolereren.'

Zowel Jansen als Jansma keek mij niet-begrijpend aan.

'Heeft u enig idee wat het voor Mo kan betekenen als wij niet meer bij hem komen lunchen?'

Een voor een keek ik de mannen aan, maar mijn woorden maakten weinig indruk.

'Anne, wij als partners hebben erg genoten van Mo's gastvrijheid, maar het leek ons dat de tijd rijp is voor een eigen kantine. Wij vinden het toch prettiger als onze mensen hier lunchen. Nu verlaat iedereen elke keer het pand, en dat vinden we eigenlijk niet zo wenselijk. Ik geef toe dat we wellicht jou, als eventueel toekomstige partner, mee hadden moeten laten denken in ons besluitvormingsproces.'

'Dat bedoel ik niet,' zei ik verontwaardigd. Ik was nog steeds boos en ik geloof dat de stoom uit mijn oren kwam.

'Wat bedoel je dan wel?' vroeg Jansma zo rustig mogelijk.

'Is het nou echt nodig om Mo kapot te maken en zo'n vreselijke roddel de wereld in te sturen dat hij een drugsbaron is? Dat is toch gemeen!'

'Doe nou even rustig, Anne,' zei Jansen.

'Wil je misschien een glaasje water?' vroeg Jansma.

'Anne, je bent de afgelopen tijd zo druk geweest, dat ik vrees dat een hele hoop jou is ontgaan,' zei Jansen op vaderlijk toontje.

'Wat bedoelt u?'

'Die zogenaamde roddel waar jij het over hebt, die speelt al heel lang. Die is niet van gisteren. Het is overigens een van de redenen geweest waarom wij het wenselijk achten het lunchgebeuren weer terug te brengen onder het dak van JVJ.'

Stomverbaasd keek ik de heren aan. 'Bedoelt u te zeggen dat...'

'Ja, Anne,' zei Jansen. 'Het gerucht gaat al lange tijd en komt niet van ons. Wij vinden het uiteraard ook vervelend.'

Ik keek de heren nog steeds verbaasd aan. Ergens klopte er hier iets niet.

'Ik heb hier nog iets aan toe te voegen,' zei Jansma. 'Wij, als partners, zijn niet zo gesteld op dit soort extreme uitingen van emoties, waarbij beschuldigingen over de tafel vliegen. Wij zijn toch gewend dat de zaken in redelijkheid worden bediscussieerd. Ik, en ik ga ervan uit dat ik mede namens de andere partners spreek, hoop dat jij in het vervolg je mening genuanceerder naar voren brengt. Mocht je opvliegendheid het gevolg zijn van schommelingen in je hormonale huishouding, dan hoop ik dat je een manier zult vinden om die in het vervolg in balans te krijgen.'

Zowel Jansen als Jansma knikte mij bemoedigend toe, en met stomheid geslagen verliet ik als een mak schaap het kantoor van Jansen. Pas toen ik weer achter mijn eigen bureau zat, realiseerde ik mij dat ik een uiterst vernederende ervaring achter de rug had.

Ik keek naar Mira, die op een zacht wit bolletje zat te sabbelen. Wat liet ik mij in hemelsnaam allemaal overkomen? Met een resoluut gebaar schoof ik mijn dossiers aan de kant.

'Ik ga ervandoor. Ik weet niet of ik vandaag nog terugkom.'

'Maar waar ga je...'

Ik gaf geen antwoord en liep zo het kantoor uit. Zo hard als ik kon fietste ik op mijn trouwe roze geval naar huis, vol verbazing over de kracht van een Hansaplast pleister waardoor mijn band nog steeds vol was. Ik rende de trap op en belde onmiddellijk Rob, maar zijn mobieltje werd niet opgenomen. Ik belde Van Dongen, en binnen een minuut had een ijverige secretaresse Rob opgespoord.

'Hoi schat. Heb je even tijd?'

'Nou, eigenlijk...'

'Ik zit hier botergeil op de bank in een splinternieuw, rood kanten slipje. Ik moet de hele tijd aan je denken. Kun je onmiddellijk komen, alsjeblieft?'

'Nu?'

'Ja, ik wil je zo graag. Als jij eens wist waar ik allemaal aan zit te denken,' zei ik zo zwoel mogelijk.

'Ik moet...'

'Ruige seks, Rob!'

'Ik kom eraan.'

Binnen tien minuten werd er gebeld, en ik moet zeggen dat ik diepe bewondering voor hem had, omdat het toch heus niet makkelijk moest zijn met zo'n opgewonden paal, die pijnlijk tegen je rits aan zwiepte, zo snel ter plekke te zijn. Althans, dat leek mij zo.

'Schat,' zei hij hijgerig toen ik de deur opendeed. Hij keek verbaasd naar mijn kleding. 'Waar is nou je rode...'

'Je deed er zo lang over! Ik kreeg het zo koud.' Ik sleepte hem aan zijn das naar binnen.

Hij grijnsde. 'Binnen een paar minuten heb jij het weer bloedheet!'

Ik glimlachte en streek even sensueel met mijn tong over mijn lippen.

'Wat een leuke secretaresse heb jij trouwens, Rob. Ze reageerde alleen een beetje raar toen ik zei dat ik je vriendinnetje was.'

Rob trok bleek weg. 'Heb jij gezegd...?'

'Ik heb eerst naar je huis gebeld, maar ik kreeg je werkster. Die is ook niks gewend! Ze zei helemaal niets meer toen ik zei dat ik bloedgeil was en naar mijn Rob verlangde. Ze gooide de hoorn erop!'

Trillend greep Rob de leuning van de bank vast. Ik was even bang dat hij flauw zou vallen, en dat was nou ook weer niet de bedoeling. Het laatste waar ik zin in had was een levensreddende mond-op-mondbeademing bij het akelige mannetje. Moest ik alsnog...

'Hockey jij eigenlijk?' Ik kon mijn lachen bijna niet meer inhouden.

Met open mond en vragende ogen keek hij mij aan.

'Ik heb vroeger altijd gehockeyd. Ik zit eraan te denken om het weer op te pakken. Weet jij niet een leuke club?' vroeg ik op een allerliefst toontje.

Hij schudde verward zijn hoofd. Zijn ogen plopten bijna uit zijn oogkassen en hij had nog steeds geen kleur.

'Je weet vast wel waar het gezellig hockeyen is. Jij hebt twee van die schattige blonde kindjes, die op zaterdagochtend in alle vroegte in zo'n mal kort broekje verplicht over het kunstgras moeten rennen met zo'n akelig bitje in hun mond. Ik snap trouwens niet waarom die kinderen niet gewoon vanaf hun geboorte een plaatstalen constructie aangemeten krijgen. Weet je zeker dat de boel recht komt te staan en er niet per ongeluk een tandje een scheef eigen leven gaat leiden. Goed idee, vind je niet?'

Rob schudde nog steeds zijn hoofd. Inmiddels verschenen er allemaal rode vlekken in zijn gezicht. Hij zag er vreselijk onaantrekkelijk uit.

'Anne, het spijt me, maar ik houd echt heel erg veel van je. Echt!' stotterde hij.

'Dat weet ik toch. Het was ook maar een grapje. Ik heb niet naar je werk en ook niet naar je huis gebeld.'

Opgelucht haalde hij adem.

'Maar dat kan ik natuurlijk alsnog doen.' Ik zag hem slikken.

'Wat wil je van me?' vroeg hij, en hij keek me met bange ogen aan.

'Niet zoveel. Ik wil dat jij mij opdrachten bezorgt. Héél véél opdrachten! Niet eentje maar een regelmatige stroom. Ik wil dat ze bij Van Dongen maar aan één fusiespecialiste denken. Namelijk: Anne de Bree. Jij mag de enige binnen Van Dongen zijn die mij vergeet maar de rest...!'

Hij stond op en ijsbeerde zenuwachtig door de kamer. 'Is dat niet een beetje te veel gevraagd? We hadden het leuk maar...'

'We hadden het helemaal niet leuk maar die opdrachten maken vast een hoop goed.'

'Volgens mij snap je het niet...'

Ik ging voor hem staan met mijn armen over mijn borst geslagen. 'Ik ben bang dat jij het niet helemaal snapt. Voor mijn krokodillentranen heb ik hele dure zakdoekjes nodig.' Ik keek hem kil aan, maar vanbinnen kwam ik niet meer bij van het lachen.

'Ik denk dat ik het begrijp,' zei hij, en zonder verder nog wat te zeggen, liep hij weg.

Hij was de deur nog niet uit of ik liet me gierend van de lach op de bank vallen. Zo goed had ik mij in tijden niet gevoeld. Ik was er weer! Beter dan ooit tevoren, en dat voelde fantastisch.

20

'Kom op, Anne, nog een paar treden en dan ben je er,' zei Merel bemoedigend, en duwde mij de trap op.

'Ja, nog een paar,' lispelde ik, terwijl ik op handen en knieën de trap besteeg.

'Wat ben jij dronken. Niet normaal meer,' zei Merel afkeurend.

'Ja, en weet je, lief Mereltje, waarom dat zo is? Weet je? Nou?' Ik was inmiddels op de trap gaan zitten en priemde met mijn wijsvinger in Merels tieten. 'Omdat, omdat. Daarom!'

Ik stond op en wilde me omdraaien, maar verloor bijna mijn evenwicht. Het was dat Merel achter mij stond, anders had ik onder aan de trap gelegen.

'Ja, het is goed lieverd, maar loop nu maar door.'

'En kleine Anne is ook een ietsiepietsie verdrietig. Dat is toch wat, Mereltje, dat Anne verdrietig is,' schreeuwde ik door het trappenhuis.

'Stil nou, Anne, niet zo hard. Er wonen hier nog meer mensen.'

Eenmaal binnen ging Merel eerst een pot sterke koffie zetten, terwijl ik verdwaasd voor me uit staarde op de bank. Ik voelde me een beetje misselijk. Tot mijn grote schrik zag ik dat een enorme rode wijnvlek mijn nieuwe jurk compleet geruïneerd had.

'Mereltje, moet je nu kijken?' zei ik terwijl ik naar de keuken strompelde. 'Mijn nieuwe jurkje, helemaal vies!'

'Ja, misschien moet je de volgende keer als je een toespraak houdt iets minder met je glas zwaaien. Je bent trouwens niet de enige hoor, die onder de rode wijn zit.'

'O,' zei ik op doffe toon.

'Hier, drink maar even een kop koffie, dan voel je je vast een stuk beter. Ik heb hem goed sterk gemaakt.'

'Ik drink het niet meer zwart, Merel. Ik drink het...' Ik kon plotseling absoluut niet meer op de naam komen.

Merel keek mij vragend aan.

'Ik drink het andersom,' zei ik, en ik keek haar blij aan.

'Andersom?'

Ik knikte heftig met mijn hoofd zoals alleen dronken mensen dat kunnen doen die helemaal overtuigd zijn van hun eigen gelijk.

'Interessant, daar heb ik nog nooit van gehoord. Is dat met extra suiker?'

'Nee, gekke Merel.' Ik deed mijn ogen dicht en dacht diep na. 'Ik weet het al, Mereltje, ik zeg het helemaal verkeerd,' zei ik proestend van de lach. 'Het is koffie...' Ik kon alweer niet op het woord komen.

'Koffie verkeerd?'

'Ja, dat zeg ik.' Ik wilde nog een heel verhaal houden, maar de telefoon ging. Merel nam op en ik hoorde haar zeggen dat we veilig thuisgekomen waren. De rest van het verhaal ontging me want ik viel als een blok in slaap.

Toen ik wakker werd, was de kamer helemaal donker op het geflikker van mijn televisie na. Merel was in slaap gevallen voor de tv en lag in een onmogelijke houding op mijn fatboy.

Mijn hoofd bonkte en in mijn mond bevond zich een lapje leer dat akelig uitgedroogd tegen mijn gehemelte kleefde. Heel langzaam trok de mist in mijn hoofd een beetje op, en flarden van wat er allemaal gebeurd was, trokken aan mijn netvlies voorbij. Ik voelde hoe mijn maag een kwartslag draaide, en ik was nog net op tijd bij de wc om een dag vol champagne met taart, broodjes zalm en rode wijn met borrelgarnituur eruit te gooien. Zo, dat luchtte op.

Ik nam twee paracetamols, en haalde een deken uit mijn slaapkamer om Merel mee toe te dekken. Behoedzaam drapeerde ik de warme deken over haar iele lijf, maar ondanks mijn voorzichtigheid werd ze onmiddellijk wakker.

'O, sorry, nou heb ik je wakker gemaakt.'

'Geeft niet. Hoe gaat het met je?'

'Prima. Niets aan de hand.'

'Klets toch niet!' zei ze verontwaardigd.

'Heb ik me erg...'

'Dat kan je wel zeggen, maar Boris en ik hebben je uit het gebouw weten te loodsen voordat je daadwerkelijk schade kon aanrichten en jezelf voorgoed belachelijk kon maken. Wat mankeert jou eigenlijk?'

Ik wist niet wat ik moest zeggen. Ik kon me ook niet meer zo goed herinneren wat er gebeurd was.

'Die Boris is een aardige vent, en hij heeft het beste met je voor, maar hij begrijpt ook helemaal niets van je,' ging Merel beschuldigend door.

'Ja, ja, ja.'

'Waarom had je nou niemand uitgenodigd? Het was nota bene de presentatie van je boek. Alleen Mo en ik waren er.'

'En een paar partners toch?'

'Ja, en een paar partners, maar dat was dan ook alles. Ik begreep van Boris dat er 's ochtends bij de feestelijke overhandiging van het boek helemaal niemand aanwezig was. Ze hadden daar bij PuntKomma een joekel van een taart besteld, Anne! Kom jij in je eentje aanzetten! Uit pure ellende heeft Boris alle medewerkers van PuntKomma achter de bureaus vandaan getrokken.'

'Ik had het niet zo begrepen, Merel,' zei ik timide.

'Nee, maar wat je wel begreep, was dat je die fles champagne in je eentje soldaat moest maken.'

Ik keek Merel vragend aan. Ik had geen idee wat er verder nog allemaal was gebeurd, maar als ik 's ochtends om elf uur al een fles champagne had weggewerkt dan voorspelde dat niet veel goeds voor de rest van de dag, die uit signeren, interviews en een feestelijke borrel had bestaan. Dat had ik weer mooi verprutst. Ik vroeg me af of ik het grote geheim van *Donkere Wolken* onthuld had.

'Heb ik nog rare dingen gezegd?'

'Ik was er om vijf uur voor de borrel. Vanaf dat moment heb je in ieder geval alleen maar onzin lopen uitkramen. Wat je daarvoor allemaal hebt gedaan weet ik niet, maar Boris keek knap vermoeid uit zijn ogen dus je zult wel aardig tekeer zijn gegaan.'

'Was Boris erg boos?'

'Weet ik veel, ik ken die vent amper. Ik vond hem wel sympathiek, en ik heb een tijdje met hem zitten kletsen.'

'En?'

'En wat?'

'Wat zei hij allemaal over mij?' vroeg ik ongeduldig.

'Nou, voornamelijk dat hij je niet begrijpt, en ik kreeg de indruk dat hij dat wel graag wilde. Voor de rest heb ik veel met Mo zitten praten. Kom, ik ga koffiezetten.' Ze liep naar de keuken en ik hoorde haar wat rommelen met het koffiezetapparaat.

Ik steunde mijn vermoeide hoofd in mijn handen. Niet te geloven, wat had ik er een zooi van gemaakt. Niet normaal. Heel langzaam kwamen de beelden van de vorige dag in mijn hoofd terug. Ik zag mezelf staan met een fles champagne in mijn hand, al pratend met de medewerkers van PuntKomma. Ik zag mezelf driftig rondlopen in een boekhandel waar ik een aantal broodjes zalm wegwerkte en honderdmaal mijn handtekening zette, wat een enorme kramp in mijn pols veroorzaakte, wat ik weer professioneel wist te verzachten met een paar glazen witte wijn. Daarna zag ik mezelf zitten in een of ander café met een aardige dame, die mij interviewde voor een damesblad. Zij lustte wel een paar glaasjes en ik deed vrolijk mee. Daarna ging ik weer naar een boekhandel, die overigens sprekend leek op de vorige: allemaal boeken in grote kasten langs de wand. Het hele circus van witte wijn, handtekeningen, kramp, witte wijn herhaalde zich, en daarna was er de feestelijke borrel op PuntKomma, maar daar kon ik me niet zoveel meer van herinneren. Ik zuchtte even diep, en realiseerde me dat een en ander niet goed was gegaan. Ik begon zo langzamerhand Petra wel te begrijpen. Een beetje leuk een boekje schrijven was één ding, maar dat hele gedoe eromheen was echt afschuwelijk!

Met een slaperig hoofd en piekerig haar kwam Merel de keuken uit met dampende koffie en een schaal koekjes. Ze ging tegenover me zitten op de bank, keek me onderzoekend aan en schonk toen zwijgend een kopje koffie voor me in.

'Wist je dat ik sinds kort mijn koffie...'

'Ja, je drinkt je koffie tegenwoordig andersom. Heel verstandig, maar dan moet je er wel een gewoonte van maken om melk in huis te halen,' viel ze me lachend in de rede.

Ik keek haar fronsend aan. 'Ik wil niet rot doen, Merel, maar het heet koffie verkeerd.'

Ze keek me aan met een blik in de ogen die niet veel goeds voorspelde. 'En dan wil ik nu weten wat er met jou aan de hand is,' zei Merel.

Ze keek me streng aan en ik voelde me net een kind van veertien dat voor de zoveelste keer te laat thuis was gekomen. Merel bleef me strak aankijken, haar mond was een dun, verontwaardigd streepje.

'Merel, als je zo kijkt, lijk je wel een oud lijk. Komt dat nou van het wippen in het mortuarium?' Ik zag dat ze moest lachen, maar ze antwoordde niet.

'Wat is er toch met je aan de hand?' vroeg ze nogmaals.

'Het is me allemaal een beetje te veel geworden. De stress van het partnerschap, al het gedoe rondom de afdeling Fusies & Overnames en dan ook nog een keer zo'n boek.'

'Dat boek heeft me sowieso verbaasd. Ik vind het ook niks voor jou om een boek te schrijven.'

Ik glimlachte slechts minzaam.

'Aan de andere kant verbaas jij mij wel vaker. Maar daar gaat het allemaal niet om. Wat er gisteren is gebeurd, kan ik niet plaatsen. Anne, als er ergens een feestje gevierd moet worden dan ben jij er. Als jij zelf een feestje geeft dan maak je er een happening van. En nu was er niemand! Ik snap er niets van. De Anne die ik ken, had iedereen opgetrommeld. Waar waren je ouders? Waar was iedereen? Waar waren Jasmijn, Kim, Bo en Madelief? Waar waren je collega's? Die gekke homo, die collega, waar je vroeger nog wel eens mee op stap ging.'

'Berthold.'

'Ja, die. En waar was die nieuwe liefde van je? Die Rob, die we nog nooit gezien hebben. Bestaat hij eigenlijk wel?'

Ik wilde wat zeggen maar Merel ratelde maar door.

'Alleen Mo en ik waren er! Ik wist niet wat me overkwam, en toen kwam die Boris ook nog naar me toe om te vragen hoe het kwam dat jij geen vrienden had. Ik wist niet wat ik moest zeggen. Waar was Petra? Anne, waar waren ze allemaal?'

'Merel, ik heb er gewoon niet meer aan gedacht. Ik weet dat het stom klinkt, maar zo is het nou eenmaal. Ik zat met mijn hoofd bij mijn werk, en het is me gewoon helemaal ontgaan. Op het laatste moment heb ik nog mensen uitgenodigd, maar alleen jullie konden.'

'En dan nodig je wel de partners op tijd uit?'

'Nou nee, die heb ik helemaal niet uitgenodigd. Dat heeft Boris gedaan.'

Ze keek me hoofdschuddend aan. 'Misschien moet je eens even lekker uitrusten tijdens het skiweekend. Dan kunnen we fijn met zijn allen bijkletsen en plezier maken.'

'Ja, daar moet ik nog wel iets over zeggen,' zei ik hakkelend met een rooie kop van ellende.

'Wat nou weer?'

'Nou, ik kom een dagje later.'

'Dat kan niet. We gaan met z'n allen met het vliegtuig, weet je nog? Goedkope aanbieding met airmiles. Heb je zelf geregeld.'

'Ja, sorry, maar helaas ben ik er niet die vrijdag.'

'Hoezo, je bent er niet?' Merel begon op steeds luidere toon te spreken.

'Ik zit in Londen met een cliënt en ik kom pas zaterdagochtend weer terug.'

'Dus je gaat niet mee? Je organiseert een weekend met je vriendinnen en je gaat zelf niet mee!' Inmiddels schreeuwde ze.

'Ik kom later. Dat zeg ik toch! Ik kom zaterdagochtend om elf uur aan op Schiphol en dan heb ik een aansluitende vlucht. Ik kom wel, alleen een dag later.'

Merel begon chagrijnig de kamer op en neer te lopen. De korte nacht op de fatboy begon zijn tol te eisen, en in haar woede knalde ze met haar scheenbeen tegen de punt van een tafeltje. Zwaar overdreven krijste ze als een speenvarken en geïrriteerd sloeg ik haar talent voor drama gade.

'Dat kun je toch niet maken! Ik baal hiervan, Anne.'

'Anders ik wel!'

'Had het dan anders geregeld, stomme trut.'

'Alsof ik het zo leuk vind!' schreeuwde ik door de kamer. 'Ik werd gewoon voor het blok gezet door die griezel van een Voorstevoordehoeven. Ik had nog een andere optie, en dat was dat ik gisteren was gegaan, maar toen kon ik dus niet vanwege die stomme boekpresentatie. Dus toen ik tegen Voorstevoordehoeven zei dat ik de achttiende niet kon omdat ik ging skiën met mijn vriendinnen, liet hij me fijntjes weten dat ik geen keus had. Ik werd tenslotte al ontzien vanwege het boek. Dus wat had ik anders moeten doen, Merel van der Klip? Als jij het zo goed weet, zeg het dan.'

'Weet ik veel!'

Op hetzelfde moment werd er aan mijn deur gebeld en verschrikt keken Merel en ik op. Nog voordat ik de deur kon openen, stapten Margot en Henk binnen met in hun kielzog de onderbuurman.

'Sorry hoor, dat ik zomaar binnen kom vallen met de reservesleutel, maar we hoorden gisteravond in het trapportaal al geruzie, en nu weer, en je leest de laatste tijd zulke rare verhalen. Gaat alles goed hier?' vroeg Margot terwijl Henk nieuwsgierig rondkeek. De onderbuurman gluurde over Margots schouders verlekkerd naar Merel.

'Niets aan de hand,' zei ik met een rood hoofd. 'Dit is Merel, een vriendin van mij, zij zit bij een amateurtoneelvereniging en...' Merel gaf mij een stomp tussen mijn ribben. 'Ze heeft binnenkort een uitvoering en nu help ik haar met haar tekst. Sorry, voor de overlast. Het is nogal een emotioneel stuk. We zullen wat stiller doen.'

'Gut, wat leuk,' zei Margot enthousiast. 'Bij welke vereniging zit je?'

'Ze zit bij de toneelvereniging Samen op de Planken.' Achter mij hoorde ik Merel grinniken.

De onderbuurman keek mij vragend aan. 'Die ken ik helemaal niet. Wat gek! Ik doe al jaren aan amateurtoneel maar deze vereniging ken ik niet. Waar oefenen jullie?' vroeg hij met een frons tussen zijn wenkbrauwen.

'Merel woont in Eindhoven,' antwoordde ik snel.

'Speel jij wel eens vrouwenrollen?' vroeg Margot nieuwsgierig aan de onderbuurman. 'Waar je vrouwenondergoed voor nodig hebt. Rode slipjes, en zo. Dat soort rollen?'

De onderbuurman keek haar aan of ze niet goed snik was, maar nog voordat hij antwoord kon geven, duwde ik vriendelijk maar vastberaden het hele stel de deur weer uit.

Ze waren nog niet vertrokken of Merel en ik vielen gierend van de lach op de bank neer. Nadat we uitgelachen waren, keken we elkaar beschaamd aan.

'Rob is getrouwd,' zei ik plotseling.

Ze haalde haar schouders op. 'Komt in de beste families

voor. Als je ooit een goede plek nodig hebt om het stiekem...'

'Ik wist het niet, Merel. Ik kwam er bij toeval achter. Ik wilde acht kinderen van hem, en hij ook een paar van mij, maar dat was voordat ik wist dat hij er zelf twee had.'

'Ach, dat meen je niet. Wat rot voor je.' Ze sloeg troostend een arm om me heen.

'Het is niet erg. Ik heb hem een waanzinnige streek geleverd en ik voel me beter dan ooit tevoren.' Ik vertelde haar het hele verhaal, en grinnikend liet ze me weten dat ze me fantastisch vond.

Ze gaf me een dikke kus. 'Ik moet gaan. Ik bel je vandaag nog wel even.'

'Merel,' riep ik haar achterna, 'bedankt dat je me gisteravond hebt gered!'

'Geen dank,' hoorde ik haar nog net zeggen voordat ze de deur achter zich dichttrok.

21

Een enorme herrie kwam me tegemoet. Bouwvakkers sjouwden af en aan met ladders en andere rotzooi, en omdat die gasten de hele dag gewend waren om in lawaai te werken, schreeuwden ze tegen elkaar alsof JVJ een filiaal van het doveninstituut was. Ik zag Mieke, de altijd vrolijke receptioniste, wit wegtrekken van ellende.

Ik was nog niet halverwege de hal, of ik werd al nagefloten door de eerste de beste spierbundel, die zich met tien planken op zijn schouder een weg dwars door zijn collega's trachtte te banen. Geërriteerd keek ik op.

'Ja, wen er maar vast aan, mevrouwtje. De komende maand lopen wij hier rond. Maar daarna heeft u ook een heel leuk keukentje!' spuwde de man er in Platamsterdams uit.

Ik had me heilig voorgenomen om me totaal niet te bemoeien met het hele Saartjesgebeuren, en dat gold dus ook voor de mannen die het moesten bouwen. Zonder nog verder op of om te kijken, liep ik door.

'Nou, zeg. Kouwe kak is dat hier,' sprak de bouwvakker net iets te hard.

Boven kwam Marjolein me al tegemoet gedribbeld, ze had haar haren dit keer met een wafelijzer te grazen genomen. Pluizig wafelde het rond haar geplamuurde gezichtje, en ze schudde continu haar hoofd omdat het akelig irritant voor haar ogen hing.

'Koffie, Anne?' vroeg ze gedienstig.

'Marjolein, weet je wat jou leuk zou staan?'

'Nou?' vroeg ze nieuwsgierig.

'Heel kort haar. Een beetje gemillimeterd en dan in twee kleurtjes. Ton sur ton. Snap je wat ik bedoel?'

Ze keek me slechts verbaasd aan en zei niets. Even later kwam ze terug met een kopje koffie. Ik had inmiddels mijn mailbox geopend. Ik had 130 nieuwe mails.

'Marjolein, kun jij niet gewoon mijn mail beantwoorden?'

'Vast wel,' zei ze nog steeds een beetje pissig. 'Heb jij je surprise al in de grote vergaderzaal gelegd?'

'Surprise?'

'Ja, surprise. Ben je het vergeten?'

'Help me even. Waar gaat het over?'

Ze zuchtte even heel dramatisch en keek me misprijzend aan. 'Vanavond vieren we SinterKerst!'

'O, nee hè.'

'Betekent dat dat je het bent vergeten?'

'Ja,' zei ik en vroeg me af of ik dit taakje ook aan haar kon uitbesteden.

Op datzelfde moment stond Mira verlegen naast mijn bureau te dralen. Ze wilde wat zeggen maar durfde duidelijk niet.

Ze hoopte waarschijnlijk dat haar aanwezigheid vanzelf wel zou worden opgemerkt.

'Wat is er, Mira?'

'Ik wil je wat vertellen.'

'Dan kies je wel een lekker moment uit. Ik heb namelijk 130 mailtjes en ik ben vergeten om een surprise te maken. Kan jij me daar niet mee helpen?'

'Nou, ik heb eigenlijk iets serieus met je te bespreken. Kan het even? Onder vier ogen?'

'Tuurlijk kind, ik heb tenslotte alle tijd van de wereld,' zei ik spottend.

Ze ging zitten en zei dat ze het heel vervelend vond, maar dat er toch echt iets niet klopte in een paar dossiers.

'Wat klopt er niet?'

'De cijfers kloppen niet. In een aantal dossiers worden de jaarverslagen verkeerd geïnterpreteerd.'

'Dat gebeurt toch wel vaker?'

'Ja, maar...'

Ik liet haar niet uitspreken. 'Hoe oud zijn die dossiers?'

'Gemiddeld zo'n twee jaar oud.'

Ik keek haar aan en schudde mijn hoofd. 'Lieve Mira, vind je het heel erg als ik me gewoon met 2005 bezighoud?'

Mira keek me strak aan. Ik zag een glinstering van woede in haar ogen. Ze stond op, en terwijl ze naar haar eigen bureau liep, zei ze: 'Dan zoek je het maar lekker zelf uit.'

Verbaasd keek ik haar na. Goh, zo assertief had ik haar nog nooit meegemaakt.

Marjolein stak haar hoofd om de deur en zei: 'Ik ben die mailtjes van je aan het ordenen. Dat maakt het wat overzichtelijk. Die van je uitgever zijn privé. Die stop ik dus in een mapje privé, oké. Als je dan nog het overzicht kwijt bent, dan weet ik het ook niet meer.'

'Hé,' riep ik haar na. 'Hebben jullie stiekem allemaal een assertiviteitstraining gevolgd?'

'Als je met jou werkt, zou dat geen kwaad kunnen!' zei ze en stak weer haar hoofd om de hoek van de deur, grommend als een dolle hond, haar tanden ontblotend.

Ik moest meteen aan het gebleekte gebitje van Berthold denken en ik wist onmiddellijk wat ik voor hem ging kopen. Binnen vijf minuten had ik een slecht lopend gedicht uit mijn pc geramd en nog geen kwartiertje later had ik alle ingrediënten voor de surprise in huis.

Een paar straten verderop was een winkeltje met fopartikelen en daar kocht ik een kunstgebit met gekleurde lichtjes. Het leek me een leuke kerstaccessoire voor een verblijf in donkere kamers, en dus bij uitstek geschikt voor Berthold. Het kunstgebit verstopte ik in een grote pot waarin ik twintig tubes tandpasta leegkneep. Terwijl ik ermee bezig was, grijnsde ik vals. Heerlijk als je gepermitteerd een klotestreek mocht uithalen.

Het was nog niet zo druk in de grote vergaderzaal. Op alle tafels stonden schalen met hapjes en de zaal was versierd met kerstklokken en een grote kerstboom. De meeste secretaresses hadden zich voor de gelegenheid netjes uitgedost en ik begreep nu ook waarom Marjolein met haar hoofd in een wafelijzer was gaan hangen.

Ik sloeg snel een wijntje achterover en vroeg mij af waarom iedereen naar het raam liep. Er was duidelijk iets aan de hand en ik wrong mij ertussen.

De commotie werd veroorzaakt door de geile, gele cabrio van Berthold die half op de stoep voor de deur van jvj was geparkeerd. Het dak was open, en op de achterbank stond een joekel van een nepbonbon, die Berthold in zijn eentje uit zijn autootje probeerde te tillen. Wat niet helemaal lukte. Hulpeloos keek hij om zich heen, en tot zijn grote blijdschap werd hij gered door twee beren van bouwvakkers.

Kirrend kwam hij met de twee mannen de grote vergaderzaal binnen. 'Heren, bedankt,' riep hij op hoog toontje.

'Geen enkel probleem, hoor. Wij zijn betonmolens gewend. Voor een beetje vent is dit een werkje van niets.'

Ik zag Berthold even slikken, het was duidelijk dat hij zich afvroeg of hij de mannen duidelijk moest maken dat hij ook heus wel een echte vent was, maar nog voordat hij wat kon zeggen, waren ze alweer verdwenen.

'Wat een fijne mannen,' zei Berthold gelukzalig tegen ons. 'Als iedereen elkaar zo zou helpen in deze wereld werd het een stuk prettiger op deze aardbol.'

'Ja, maar nu weten we wel van wie deze surprise is, Berthold. Dat is weer niet zo handig,' zei ik vals.

'Hé, Berthold. Er staan twee mannen met een pet op je auto te bewonderen. Ze vinden hem zo mooi dat ze aantekeningen maken,' zei Christel van letselschade.

Scheldend en tierend rende Berthold naar beneden. Langzaam liep de zaal helemaal vol en werd het een geroezemoes van jewelste. Zoals gewoonlijk kwamen de partners als laatste binnen. Er viel meteen een eerbiedige stilte, en ik realiseerde me dat over niet al te lange tijd iedereen ook zo gepast zou zwijgen als ik binnenkwam. Hoe zou het zijn om daar tussen die mannen te lopen en mijn entree te maken? Ik zag dat Berthold ook vol bewondering naar de partners keek, en ik vermoedde dat hij hetzelfde dacht als ik.

Jansen opende zoals gewoonlijk de vergadering. Ze hadden bij JVJ de malle gewoonte om elke activiteit die in de grote vergaderzaal plaatsvond als vergadering te beschouwen, die altijd door Jansen met een hamerslag werd geopend. De eerste surprises werden overhandigd en er ontstond al snel een lacherig sfeertje om de gedichten waarin een jaar kantoorleed op rijm werd voorgedragen.

Mijn hart ging sneller kloppen toen Berthold zijn cadeautje kreeg overhandigd door Marjolein, die van een kantoorgenoot een haarspeld met een hoop glinsterende steentjes had gekregen die was verstopt in een kapotte föhn.

Als een kind pakte Berthold zijn cadeautje uit en staarde vol verwondering naar de grote pot die gevuld was met tandpasta.

'Het ruikt naar pepermuntjes,' gilde een secretaresse van zijn afdeling.

'Je moet het gedicht voorlezen, Berthold,' gilde een ander.

Zenuwachtig opende Berthold de envelop en kuchte een paar keer.

'Lieve Berthold, zo fijn en fris,
Je prachtige tanden zijn niet mis.
Hoe krijg je ze toch zo geweldig wit?
Alsof er nergens een gaatje zit.
Daarom voor jou deze pasta
En nu is het basta.'

Verlegen keek Berthold om zich heen. 'Nou fijn, bedankt. Hier kom ik 2006 wel mee door.'

Hè, wat een doortrapte rotzak. Onder aan het gedicht had ik geschreven dat het cadeautje verstopt zat in de pot maar de eikel was niet van plan om daar naar te gaan zoeken en deed net alsof dit zijn cadeautje was. Marjolein, die mij had gezien terwijl ik al die tubes aan het leegknijpen was, keek mij fronsend aan. Ik zag haar iets fluisteren in het oor van haar buurman die het weer doorfluisterde aan zijn buurman, en al snel keek iedereen mij met gefronste wenkbrauwen aan. Shit, dit was natuurlijk weer niet de bedoeling.

Uiteraard liep Berthold onmiddellijk naar zijn eigen surprise en ging heel gemaakt op zoek naar de naam op de reuzenbonbon. De niet al te snuggere jongen van de post riep al snel dat Berthold toch wel wist voor wie dat was en toen iedereen begon te lachen, zei het joch verbaasd: 'Hij kwam er toch zelf mee binnen, dat hebben jullie toch ook gezien?'

Met een chagrijnige kop riep Berthold de heer Jansen naar voren.

'Zo, zo, dat is me een cadeau,' zei Jansen verheugd. Hij opende de bijbehorende grote envelop waar een huishoudhandschoen en een gedicht in zat.

'U moet eerst het cadeautje openen, daarna mag u het gedicht voorlezen,' zei Berthold blij.

Nadat Jansen het rode cellofaan had opengemaakt stond hem nog een heus werkje te wachten. Met de bijgeleverde handschoen moest Jansen zijn hand in de reuzenbonbon stoppen om zo al graaiend zijn cadeautje te zoeken. De inhoud van de bonbon was een mengsel van gelei en behangplaksel en het droop via de elleboog van Jansen op de grond. Jansen was het al snel beu, gaf de handschoen aan Berthold en zei: 'Dit lijkt me meer een karweitje voor jou, jongeman.'

Ik kon mijn lachen bijna niet inhouden. Chagrijnig keken de partners toe hoe Berthold met rood hoofd, tot zijn oksel in de derrie zat te graaien. Het maakte onsmakelijke soppende geluiden. Na een aantal pijnlijke minuten had Berthold eindelijk het presentje te pakken. Een presse-papier. Het gedicht was de uitsmijter.

Beste heer Jansen

Een surprise vol kansen
Wat heeft de Sint vernomen
Dat er weer bonbonnetjes moeten komen
Ja, dat lust de heer Jansen wel
Bonbonnetjes met kersenvel
Gevuld met kersenlikeur
Zie hem genieten van de geur.
Dit jaar gaan we niet aan de fles
Maar krijgt u een papier-presse.

Van Piet

De heer Jansen keek Berthold eens streng aan. 'Mijn beste Berthold, wij vinden een aantal kwaliteiten belangrijk bij JVJ. En dat zijn: nauwkeurigheid en accuratesse. Ik lust geen chocola, dat is mijn collega Janssen. Die overigens niet van kersenlikeur houdt, maar rum in zijn bonen wenst.'

Ik gloeide van opwinding en genoot van de afschuwelijke afgang van Berthold.

'Lachen, hè,' zei Christel. 'Heerlijk zo'n blunder. Zeg, wat ga jij eigenlijk doen met de feestdagen?'

'Daar heb ik nog niet over nagedacht,' antwoordde ik.

'Dan mag je wel opschieten. Het is al de achttiende. Over een week worden we geacht ons goed gekleed vol te proppen met zuiglammetje, hertjes en eendenborstjes.'

'Nu je het zegt, dat is ook zo. Wat gaat de tijd toch snel.'

'Heb je nog niks geregeld?'

'Nee, ik vrees van niet,' zei ik lachend.

'Nou, dat is dan mooi voor je. Dat wordt aanschuiven bij je ouders.'

Er lag nog maar één cadeautje en de eer was aan Jansma om dit te overhandigen.

'Mieke, jij bent deze keer de hekkensluiter.'

Krijg nou wat! Ik kreeg geen cadeautje. Ik kreeg een rood hoofd van schaamte en ik wist niet waar ik moest kijken. Christel gaf mij een vette por tegen mijn arm.

'Zeg, jij hebt niks gehad. Hé, jongens, Anne heeft niks gehad.'

Er ontstond opeens heel veel rumoer, iedereen praatte druk door elkaar en ik werd door iedereen aangekeken. Berthold keek me even grijnzend aan en ik realiseerde me dat iedereen zijn debacle snel zou vergeten. Helemaal geen cadeautje krijgen was tenslotte wel het allerergste wat je kon overkomen.

Ik stapte dapper naar voren en zei: 'Dat vind ik helemaal niet erg. Er is vast iets mis gegaan. Laten we gewoon lekker gaan feestvieren.'

'Toch vind ik het raar,' riep Berthold heel hard zodat iedereen het kon horen. 'Niemand is ziek, iedereen is er. Dat is toch wel heel merkwaardig!'

Ik zag de twinkeling in zijn ogen, en als het aan mij had gelegen had ik hem een enorme knal voor zijn kop gegeven.

'O, wacht even,' zei Kortewind. 'Ik geloof dat ik hier een foutje heb gemaakt. Ik ben zo terug.'

Er ontstond een hoop geroezemoes en het werd pas weer stil toen Kortewind op een holletje binnen kwam zetten met een grote doos onder zijn arm.

'Sorry, mijn lieve kind, het lag nog op mijn bureau. Vergeef je het een oude man?'

'Natuurlijk,' zei ik, en zonder dat ik erbij nadacht gaf ik hem een kus op zijn wang.

In de doos zat een prachtige karaf met bijbehorende glazen. Het gedicht ging over scherven die geluk brengen en dat ik bij hem wel een potje kon breken. Het was een lief gedicht en iedereen luisterde ademloos toe, behalve Berthold. Trillend op zijn benen en briesend van ellende kon hij amper zijn jaloersheid de baas.

22

Het was inderdaad heel erg handig wat Marjolein met mijn e-mails had gedaan. In het mapje privé trof ik zes mailtjes van Boris aan. Sommige waren al een paar dagen oud en klakkend van afkeuring over mijn eigen slordige gedrag opende ik ze.

De eerste was van vóór de boekpresentatie. Boris wilde weten met hoeveel personen ik naar de presentatie kwam. Ik slikte een paar keer en gooide het mailtje in de prullenbak. De tweede mail was op de dertiende december naar mij gestuurd.

Of ik zin had om met kerst en oud & nieuw met hem mee te gaan naar een huis in de Ardennen. Samen met zijn broer, schoonzus, kinderen, plus een aantal goede vrienden. Of ik het hem de volgende dag wilde laten weten, anders zouden ze iemand anders vragen.

De tranen sprongen in mijn ogen. Hoe kreeg ik het voor elkaar? Natuurlijk was ik meegegaan!

Het derde mailtje was een reactie op mijn niet-reactie. *Jammer dat je niet meegaat, maar ik neem aan dat je wat met je vriendje gaat doen. Groetjes Boris.*

O, shit, shit, shit. De drie andere mailtjes waren van na de presentatie en een stuk zakelijker van toon. Het waren lijsten met komende signeersessies en of ik die even in mijn agenda wilde zetten en vooral niet wilde vergeten! Het laatste mailtje was van vandaag. Het was wat kort dag maar of ik morgen met hem kon eten. Hij had me wat te vertellen.

Met tranen in mijn ogen mailde ik hem terug dat ik heel graag met hem wilde gaan eten. Nadat ik op Send had gedrukt, liet ik mijn hoofd moedeloos op mijn bureau vallen. Onbeschrijflijk. Hoe erg kon een mens het verprutsen?

Boris had een heel klein Italiaans restaurantje uitgekozen. Er stonden maar tien tafeltjes, en die waren op twee na allemaal bezet. De eigenaar kwam vrolijk op Boris aflopen, gaf hem drie zoenen en ging ons voor naar ons tafeltje.

'Vis of vlees?' vroeg hij.

'Doe mij maar vis,' zei Boris en hij keek mij vragend aan.

Ik knikte slechts goedkeurend.

'Leuk tentje is dit,' zei ik. Ondertussen had Tommy, de eigenaar, een schaaltje met heerlijke, kleine hapjes op tafel gezet.

'Ja, ik kom hier al jaren. Het leuke is dat ze geen kaart hebben. Je kunt alleen kiezen tussen vlees of vis, en dan moet je maar afwachten wat je krijgt. Alleen als je Tommy kent en hij je aardig vindt, kun je een tafel reserveren. Vrienden van mij

197

hebben het al zo vaak geprobeerd, maar dan krijgen ze te horen dat alles bezet is. Als ik dan bel dan heeft hij altijd wel een tafeltje.'

'Heerlijk als je zo je geld kunt verdienen.'

'Ja, over geld verdienen gesproken,' zei Boris en hij keek me even onderzoekend aan.

'We gaan het toch niet de hele avond over geld hebben, hè? Daar ben ik al de hele dag mee bezig,' zei ik lachend.

'Nee, maar ik heb je uitgenodigd omdat ik je iets moet vertellen over mijn toekomst.'

Ik keek hem verbaasd aan en vroeg me af wat ik daar mee te maken had.

'Ik ben gevraagd om in Parijs te komen werken. Het is voor mij een gouden kans. Ik vind het niet meer dan netjes om de auteurs die ik onder mijn hoede heb van deze plannen op de hoogte te stellen.'

Het viel me op hoe zakelijk Boris zich opstelde. Er was niets meer over van de gezellige Boris die lachend samen met mij zijn neefjes naar bed bracht, en het gaf me een droevig gevoel dat die intimiteit tussen ons tweeën verdwenen was. Ik wilde wat zeggen, maar Boris viel me onmiddellijk in de rede.

'Ik zag dit al aankomen en ik heb je bij een goede collega ondergebracht. Hij heet Kees en is vreselijk ambitieus, dus je bent bij hem in goede handen. Ik heb hem duidelijk gemaakt dat hij zoveel mogelijk moet overleggen met Vera de Pagret omdat jij het heel erg druk hebt met je werkzaamheden bij JVJ. Hij snapt de situatie. Ik moest je overigens laten weten dat hij net als ik dolenthousiast is over *Donkere Wolken*. Hij kan niet wachten om je volgende manuscript te ontvangen.'

Een volgend manuscript? Mooi niet! Het idee alleen al gaf me hartkloppingen.

'Wat is er aan de hand? Je kijkt zo benauwd.'

'Sorry, ik vind het jammer dat je weggaat,' zei ik mompelend.

'Ik heb er heel lang over nagedacht.'

'Is er niet iemand, ik bedoel...' hakkelde ik. 'Ik bedoel een vriendin of zo, voor wie je moet blijven?'

'Nog niet zo lang geleden koesterde ik bijzonder warme gevoelens voor iemand, maar die gevoelens waren volgens mij niet wederzijds. Dus toen mij gevraagd werd om in Parijs te gaan werken was het niet zo moeilijk om de knoop door te hakken en voor Parijs te kiezen.'

'Wanneer vertrek je?'

'Dric januari.'

Ik slikte even en de tranen sprongen bijna in mijn ogen.

'Dan al?'

'Wat is het probleem? Maak je je zorgen over Kees, mijn opvolger?'

Ik keek hem even aan en realiseerde me dat ik deze leuke krullenkop vreselijk zou gaan missen. 'Ja natuurlijk maak ik me daar zorgen over. Het is niet zo prettig om te weten dat ik gewoon naar een andere afdeling wordt geschoven. Dat komt niet echt geïnteresseerd op me over,' zei ik niet al te vriendelijk.

'Ho, ho, ho, dame. Als er iemand weinig interesse heeft getoond dan ben jij het wel. Je bent twee dagen geleden niet op komen dagen bij een signeersessie. Stond ik daar mooi voor paal in mijn eentje.'

'Waar heb je het over?'

'Begin december heb je van mij een mailtje gekregen met data. Ik kreeg keurig antwoord dat je het genoteerd had, maar ondertussen kwam je mooi niet opdagen.'

'Sorry, ik kan me niet herinner...'

'Het gaat niet alleen om één vergeten afspraak,' viel hij me in de rede. Wat dacht je van de boekpresentatie? Wat mij betreft was dat ook een gebeurtenis die ik niet snel meer zal vergeten. En dan druk ik mij zachtjes uit!'

Het schaamrood steeg naar mijn kaken. Hij had gelijk, ik kon maar beter mijn mond houden.

'Kees is een aardige vent, misschien iets te ambitieus. Hij gaat over lijken als hij een boek op de markt wil brengen, maar soms is dat alleen maar goed. *Donkere Wolken* wordt aardig verkocht en een volgend boek is bij hem in goede handen. Ik denk dat Kees prima mijn taak kan overnemen. Als ik daaraan getwijfeld had, dan had ik het niet zo gedaan.'

Ik glimlachte magertjes. Parijs! Als ik het wat handiger had aangepakt, had ik er een leuk logeeradres bij gehad. Shoppen in Parijs, met Boris over de Champs-Elysées slenteren, beetje dobberen op de Seine, zoenen onder de Eiffeltoren. Bij de gedachte aan het laatste voelde ik mijn wangen vuurrood kleuren.

'Is er wat?'

'Een pepertje.' Ik zwaaide wat in de richting van de schaal met hapjes.

'Het komt heus wel goed met dat boek,' ging Boris onverstoorbaar door waar hij gebleven was. 'Het lijkt me overigens wel zo verstandig als je binnenkort even een afspraak met Kees maakt om kennis te maken. Jullie kunnen het vast prima met elkaar vinden. Proost!'

Zachtjes tikten onze glazen tegen elkaar, en ik hoopte maar dat iets van de vertrouwde sfeer van die eerste zondag die we samen hadden doorgebracht weer terug zou komen. Het voorgerecht werd door Tommy op tafel gezet, en tot mijn grote verbazing pakte de man een stoel en ging er gezellig bij zitten. De Italiaan kletste honderduit, maar wat mij betreft mocht hij wel weer naar de keuken vertrekken. Zoveel tijd had ik niet meer samen met Boris, en ik wilde er eigenlijk wel optimaal van genieten.

Na het voorgerecht verontschuldigde Boris zich en ging even naar het toilet. Eenzaam bleef ik achter aan het tafeltje en ik kon mijzelf wel voor mijn kop slaan dat ik niet eerder zijn mail had geopend. Ik had het hartstikke leuk gevonden om met hem naar de Ardennen te gaan. Zou ik het hem alsnog vragen? Gewoon zeggen dat ik te laat zijn mail had geopend? Zenuw-achtig speelde ik met mijn vork. Eigenlijk durfde ik het niet te vragen. Waarschijnlijk was er allang iemand voor mij in de plaats gekomen. Aan de andere kant: niet geschoten was al-tijd mis! Mijn blik dwaalde af naar het vlammetje van de kaars die op tafel stond. Het kaarsvet droop op zijn Italiaans over een fles chianti. Met mijn vinger drukte ik in het zachte kaars-vet, dat warm aanvoelde. In gedachten verzonken peuterde ik langzaam het gestolde kaarsvet van mijn vinger en ik besloot dat als ik in één keer het vlammetje kon uitblazen, ik aan Bo-ris zou vragen of ik nog mee mocht. Ik blies zo hard als ik kon maar er gebeurde niets. Net op het moment dat ik geen lucht meer had, kwam Tommy al wapperend aangerend. Bingo, ik ging het vragen!

Zelden had ik zo'n heerlijk visgerecht gegeten, en ik kon Bo-ris niet anders dan gelijk geven dat dit een geweldig restaurant was. Alleen die Italiaan werkte op mijn zenuwen. Elke keer als ik diep adem had gehaald en net op het punt stond om aan Boris te vragen of ik nog meekon, kwam hij er weer aan om de een of andere opmerking te maken waar ik totaal niet op zat te wachten.

Tussen de bezoeken van Tommy door zaten we stilletjes te genieten van ons eten. Er was slechts één moment waarop ik weer een twinkeling in de ogen zag bij Boris, en dat was toen de laatste gasten arriveerden. Tot mijn verbazing was het de heer Stoutjes, voorzitter van het Verbond van Christelijke Werkgevers, met aan zijn zijde een dame die me vreselijk be-kend voorkwam, maar die overduidelijk niet zijn vrouw was. Ik zag Boris geamuseerd kijken naar de dame met vuurrood haar, die chic gekleed maar wel kortgerokt op stiletto-naald-hakken haar entree maakte.

'Aparte dame,' fluisterde Boris.

'Ik ken haar ergens van!' zei ik. Ik voelde dat ze wist dat we het over haar hadden, en ze keek me een fractie van een se-

conde hooghartig aan, waarna ze haar blik weer van mij af-
wendde.

'Ze komt me zo bekend voor!' zei ik weer.

'Volgens mij is het een dure callgirl,' zei Boris en gaf mij een
vette knipoog.

'Zou het? Ja, ik denk dat je gelijk hebt. Goh, en hij is nog
wel de voorzitter van het Verbond van Christelijke Werkgevers. Die durft!'

'Ik denk dat hij een cao'tje wil afsluiten,' zei Boris met een
grote grijns op zijn gezicht.

We moesten allebei lachen, maar Tommy kwam onmiddellijk als stoorzender tussenbeide en haalde onze borden weg.

Uiteindelijk trok ik bij de tiramisu mijn stoute schoenen aan
en vroeg ik zonder blikken of blozen of er nog een bed voor
mij over was in dat huis in de Ardennen.

Verbaasd keek Boris mij aan en zei kortaf: 'Nee, een vriendinnetje van Monica gaat mee.' Hij vroeg verder niet waarom
ik van gedachten was veranderd, bestelde koffie en vroeg om
de rekening.

'Tommy, dit is een zakelijk etentje. Zet je het op naam van
PuntKomma?' zei hij en trok zijn creditcard.

23

Voordat ik het in de gaten had, was het al weer Kerstmis. De
kerstdagen bracht ik in mijn eentje door. Ik had helemaal niets
geregeld. Waarschijnlijk was dat maar goed ook, want de kans
dat iemand wel tijd voor mij zou hebben gehad, achtte ik bijzonder klein. Ik had zelfs geen boom in huis gehaald. Met een
fles wijn en wat stinkende kaasjes hing ik op de bank en staarde ik naar sentimentele kerstfilms vol romantiek.

Tussen kerst en oud & nieuw werkte ik en ging ik braaf naar de door Boris gemaakte afspraak om te signeren. Ik wilde hem niet teleurstellen en ik hoopte natuurlijk dat hij er ook was. Dat was alleen niet zo.

Zielig zat ik midden in de helverlichte boekhandel achter een tafeltje een boek te promoten dat ik niet had geschreven. Ik vond het vreselijk achterelkaar door handtekeningen te zetten. Ik vervloekte Petra, en al helemaal toen ik 's avonds weer bekaf naar kantoor moest om mijn werk af te maken.

Ondertussen probeerde ik zoveel mogelijk bij de partners in een goed blaadje te komen, maar daarin was ik niet de enige. Ook Berthold zoemde als een bij rond de honingpot en ik kwam hem vaker tegen dan me lief was. De druk om te winnen werd geleidelijk opgevoerd en ik voelde dat de ogen van de partners op ons gericht waren. Eén misstap, één foutje en ik zou voor de rest van mijn leven een onbeduidende medewerker op een advocatenkantoor te Amsterdam blijven. Vreselijk, het idee alleen al.

Net toen ik het helemaal had gehad met mijn saaie liefdesleven en absurde werkdagen, belde Madelief met de uitnodiging om bij haar oud & nieuw te komen vieren. Ze gaf een groot feest en iedereen en alle vriendinnen zouden komen. Of ik ook kwam. Met Rob.

Ik liet haar kort en bondig weten dat het niets was geworden tussen Rob en mij, maar dat ik dolgraag wilde komen.

We werden allemaal om vijf uur verwacht en hartelijk welkom geheten door de au pair, die in een veel te blote jurk op de oprijlaan stond met een dienblad vol met glazen champagne. Het arme kind stond onder een grote spar die helemaal met kunstsneeuw was opgespoten. Volgens mij stond ze er al een uurtje want haar lippen zagen een beetje blauw.

In de immense tuin was een skischans gebouwd waar de kinderen met sleetjes en skietjes vanaf konden glijden, en de hele tuin was versierd met lampjes in allerlei kleuren. Ergens achter in de tuin zag ik een zwarte man gevaarlijk op een ladder balanceren en de laatste hand leggen aan de overweldigende hoeveelheid lichtjes.

Madelief stond ons in de hal op te wachten waar een enorme kerstboom stond, die versierd was met ballen in allerlei tinten wit. De jurk van Madelief was van onder tot boven bewerkt met glinsterende steentjes en je moest je ogen een beetje dichtknijpen wilde je niet verblind raken door al het geschitter.

'Madelief, hoe lang staat die au pair al buiten?' vroeg ik bezorgd.

'Joh, dat is geen enkel probleem. Dat kan ze prima hebben. Ze komt uit Polen.'

'Ja maar, ze heeft het koud! Ze heeft helemaal geen jas aan!' zei ik verontwaardigd.

'Als de laatste gast gearriveerd is, kan ze binnenkomen. Wist je trouwens dat Bo ook komt? Gezellig hè?'

Ik knikte en Madelief troonde mij mee naar binnen om me aan iedereen voor te stellen.

'Dit is nou die leuke advocate en schrijfster van,dat enige boek. Ze is mijn beste vriendinnetje,' kirde ze tegen iedereen.

Tot mijn verbazing hoefde ik niets te doen en kwamen er allerlei mensen op me af. Er was er zelfs eentje die mijn handtekening vroeg, wat ik overigens volslagen belachelijk vond. Hoe dan ook, al die aandacht deed me goed. Ik kende weinig mensen uit de vriendenkring van Peter en Madelief, en ik liet me alle aandacht heerlijk aanleunen. Na mijn zelfgekozen eenzame kerst had ik het gevoel dat ik in een warm bad beland was.

'Kom, ik wil je aan iemand voorstellen,' zei Madelief, en pakte me bij de hand.

'Karel, dit is Anne.'

Verlekkerd keek Karel mij aan. 'Hallo, wat leuk je te ontmoeten. Ik heb veel over je gehoord.'

Ik bekeek hem van top tot teen. Dus dit was Karel, die met één hand een Blaricumse doos bevredigde en ondertussen op de klok keek of hij niet te laat kwam voor zijn volgende rijke gleuf. Ik kon hem absoluut niet meer serieus nemen!

'O, nou, ik heb ook het een en ander over jou gehoord.'

Hij begon helemaal te glimmen en ik vermoedde dat Madelief hem had ingefluisterd dat ik pas verlaten was en dat ik wel baat zou hebben bij ongecompliceerde seks.

'Jij bent toch die man waarmee...' fluisterde ik in zijn oor.

'Ja,' antwoordde hij hijgerig.

'Die man die de buurvrouw van Madelief afgelopen zomer zo fantastisch heeft geadviseerd over de algenpopulatie in haar zwembad. Hoe noem jij jezelf ook alweer? De waterspecialist?' Ik boog mijzelf naar voren en fluisterde: 'Ze heeft er vreselijke ontstekingen aan overgehouden. Wist je dat?'

Karel keek mij stompzinnig aan, wilde wat zeggen, maar ik zag Merel binnenkomen en ging meteen naar haar toe, een verbaasde Karel alleen achterlatend.

Merel sloeg onmiddellijk haar armen om me heen. 'Wat gezellig dat je er bent. Ben je al weer een beetje over Rob heen?'

'Ja, joh, er lopen zoveel leuke mannen op de grachten rond. Dat komt heus wel goed. Over leuke mannen gesproken. Ik wil je aan iemand voorstellen,' zei ik, en ik glimlachte al bij de gedachte hoe ze straks zou reageren als ik haar het verhaal van Karels woeste avonturen zou vertellen.

'Karel, mag ik je voorstellen. Dit is Merel, een vriendinnetje van mij.'

Ik liet de twee alleen achter en dwaalde wat door het immense huis van Madelief. Elke denkbare hoek was voorzien van kerstdesign, wat ongetwijfeld een fortuin moest hebben gekost. Bij de deur van de keuken hoorde ik Madelief met een buurvrouw praten.

'Nee, Jan komt niet,' zei Madelief.

'Wat jámmer,' zei de buurvrouw op een toontje alsof het

nieuws voor haar een persoonlijk drama was.

'Kijk, die Des Bouvrietjes hebben het gewoon hartstikke druk op dit soort avonden. Die gaan wel vijf party's af. Ik mag dan wel wáánzinnig veel geld hebben betaald voor zijn decoratieve kerstadviezen maar dat valt echt in het niet bij wat ze hier aan de overkant hebben gedaan. Daar heeft hij gewoon een week lang elke avond gezeten om de kleuren van de ballen te bepalen. Dus ja, daar kan hij niet omheen! Daar moet hij even naartoe, vanavond.'

'Túúrlijk! Snap ik toch! Maar ik vind het gewoon óntzettend jammer. Ik vind hem zó sympathiek en dat vrouwtje van hem! Gewéldig! Met één woord: gewéldig.'

'Ja, ze is enig! Ze is zo totaal zichzelf en dat is zo heerlijk. Heb je wel eens met haar gesproken?' vroeg Madelief enthousiast.

'Nee.'

'Ik ook niet,' verzuchtte Madelief teleurgesteld.

Ik liep door, ik moest vreselijk nodig plassen. Toen ik nietsvermoedend de wc-deur opendeed, begonnen er allerlei kerstklokken te bewegen en schalde het 'Jinglebells' mij tegemoet. Zuchtend nam ik plaats op de wc-bril die voor de gelegenheid vervangen was door een hippe bril met buitelende kerstmannetjes erop.

Toen ik weer voorbij de keuken kwam, zag ik de zwarte man aan de keukentafel zitten. Madelief sprak hem streng toe.

'Tim, nou moet je eens goed luisteren. Ik snap heel goed dat je het koud hebt, maar je bent wel de klusjesman.'

Tim wilde wat zeggen maar werd meteen onderbroken door Madelief. 'Nee, Tim, ik wil toch echt dat je in de tuin blijft. Iemand moet op die lichtjes letten. Dan trek je maar een dikke trui aan. Je mag er wel een van Peter lenen.'

Het gesprek tussen de twee werd afgebroken door de komst van de afdeling catering die de laatste hand kwam leggen aan het buffet. Vier meisjes in olijke rode kerstbunnypakjes moesten ons de hele avond van drank en eten gaan voorzien. Ik had te doen met de arme schapen.

Enigszins doelloos liep ik de kamer weer in, waar het strijkje in de serre alvast was begonnen om de gasten muzikaal te onthalen. Het had iets truttigs, zo'n strijkje, en ik hoopte maar dat de mannen niet de hele avond bleven. Ik had meer zin in disco.

Merel had zich ondertussen al aardig tegen Karel aangevlijd. Ze was bezig haar derde glas champagne achterover te gieten en de hand van Karel gleed kleverig over haar blote rug. Dat kon nog gezellig worden. Ik vroeg me af wanneer en of ik haar ging vertellen dat die leuke Karel zijn snikkel in half Blaricum propte.

'Boe!' hoorde ik opeens naast mij zeggen.

Een grijnzende Bo stond achter mij. Voor de gelegenheid had ze haar oudste spijkerbroek aangetrokken met daarop een glinsterend topje dat haar buik helemaal bloot liet.

'Moet je kijken, Anne. Ik heb een neppiercing. Op haar navel had ze een soort van minikerstbal geplakt. Dat heb ik met die lijm gedaan waar de baard van Sinterklaas mee wordt vastgeplakt.'

Een klein handje trok aan de mijne. Het dochtertje van Madelief keek mij met grote ogen aan en vroeg: 'Wat voor lijm heeft Sinterklaas dan op zijn baard?'

Ik slikte een paar keer en keek Bo hulpeloos aan, maar met een gemene grijns op haar smoel haalde ze slechts haar schouders op.

'Slijm,' zei ik. 'Sinterklaas is oud en uit zijn neus komt slijm. Dat komt dan weer in zijn baard. Ga maar fijn buiten spelen,' zei ik, en ik gaf het kind een duwtje in haar rug. Sinds de ontdekking van Rob zijn hockeyende zoontjes moest ik helemaal niets meer van kinderen hebben.

'Zeg, Anne, valt hier nog wat lekkers vandaan te halen?' vroeg Bo.

'Ze zijn bezig met het buffet. Wat ik tot nu toe heb gezien, ziet er heerlijk uit.'

Ze sloeg dramatisch haar ogen ten hemel. 'Ik bedoel eigenlijk of er nog interessante heren rondlopen op dit feestje.'

'Nou vast wel, in ieder geval veel oud geld.'

'Met wie staat Merel daar zo klef te doen?'

'Een oude bekende van Madelief. Hij zit in de verzekeringen en in nog een hele hoop andere dingen.'

'Hebben jullie al gehoord wat ik van Peter heb gekregen voor kerst?' gilde Madelief tegen ons.

'Nou, vertel,' zei Bo nieuwsgierig.

'Een cupje meer.'

'Een cupje wat?'

'Siliconen. Vind je het niet geweldig!' Ze drentelde weer door op haar hoge hakken.

Bo en ik keken elkaar verbaasd aan en schoten in de lach.

'Origineel! Nieuwe borsten voor kerst,' zei ik giechelend tegen Bo.

'Ja, hoe verzint die Peter het. Kerstballen, kalkoen, borsten. Heel logisch allemaal. Het schijnt trouwens onzin te zijn, hoor. Het is echt niet zo dat die borsten ontploffen als je in een vliegtuig zit. Kan wel gebeuren dat ze gaan lekken of keihard worden maar ontploffen is echt flauwekul.'

'Nou, gelukkig maar,' zei ik. 'Heb je een paar borsten om die stewardessen de ogen mee uit te steken, en dan kom je niet veel verder dan de incheckbalie!'

'Wat gezellig dat jullie er ook zijn!'

Gelijktijdig keken Bo en ik achterom. Een enthousiaste Jasmijn stond in een prachtige galajurk stralend naar ons te lachen.

'Mag ik jullie even voorstellen. Dit is Jeanna, een vriendin van mij.'

Jeanna gaf mij en Bo een stevige hand, zo stevig dat mijn knokkels ervan kraakten. Ze had vlammend rood haar dat in wilde pieken recht op haar hoofd stond. Ze had een vale bruine broek aan en een wijdvallend T-shirt. Ze deed me in alle opzichten aan een punker denken die voor de gelegenheid al het metalen gerammel had verwijderd.

'Ik ken Jeanna van de fitness,' zei Jasmijn enthousiast.

Ik voelde me op slag schuldig. Dat kreeg je er nou van als je continu verstek liet gaan.

'Ja,' zei Jeanna met zware stem, 'en sinds een week hebben we een relatie.'

Deze mededeling ging zelfs voor Jasmijn wat te snel, want haar hoofd kleurde net zo rood als de haren van haar nieuwe vlam.

'Leuk,' zei Bo. 'Héél erg leuk.' Er viel even een stilte.

'Weten jullie of Kim nog komt?' vroeg Jasmijn in een poging om de benauwende stilte te doorbreken.

'Ik dacht het wel,' zei ik gehaast. 'Ze is wel uitgenodigd. Ik heb niet gehoord dat ze niet komt. Madelief zei dat iedereen zou komen. Dan zou ze het toch wel verteld hebben!' ratelde ik.

'Hé, Madelief,' riep Bo tegen de heen en weer drentelende gastvrouw. 'Komt Kim nog?'

'Nee,' riep Madelief vanuit de verte. 'Ze heeft harde buiken.'

Ik zag de rode vlam vragend naar Jasmijn kijken, die met haar handen voordeed dat Kim tot het legioen bezwangerden behoorde.

'Jammer, hè?' zei Madelief. 'Maar gelukkig zijn we tijdens het weekend allemaal weer samen. Dan is iedereen er. Ik verheug me er zo op. Degene die het waagt om af te zeggen!'

'Wat ga je dan doen?' vroeg Bo uitdagend.

Ik schudde met mijn hoofd naar Bo in de hoop dat ze het onderwerp zou laten rusten. Ik wilde niet weten wat ze ging doen. Het zou tenslotte wel eens heel erg op mij van toepassing kunnen zijn.

'Nou,' vroeg Bo weer. 'Ga je dan persoonlijk het hoofdje demonteren?'

'Ik heb toch liever dat degene die niet komt mij even belt, dan kan Jeanna daarvoor in de plaats.' Jasmijn pakte de hand van de rode, wilde pot liefdevol vast.

Ik maakte me uit de voeten met de opmerking dat ik nodig even naar de wc moest en toen ik weer langs de keuken liep, zag ik dat Tim de verkleumde handjes van de au pair probeerde op te warmen.

Rond een uurtje of zeven werd het buffet feestelijk geopend met het ontsteken van een megavoorraadverpakking sterretjes. Dit moest voor de kleintjes het hoogtepunt van de avond zijn. Helaas bleek het kindvriendelijke vuurwerk toch nog best kerstbunny's tot ontbranding te kunnen brengen. Een van de meisjes van de catering ging als een fakkel door het huis, wat een hoop gegil en gekrijs teweegbracht. Dankzij het snelle handelen van Karel bleef de schade beperkt tot een grote schroeivlek op de plek waar eerst het vrolijke konijnenstaartje had gezeten, maar het witte smoeltje van het meisje deed mij vermoeden dat de geestelijke schade nog wel eens lang zou kunnen doorwerken.

In ieder geval had het daadkrachtige optreden van Karel tot resultaat dat Merel op slag op hem verliefd werd. Misschien hield ik toch maar mijn mond over Karels hachelijke Blaricumse avonturen. We waren tenslotte vriendinnen.

Tegen elven kwamen de eerste sporen van het overmatige drankgebruik bij de meeste feestgangers al aan het licht en ging er her en der een prachtig stukje kerstdesign aan gruzelementen. Gelukkig hielden de mannen van het strijkje met een behoorlijke regelmaat pauze, waardoor Bo, Merel en ik totaal uit ons dak konden gaan op de oude discoklanken uit betere tijden en we de alcohol er een beetje uit konden zweten. Jeanna bekeek ons wilde gedans met enige afkeuring, waardoor de arme Jasmijn aan haar zijde bleef en slechts een beetje heen en weer wiebelde met haar heupen.

Tegen twaalf uur werd de buffettafel afgeruimd en werden de champagnekoelers, oliebollen en prachtig opgemaakte salades door de bunny's neergezet. De mannen begonnen al nerveus naar buiten te lopen en lieten stoer het meegebrachte vuurwerk aan elkaar zien. De een had gelukkig nog meer dan de ander. Ik vermoedde dat we minstens tweeënzeventig uur nodig hadden om alle rotzooi de lucht in te krijgen. De vrouwen begonnen verstandige adviezen uit te delen aan hun beschonken echtgenoten, waarbij ik ze veelvuldig hoorde zeggen dat ze niet dezelfde fout moesten maken als vorig jaar. Aansteken en weglopen, was het devies van de dames in dure jurken. Dat leek mij heel verstandig.

Om tien voor twaalf vroeg Peter de aandacht van alle aanwezigen en ging hij samen met Madelief voor het buffet staan. Hij kuchte een paar keer en nam toen het woord. Een vreselijk sentimentele speech over vriendschap en liefde volgde. Hij eindigde met de geweldige woorden: 'Ik heb jullie allen zo lief maar vooral mijn Madelief.' Hierop viel Madelief hem snikkend om de nek. Ik zag nog net het zwarte hoofd van Tim om de hoek steken die het allemaal verbaasd gadesloeg.

Vlak voor twaalf uur werd er luidkeels afgeteld. Vol verwachting schreeuwden we van tien naar één, waarna de champagnekurken knalden en het dure vocht verspillend over de randen van de glazen droop. Om mij heen werd er gekust en werden lieve woordjes uitgewisseld. Madelief kuste Peter hartstochtelijk, en Merel hield Karel vast alsof ze van plan was om hem pas in 2010 weer los te laten. Ik keek wat opgelaten om me heen, wachtend tot de geliefden klaar waren zodat ik eindelijk mijn beste wensen kon spuien. Bo kwam naar me toe en tegelijkertijd zagen we Jasmijn en Jeanna in een innige omhelzing verstrengeld.

'Lijkt jou dat wat?' vroeg Bo en kwam dreigend met een grote grijns op haar gezicht op me af.

Ik deed grinnikend een stap achteruit. 'Nee, sorry, ik wil best een foto van je boven mijn bed hangen, maar daar blijft het dan ook bij!'

We keken elkaar lachend aan en wensten elkaar het allerbeste met vooral heel veel mannelijk schoon.

24

Ik begon het nieuwe jaar goed. Om zeven uur 's ochtends zat ik al bij JVJ achter mijn bureau. Overijverig en schandalig vroeg, dat vond ik zelf ook, maar de lange oudejaarsnacht en het teveel aan alcohol hadden me helemaal uit mijn ritme gehaald waardoor ik van ellende niet meer kon slapen.

Ik dronk drie koppen koffie achterelkaar op tegen de vermoeidheid, en moest de hele tijd aan Boris denken die morgen naar Parijs zou vertrekken. Van het idee alleen al werd ik niet vrolijk. Het hele nieuwe jaar kon me trouwens gestolen worden. Het vooruitzicht van een lang weekend skiën had ook al aardig wat van zijn glans verloren. Ten eerste miste ik een groot gedeelte van de pret, en ten tweede vroeg ik me af of het nog wel ouderwets gezellig kon worden. Er was tenslotte wel het een en ander gebeurd.

Kim en Madelief die vreemdgingen. Jasmijn die voor de damesliefde had gekozen waar ik mij op de een of andere rare manier schuldig over voelde, omdat ik deze merkwaardige coming-out had kunnen voorkomen door haar niet in haar eentje naar het zweterige lokaaltje van Fitnesscentrum De Wilg te laten gaan. En dan was er nog Merel, die zich daadwerkelijk aan iedere man verlustigde. Alleen Bo was geen spat veranderd.

Een glimlach speelde rond mijn mond. Wat zouden de dames van mij denken? Sterker nog, hoe zouden ze reageren als ze erachter kwamen dat ik een pseudoniem in levenden lijve was?

Ik keek in mijn agenda en zag tot mijn grote schrik dat ik om tien uur een afspraak had met de tweede man van Dubock, Henk ter Kerke. Een rilling van ellende gleed langs mijn ruggengraat. Ik had er al een bespreking op zitten met deze afschuwelijk vervelende man, die zo formeel als een misdienaar en zo saai als een oud lijk was. De eerste keer dat ik hem zag droeg hij foute schoenen en een geruite trui met een golfer erop! Hij verontschuldigde zich nog voor zijn semicasual kleding. En terecht: het zag er echt niet uit! Daarnaast had hij een uitgestreken smoel en waterige lichtblauwe ogen, die schichtig heen en weer schoten. Het was allemaal te gruwelijk om tegenaan te kijken. Ik vermoedde dat Henk getrouwd was met zo'n type dat rookworsten en andere originele cadeautjes inkocht voor de bingoclub van het plaatselijke bejaardenhuis, waar Henk dan weer in zijn vrije tijd penningmeester van was. Met deze man moest ik tot de achttiende januari alle voorbesprekingen voor de fusie van 4US met Six Unlimited voeren. Afschuwelijk! Misschien was signeren dan nog wel prettiger. Ik had van Voorstevoordehoeven begrepen dat ik op de achttiende zelf de grote baas van 4US op het vliegveld zou ontmoeten. Gezien de keuze van zijn tweede man vreesde ik van Dubock het ergste. Ik zag er vreselijk tegen op. En alsof deze dip niet voldoende was, kwam Marjolein ook nog eens enthousiast mijn kantoor inrennen om mij vrolijk op mijn beide wangen te zoenen. Moest ik ook nog de komende dagen iedereen gelukkig nieuwjaar wensen, inclusief al het bijbehorende gezoen waar ik een bloedhekel aan had. Het leek me verstandig de deur van mijn kantoor zoveel mogelijk gesloten te houden. Met een beetje mazzel kon ik zo de hartelijke en welgemeende wensen ontlopen, maar dat bleek al snel een illusie.

Vanaf een uurtje of halfnegen kwam iedereen binnen en vonden ze het allemaal noodzakelijk om mij om mijn nek te vallen alsof ze me in geen jaren hadden gezien. Hekkensluiter was Berthold, die breed grijnzend in de deuropening van mijn kantoor stond en mij wist te melden dat hij een fijn gesprek had gehad met de partners.

De zenuwen gierden door mijn strot. Het zou toch niet waar zijn! Die ouwe kerels van het torentje hadden mij een toezegging gedaan en het was toch echt de bedoeling dat ik als overwinnaar uit de strijd zou komen. Ik wilde dat begeerlijke plekje aan het ovaal. Het was de enige reden dat ik nog niet op mijn roze fiets ervandoor was gegaan. Fuseren, aandelentransmissies, jaarverslagen en mannen in krijtpakken: daar werd toch niemand opgewonden van. Het waren slechts lastige hobbels op weg naar het partnerschap.

Als klap op de vuurpijl kwam Marjolein tegen vijven binnenrennen en vroeg op een verwijtend toontje waar ik bleef.

'Waar had ik heen gemoeten, Marjolein?' vroeg ik spottend.

'De nieuwjaarsborrel, Anne!'

O, nee hè. Die was ik vergeten. Dat betekende dat ik al die andere medewerkers van JVJ alsnog moest zoenen, en dus ook de vieze dame van het archief. Een paniekerig gevoel nam bezit van mij. Waarom was ik dit nou weer vergeten? Als ik dit had geweten dan had ik mij op tijd uit de voeten kunnen maken.

'Ik kom zo naar de vergaderzaal, Marjolein. Ik moet nog even wat afmaken,' zei ik opgelaten.

'De vergaderzaal?' Ze keek me nu helemaal aan alsof ze water zag branden. 'Je weet toch wel dat de nieuwjaarsborrel vandaag gevierd wordt samen met de feestelijke opening van de Saartjeskeuken! Iedereen is er al!'

Ik zuchtte even diep en sloot snel mijn computer af. Op een holletje ging ik achter Marjolein aan. Ik had me nog zo voorgenomen dat ik geen stap in die stomme keuken zou zetten.

De achttiende naderde snel en de vele besprekingen met Henk ter Kerke en Voorstevoordehoeven gingen mij niet in mijn koude kleren zitten.

Ondertussen had ik de rest op de hoogte gesteld van het feit dat ik een dag later kwam, en dit werd mij niet in dank afgenomen. Op de laatste bijeenkomst voor ons vertrek werd mij dit nog eens fijntjes onder mijn neus gewreven.

'Ik vind het echt niet integer van je,' zei Jasmijn met een zuinig mondje.

'Dat ben ik wel met Jasmijn eens, Anne,' voegde Madelief eraan toe.

Ik keek haar pissig aan. Als er iemand haar mond moest houden over integriteit dan was zij het wel!

'Nu kom je eigenlijk maar voor de helft. Dan kan Jeanna beter meegaan. Die heeft tenslotte nog nooit geskied en ze zou het vast fantastisch vinden,' ging Jasmijn heel onverstandig door.

'Als jullie liever hebben dat ik helemaal niet ga, dan moet je het nu zeggen. Dan moet ik wel even de eigenaren van het chalet opbellen om te zeggen dat het niet doorgaat, tenzij een van jullie zo vriendelijk is je huis uit te lenen voor het goede doel.'

Deze opmerking was voldoende om bij iedereen het schaamrood op de kaken te laten verschijnen.

'Nee, joh, ben je mal,' zei Madelief snel.

'Zonder jou wordt het niks. Het is al erg genoeg dat we je een dag moeten missen,' vulde Bo haar aan terwijl de rest heftig knikte.

'Je krijgt trouwens de hartelijke groeten van mijn oma, Anne,' zei Merel, die een waar talent had om op het juiste moment van onderwerp te veranderen. 'Ze is je eeuwig dankbaar, en dat geldt trouwens ook voor de rest van de bewoners van Huize Boterbloem.'

'Waarom?' vroeg ik verbaasd.

'Voor het Rollormovarken!'

'Het wat?' riep iedereen in koor.

'Dankzij Anne heeft de firma Rollormo een spaarvarken met inhoud geschonken aan Huize Boterbloem. Ze hebben beloofd elk jaar geld te storten zodat het huis een uitstapje kan maken. Ze zijn afgelopen week naar Holiday on Ice geweest. Oma heeft een wereldtijd gehad en is sindsdien onafscheidelijk met haar buurman Van der Stek. Het schijnt dat ze samen door de gangen van Huize Boterbloem zwieren.'

'Goh,' zei ik verbaasd.

'Dat heb jij geregeld, Anne. Daar mag je best trots op zijn,' zei Merel.

Ik kreeg een rood hoofd en keek ongemakkelijk om me heen. 'Een spaarvarken is niet helemaal wat ik in gedachten had.'

'Ik weet niet wat jij wilde, maar ik weet wel dat het lang geleden is dat ik mijn oma zo gelukkig heb gezien.'

Ik grijnsde wat en besloot dat een vrolijke oma Van der Klip misschien wel de beste schikking ooit was.

Daarna gingen we over tot de belangrijkere zaken: hoeveel geld er werd gestort in de huishoudpot en wie er voor de zakken chips zou zorgen. We wensten tenslotte knagend door het luchtruim te gaan.

Uiteindelijk belden Merel en Jasmijn de zeventiende af om mee te helpen met poetsen, en moest ik samen met Bo mijn hele appartement schoonmaken. Het was lang geleden dat ik de binnenkant van mijn keukenkastjes aan een dergelijke inspectie had onderworpen. Het leverde geen vrolijk beeld op, en datzelfde gold voor de badkamer, waar zich tussen de voegen van de tegels een hardnekkige, zwarte schimmel had genesteld.

'Smerig is dit, Anne,' gilde Bo vanuit de badkamer waar ze kokhalzend met een oude tandenborstel de voegen weer wit probeerde te schrobben. Ze zag er nogal komisch uit met een hoofddoekje op en een groot keukenschort voor.

Tot drie uur 's nachts waren we bezig om alles een beetje de uitstraling van een prettig en schoon appartement te geven, inclusief bloemetje en flesje wijn voor mijn gasten. Bo was nogal kritisch in de keuze van de wijn die ik mijn gasten als welkom wilde geven en wilde eerst proeven, maar ik wist haar te overtuigen dat we dan helemaal niet zouden opschieten.

Daarna moest ik inpakken, wat nog een uurtje in beslag nam, maar het lukte mij uiteindelijk om zowel een carrière-outfit als vakantiekleren in de Samsonite te proppen. De ski's liet ik maar thuis. Dubock verwachtte tenslotte een intelligente fusiedame en niet de een of andere sloerie die met ski's op haar nek een paar dagen naar Londen ging om een miljoenenovername voor hem te regelen. Dan maar huren in Zwitserland. Uitgeput viel ik in slaap. Ik was doodzenuwachtig dat ik door de wekker heen zou slapen waardoor ik het vliegtuig naar Londen zou missen en op staande voet ontslagen zou worden.

Na een doorwaakte nacht stond ik de volgende dag keurig om tien uur op Schiphol. Hans, de cijferexpert van de sectie, was er al, en het eerste wat de lieve schat deed was voor mij ergens een kopje koffie regelen.

Zenuwachtig keek ik rond. Waar was Dubock en wat was het voor een vent? Ongetwijfeld eentje die strak in het pak mij met zijn kille zakelijke en op geld beluste oogjes zou weten te intimideren. Zo gevoelig was ik nou ook wel weer. Ik vermoedde dat hij een jaartje of vijftig was en mij alle hoeken van mijn Londense hotelkamer zou laten zien als ik er niet voor zorgde dat deze fusie probleemloos verliep. De rillingen liepen mij over mijn rug en ik probeerde mezelf gerust te stellen dat ik me toch heus meer dan voldoende had voorbereid. Mocht het echt hopeloos uit de hand dreigen te lopen dan kon ik nog altijd die Henk ter Kerke de schuld geven.

'Ik hoop maar dat die Dubock op tijd is,' zei ik tegen Hans.

'Gaan we toch zonder hem,' antwoordde hij laconiek.

'Hoe lang blijven we wachten? We moeten wel zo inchecken, anders zijn we mooi te laat. We staan toch wel goed, hè? We zouden elkaar toch hier bij de desk van KLM ontmoeten?' zei ik zenuwachtig rondkijkend.

Ondertussen schalde de metalige stem van de grondstewardess door de hal. We moesten inchecken, en wel meteen! Nerveus begon ik heen en weer te lopen, op zoek naar iemand die ik niet kende.

'Dit gaat helemaal niet goed, zo komen we te laat,' riep ik bijna hysterisch.

Hans trok ongeïnteresseerd zijn schouders op. 'Dan nemen we gewoon het volgende vliegtuig.'

'Waarom komt die vent niet gewoon op tijd?' riep ik wanhopig. 'Ik heb er zo'n hekel aan als mensen te laat komen!'

Hans zei niets maar keek me slechts spottend aan.

'Ja, houd nou maar op,' beet ik hem geïrriteerd toe.

Op dat moment ging mijn mobieltje en gehaast plukte ik het uit mijn handtas. Daar zal je het hebben, dacht ik chagrijnig. Meneer belt af! 'Met Anne de Bree.'

'Met Voorstevoordehoeven. Ik weet dat je op het punt van vertrek staat maar ik wil je even feliciteren. Je hebt Van Dongen binnengehaald. Ik weet niet hoe je dat hebt gedaan, maar wij van JVJ zijn daar heel erg blij mee. Petje af, Anne. Dit zullen we niet snel vergeten. Goede reis en veel succes.'

Ik kreeg niet eens de gelegenheid om wat te zeggen. Voorstevoordehoeven had al weer opgehangen.

'Was dat Dubock? Trein gemist?' zei Hans lachend.

Hij had het nog niet gezegd of een beer van een vent kwam aangerend. Over zijn schouder hing een plunjezak en in zijn andere hand droeg hij een attachékoffertje. Met een enorme glimlach gaf hij mij joviaal een hand.

'Jij bent vast Anne de Bree.'

'Ja,' zei ik verbaasd, en ik vroeg me af waarom deze vent

voor Dubock in de plaats was gekomen.

'Ik ben Dubock, kom laten we inchecken.' Hij liep voor ons uit, keek niet achterom, maar ging er blindelings van uit dat wij hem volgden, en dat deden we ook.

Binnen een mum van tijd waren we ingecheckt en gingen we op een holletje naar de gate, waar we als laatste passagiers door een vermoeide grondstewardess het vliegtuig in werden gejaagd.

Zuchtend ging ik zitten met naast mij Dubock. Ik had het niet zo op vliegen, en de stress van het te laat komen zorgde ervoor dat er rode vlekken in mijn nek verschenen. Ik wapperde mijzelf koelte toe met de geplastificeerde instructies waarop stond wat we moesten doen als het vliegtuig zou neerstorten, en zuchtte een paar keer diep.

'Vliegangst?' vroeg Dubock.

'Ben je mal, het is hier gewoon bloedheet.'

'In beide gevallen moet je rustig blijven ademhalen,' zei hij zonder me verder aan te kijken, waarna hij de krant opensloeg.

Op het moment dat de motoren gevaarlijk hard begonnen te brullen en het vliegtuig als een dinky toy over de startbaan denderde, zette ik me schrap. Dit en de landing vond ik altijd het meest hachelijke gedeelte van zo'n vliegavontuur. Ik begreep namelijk echt niet waarom de eerste de beste auto vier dikke banden moest hebben, en zo'n enorm gevaarte het kon doen met een paar van die inklapbare bolderkarbandjes. Dat leek mij vragen om ongelukken. Plotseling kwam het bevrijdende gevoel dat we door een grote reus opgetild werden en zweefden we door de lucht. Voor mij was dit nog steeds niet het punt waarop ik rustig achterover ging leunen. Daar was ik al zo vaak in getrapt! Dan dacht ik dat we het gevaarlijkste gedeelte gehad hadden en dan maakten we opeens een enorme bocht. Eentje waarbij je schuin in je stoel hing en je met je wangen plat tegen het koude raampje werd gedrukt, dan wel in de schoot van je onbekende medepassagier belandde. Zo'n moment waarop je je bezorgd afvroeg of de piloot iets vergeten was of dat er een vliegtuigvleugel dreigde af te knappen waardoor we onmiddellijk rechtsomkeert moesten maken.

Er ging een plingetje en een video werd aangezet waarop de instructies voor noodgevallen nog eens haarfijn werden uitgelegd. Ik luisterde aandachtig en probeerde alles zo goed mogelijk te onthouden. Met name het gedeelte waar de mooie dame ons vertelde dat we vooral niet in het vliegtuig aan het koordje van ons zwemvest moesten trekken omdat we anders als teletubbies door het vliegtuig zouden stuiteren.

In de rij naast ons zat een hele dikke man met zweetdruppeltjes op zijn hoofd een boekje te lezen. Hoe zou dat gaan als hij zich in zo'n fel geel zwemvestje moest wurmen? Hij kon nooit door dat nauwe gat van de nooduitgang. Dus als hij voor ons zou staan dan konden wij er ook niet meer uit! Dan kon je wel mooi een zwemvestje aanhebben maar daar had je dan geen ene flikker aan. Als ingeblikte tonijn zouden we op de zeebodem belanden. Ik voelde de paniek bij me uitbreken, het zweet parelde op mijn hoofd en ik had het gevoel dat ik nog amper adem kon halen. Met grote schrikogen pakte ik Dubock bij de arm en wees bibberig naar de dikke man.

'Als er wat gebeurt, moeten we zorgen dat hij achter ons blijft,' zei ik met hese stem.

Dubock keek mij slechts aan en zonder iets te zeggen, viste hij een papieren zakje uit het netje voor hem, blies erin en hield het voor mijn mond. Hij wenkte naar een stewardess en vroeg haar om een glas whisky.

'Zo, wat ben jij een druktemaker zeg,' zei hij lachend nadat ik een enorme teug whisky in mijn keel had laten glijden. 'Ik hoop maar dat fuseren jou beter afgaat.'

Het schaamrood steeg me naar mijn kaken. Het was niks voor mij om zo'n drama te maken over een simpel vluchtje naar Londen. Voorstevoordehoeven had mij nog zo op het hart gedrukt dat ik me uiterst professioneel moest gedragen. Ik keek wat uit het raampje en probeerde mijn gedachten op leuke dingen te brengen maar er schoot me niets te binnen wat het denken waard was. De enige gedachten die door mijn hoofd dwarrelden waren zorgpunten. Zou alles goed gaan vandaag? Zouden mijn vriendinnen op tijd zijn en het vliegtuig halen? Het leek me typisch iets voor Madelief om met haar dikke Range Rover vast te komen zitten in het verkeer, of dat Merel opgesloten zou zitten in het mortuarium in afwachting van haar patholoog, die ondertussen lekker met zijn vrouw uit eten was. Het kon allemaal gebeuren.

'Waar zit je aan te denken?' vroeg Dubock plotseling.

Ik keek hem verbaasd aan. Rare vraag van iemand die ik helemaal niet kende, dacht ik bij mezelf.

'Nergens aan,' antwoordde ik.

'Onzin, een mens denkt altijd ergens aan tenzij ze mediteren en met hun benen gekruist in hun nek naar een punt in de verte staren.'

'Misschien staarde ik naar de wolken. Hoe weet jij dat nou?'

'Je zat met je hand aan je oorlel te trekken. Dat betekent dat je ergens aan zat te denken.'

'Nou, ja zeg!' zei ik verontwaardigd. Ik wilde iets zeggen. Iets wat ad rem over zou komen, maar ik had helemaal geen tekst.

'Dat is helemaal niet erg, hoor. Wat mij betreft trek je de hele dag aan je oorlel. Dat moet je zelf weten.'

'Waar bemoei jij je eigenlijk mee!'

Hij keek mij grinnikend aan, en op hetzelfde moment zakte het vliegtuig een paar meter naar beneden. Het was net alsof mijn maag door mijn neusvleugels naar buiten werd geperst en ik voelde me helemaal draaierig en duizelig worden. Dat en de angst dat we in duikvlucht richting aardoppervlak gingen, zorgden ervoor dat ik begon te gillen en Dubock weer bij zijn arm vastgreep.

'Er is niets aan de hand. We zitten in een luchtzak. Op de kermis betalen mensen hier een hoop geld voor,' zei hij op een toontje alsof hij een hysterisch kind toesprak.

Shit, dit liep helemaal uit de hand! Ik sprak mezelf streng toe, haalde diep adem en toverde een glimlach op mijn gezicht. 'Het spijt me dat ik me zo aanstel. Ik beloof je één ding: als we straks geland zijn, ben ik de rust zelve en zal ik je juridische zaken fantastisch behartigen. Ik heb gisteren tot diep in de nacht mijn appartement schoongemaakt en het wachten zonet op het vliegveld deed mijn zenuwen ook geen goed. Ik was namelijk bang dat je niet op tijd zou komen, maar echt ik beloof je...'

'Stil maar, het is goed,' viel hij mij in de rede. 'Je hoeft je niet te verontschuldigen. Het is mijn fout. Ik kom altijd op het allerlaatste moment en ik weet dat sommige mensen daar niet tegen kunnen, dus dan moet ik dat ook niet doen.'

Hij keek me aan met een oprechte blik in zijn ogen waaruit bleek dat hij het echt vervelend vond. Ik had het gevoel dat we elkaar minutenlang aankeken maar in werkelijkheid zal het slechts een paar seconden zijn geweest. Hoe dan ook, zijn blik bezorgde mij kriebels in mijn buik, en tot mijn grote verbazing vond ik hem plotseling vreselijk aantrekkelijk. Daar ging ik weer! Op hetzelfde moment donderde het vliegtuig opnieuw een aantal meters naar beneden en de kriebels in mijn buik kwamen ergens bij mijn keel terecht, wat een bijzonder onprettig gevoel gaf.

'Gaat het een beetje?' vroeg hij vriendelijk, en hij legde even zijn hand op mijn arm.

'Ja, dank je. Misschien ga ik op een dag vliegen zelfs wel leuk vinden.'

Dubock pakte weer zijn krant en ging verder met lezen. Ik zette de leuning van mijn stoel een beetje naar achteren. Een heel kort hazenslaapje zou mijn ergste vermoeidheid misschien kunnen wegwerken.

Ik deed mijn ogen dicht, maar niet voor lang. Ik kon mezelf niet bedwingen en gluurde door de wimpers van mijn rechteroog naar de man die naast mij zat. Aandachtig las hij de krant. Af en toe trok hij even zijn wenkbrauwen op en soms speelde er een flauw lachje rond zijn mond. Het viel me plotseling op hoe groot hij eigenlijk was. Hij vulde met zijn hele lijf de stoel terwijl hij toch absoluut niet dik was. Hij had enorme schouders en zijn hoofd torende hoog boven de stoel uit. Zo'n man die je niet op de rij voor je moest hebben in de bioscoop. Dubock had een enorme bos donkerbruin haar. Net niet krullend, maar wel met een behoorlijke slag. Ik kreeg opeens ontzettende zin om me tegen die brede schouders aan te nestelen en moest bijna giechelen om deze gedachte. Ik zuchtte eens diep van tevredenheid. Misschien werd het toch wel leuk in Londen.

Dubock vouwde zijn krant op. Ik vermoedde dat hij dacht dat ik sliep en hij haalde heel voorzichtig een lok haar weg die voor mijn oog hing. Het gebaar was zo teder dat mijn hart onmiddellijk sneller begon te kloppen. Ik hield mijn ogen zo veel mogelijk gesloten maar vaag kon ik zien dat hij naar mij keek en glimlachte. Het leek wel of hij mij leuk vond!

Plotseling zag ik hem wriemelen aan zijn hand en ik opende mijn ene oog om te kijken wat hij deed. Tot mijn stomme verbazing zag ik dat hij een ring van zijn vinger haalde en in zijn portemonnee stopte. Nee hè! Hoe kreeg ik het voor elkaar! Hadden nou alle mannen die ik tegenkwam last van knellende trouwringen?

Ik gluurde door mijn wimpers en ik zag dat hij met een tevreden blik in zijn ogen achteroverleunde. Het was duidelijk dat hij zich verheugde op een weekendje fuseren. Nou, dikke pech, dacht ik bij mezelf en ik voelde een enorme lachbui opkomen. Dit was toch ook niet te geloven! Wat een trieste sukkel, en hij leek nog wel zo leuk!

Heel langzaam begon mijn lichaam te schokken van de ingehouden lach. Ik draaide me om, mijn gezicht naar het raampje gekeerd, op mijn lip bijtend om maar geen geluid te maken.

'Huil je?' vroeg Dubock bezorgd.

Ik schudde mijn hoofd. Inmiddels liepen de tranen van het lachen over mijn wangen.

25

Dankzij de supervoorbereiding van Hans en zijn gedegen kennis van alles wat met fusies te maken had, rolde ik glansrijk door de besprekingen. Het was doodvermoeiend en er werd ons geen seconde rust gegund. We gingen van de ene bespreking in de andere en die avond rekenden we op de hotelkamer alles nog eens goed door, met een glaasje cola en een broodje, terwijl de bruisende geluiden van het nachtleven vaag tot in onze hotelkamer doordrongen. Het ontging ons compleet.

Vanaf het moment dat het vliegtuig was geland, had ik me naar Dubock formeel opgesteld. Na Rob had ik even geen zin in getrouwde mannen. De enige reden dat ik hem te vriend wilde houden en zijn zaken meer dan fantastisch wilde behartigen, had te maken met het feit dat ik daarmee de partners tevredenstelde, en dus mijzelf want zo kwam een mens aan het ovaal terecht.

Ik wist wat me te doen stond, en dat was buffelen als een idioot tot zaterdagochtend elf uur. Dan zou ik weer in het vliegtuig stappen en begon wat mij betreft mijn zuurverdiende skiweekend. Met in mijn achterhoofd beelden van prachtige witte skihellingen verzachtte ik het leed dat ik er vierentwintig uur totaal voor moest gaan.

Dubock, ook niet geheel achterlijk, vroeg wat er aan de hand was, en ik antwoordde dat ik mij volledig moest concentreren om zijn zakelijke belangen zo goed mogelijk te behartigen.

'Geen tijd voor ontspanning?' vroeg hij lachend.

'Absoluut niet!'

'En na dit weekend?'

'Vergeet het maar. Zaken en privé wens ik strikt gescheiden te houden,' zei ik met een arrogante blik in mijn ogen.

'Jammer,' zei hij oprecht.

Daarna liet hij mij met rust, en behalve over zakelijke aangelegenheden hoorde ik hem niet meer. Na een nacht met veel te weinig slaap en een tollend hoofd vanwege allerlei ingewikkelde berekeningen zat ik zaterdagochtend in alle vroegte in mijn eentje aan het ontbijt in de gigantische eetzaal die met kroonluchters en goudbrokaat was behangen.

'Mag ik aanschuiven?'

Verstoord keek ik op. Het was Dubock.

'Natuurlijk,' zei ik. Ik kon hem tenslotte moeilijk weigeren.

'Eet je altijd zo weinig?'

'Ik ben nog maar net begonnen,' antwoordde ik, en ik zuchtte geïrriteerd.

'Ben je tevreden over hoe het tot nu toe is gegaan?' vroeg hij belangstellend.

'De vraag is niet of ik tevreden ben. De vraag is of jij tevreden bent.'

'Beantwoord jij een vraag altijd met een wedervraag? En ja, ik ben heel erg tevreden. Aan al mijn voorwaarden is voldaan en ik ben hartstikke blij dat Six Unlimited akkoord is gegaan. Dat betekent dat ik er een bedrijf bij heb, en wel in Londen. Dat is toch geweldig!'

Ik keek hem aan en ik moest lachen om zijn kinderlijk enthousiasme. Alsof hij een potje monopolie had gewonnen.

'Ik moet je bedanken, dame. Ik vind dat je het meer dan goed hebt gedaan.'

'Dank je. Hans blijft nog tot na het weekend om een aantal zaken af te ronden. Ik vertrek zo meteen.'

'Dat weet ik. Mag ik je uitnodigen om volgende week met mij te gaan dineren?'

'Dat lijkt me geen goed idee.'

'Ik wil je bedanken voor iets wat je zakelijk voor mij hebt gedaan. Dan is het dus een zakelijk etentje,' zei hij op een toon die geen tegenstand duldde.

Een stemmetje in mijn achterhoofd zei dat ik als de sodemieter de ontbijtzaal moest verlaten. Tegenover mij zat een onweerstaanbaar lekker ding. Als we hier het komende halfuur samen zachte eitjes zouden leegslurpen, wilde ik de rest van mijn leven zakelijk met hem dineren. Met de affaire-Rob in mijn achterhoofd leek me dat geen strak plan!

'Sorry, maar ik heb het erg druk. Jij bent niet de enige die wil fuseren.' Ik stond op en gaf hem een hand. 'Het was prettig samenwerken en ik hoop dat ik je bedrijf in de toekomst nogmaals van dienst kan zijn.'

Zonder om te kijken, liep ik weg. Mijn maag rommelde en ik had ongelofelijk de pest in dat een heerlijk ontbijt aan mijn neus voorbijging.

Meer dan een uur te vroeg kwam ik op het vliegveld aan, vastbesloten om mijn extra uur al shoppend door te brengen, maar de prijzen waren dusdanig dat ik in plaats van een lekker geurtje een enorme, dikke chocoladecroissant kocht, die zo lekker was dat ik het niet bij die ene hield.

Eindelijk mocht ik na lang wachten inchecken, en met een zucht ging ik zitten. Er was maar één ding dat ik ging doen. Ik ging slapen. De safety instructions zou ik deze keer langs me heen laten gaan. Als ik niet zorgde dat ik snel wat slaap kreeg, ging ik namelijk sowieso dood. Ik kneep mijn ogen samen en met mijn vuisten tot ballen geklemd wachtte ik de akelige start af, maar er gebeurde niks.

Na een halfuurtje werd het onrustig in het vliegtuig en ik zag de stewardess zenuwachtig heen en weer lopen.

'Gaat er nog wat gebeuren?' hoorde ik een boze man op de stoel achter mij vragen aan de stewardess.

'We hebben enigszins vertraging,' zei het jonge meisje.

Zenuwachtig keek ik op mijn horloge. Shit, nou moest het niet fout gaan.

'Mevrouw, mevrouw!' riep ik naar de jonge stewardess, die verstoord opkeek en duidelijk andere dingen aan haar hoofd had. 'Ik heb om twee uur een aansluitende vlucht, die wil ik wel graag halen.'

'Dat gaat wel lukken, mevrouw,' zei ze zo vriendelijk mogelijk.

Nu was het hek van de dam en overal om mij heen begonnen mensen vragen te stellen. Van heel eenvoudig tot bijzonder ingewikkeld, en het jonge meisje kreeg het zichtbaar Spaans benauwd, omdat ze met name de laatste categorie vragen niet kon beantwoorden.

Voordat we het in de gaten hadden, waren we weer een halfuur verder en nu begon ik me toch echt serieus zorgen te maken. Dat gold ook voor de rest van de passagiers. Eentje stond zelfs op en wilde naar de cockpit lopen en dit was het teken voor het boordpersoneel dat het beter was om het gepeupel in te lichten. Een keurige piloot verscheen en sprak ons toe.

'Passagiers, ik heet u allen welkom op deze KLM-vlucht van Heathrow, London Airport naar Amsterdam Airport. Wij hebben helaas enige uren vertraging, en dat wordt deze keer niet veroorzaakt door een technische storing. Ook zitten we niet te wachten op een passagier die te laat is. Dat wilde in het verleden nog wel eens gebeuren maar met dat probleem weten wij inmiddels veel beter om te gaan.'

Ik begon nattigheid te voelen. Deze man draaide om iets heen en het was mij duidelijk dat hij niet wist hoe hij het verhaal moest brengen. Zweetdruppels verschenen op mijn voorhoofd.

'Onze vertraging heeft te maken met veiligheidsaspecten. Zoals u weet, staat de veiligheid bij KLM voorop. Wij zijn al jaren...'

'Wat is er nou aan de hand?' schreeuwde de man op de stoel achter mij.

'Ja, wat is er aan de hand?' riep weer een ander.

De piloot begon wat zenuwachtig van zijn ene been op het andere te wippen. 'Er is sprake van een bommelding. Niemand mag het vliegtuig verlaten. We zijn nu bezig om alle bagage uit het bagageruim te halen en daarna zal het vliegtuig zelf onderzocht worden.'

'Is het dan niet verstandiger dat wij nu als de sodemieter het vliegtuig verlaten?' riep de man achter mij weer.

'Op grond van de aanwijzingen die wij hebben verkregen, is er door de terreurbrigade besloten dat we beter in het vliegtuig kunnen blijven.'

Het woord terreurbrigade had de beste man beter niet in zijn mond kunnen nemen want massaal stond iedereen op en begonnen ze allemaal door elkaar te schreeuwen. Er verschenen zweetdruppels op het voorhoofd van de piloot en een paniekerige blik kwam in zijn ogen. Het kostte hem enige minuten voordat hij iedereen weer tot bedaren had gebracht.

'Er is geen enkel gevaar. Neemt u dat nou maar van mij aan. Aan uw veiligheid wordt juist gewerkt. Alles komt goed, zolang u rustig blijft zitten en de veiligheidsmensen hun werk kunnen doen. Ik hoop over niet al te lange tijd te kunnen vertrekken,' zei de piloot en hij maakte zich vervolgens haastig uit de voeten, de woedende menigte aan de arme stewardessen overlatend.

Een hoogblonde stewardess op naaldhakken wist iedereen zover te krijgen dat ze weer rustig gingen zitten. 'Dit heb ik al een paar keer meegemaakt,' zei ze sussend. 'Het is gewoon een hoop protocol en procedures. Voordat u het in de gaten heeft, gaan we de lucht in.'

Ondanks mijn zenuwen moest ik lachen. De oudere man die naast me zat, keek me verbaasd aan.

'Grappige beeldspraak,' zei ik.

'Hoe bedoelt u?'

'Dat we de lucht in gaan,' zei ik lachend.

'Ik kan er niet om lachen,' zei de man en hij keek afkeurend voor zich uit.

Ik vreesde dat ik elk moment in huilen zou uitbarsten. Ik wilde maar één ding en dat was dit griezelige koekblik verlaten, maar tot mijn verwondering maakte zich er opeens een merkwaardige rust van mij meester, die mij deed berusten in de situatie. Het enige wat ik kon doen was mijn lot in handen leggen van de mannen van de terreurbrigade. Ik kon er toch niets aan veranderen, hoewel ik het uitermate droevig zou vinden als ik hier het leven zou laten. Als je al doodging in een vliegtuig moest dat toch zijn omdat je neerstortte, ook al was het typisch iets voor mij om de startbaan nooit te halen en toch de lucht in te vliegen.

Ik draaide mij om en viel in slaap. Af en toe werd ik wakker van lawaai en gedoe om me heen. Het was inmiddels half-twee. Mijn vliegtuig naar Zwitserland zou ik niet meer halen, en bellen kon ik niet want het gebruik van mobiele telefoons was tot nader order verboden. Om me heen begonnen mensen te mopperen dat ze honger kregen, en de toiletten begonnen inmiddels al een beetje te stinken. De sociale onrust begon op mijn zenuwen te werken, en weer probeerde ik me af te sluiten door mijn ogen dicht te doen en me te onttrekken aan mijn omgeving.

Ik dommelde weg en heel langzaam voelde ik mijzelf zwaar worden en droomde ik van een vreemde man die op het ene moment op Rob vervolgens op Boris en daarna op Dubock leek. Ik wandelde met hem in een park en het was een wandeling waar geen einde aan kwam. Net op het moment dat hij me wilde zoenen, stopte hij en trok aan mijn arm.

'Niet doen, niet doen. Ik wil dat je me zoent,' riep ik.

'Mevrouw, wakker worden. U krijgt wat te eten,' zei een vriendelijke stewardess die ondertussen aan mijn arm trok.

Geschrokken kwam ik overeind. Op een bordje voor mijn neus lag een in folie ingepakt bolletje met daarnaast een plakje zweterige kaas en een slaatje waar vieze stukjes kip hun hoofd boven de mayonaise probeerden te houden. Ondanks het feit dat ik twee dikke chocoladecroissants naar binnen had gewerkt, had ik best trek, maar ik besloot dat als ik moest kiezen tussen een dodelijke vergiftiging of een explosie, de laatste misschien wel beter zou zijn.

Zuchtend schoof ik het voedsel terzijde, waarop de oude man naast mij onmiddellijk vroeg of hij het dan mocht hebben.

Ik sloot meteen weer mijn ogen en probeerde wanhopig terug te kruipen in mijn droom, maar hoe ik het ook probeerde, ik werd niet meer gezoend door Dubock.

Om halfvijf kwam de piloot weer een mededeling doen en ik hoopte maar dat hij nu beter nieuws had. Inmiddels zaten de toiletten verstopt, was het water en het toiletpapier op en begon het akelig benauwd te worden in het vliegtuig. Een zweterig geurtje vulde de cabine en ik vermoedde dat het niet lang zou duren voordat er iemand over zijn nek zou gaan.

'Dames en heren. Ik heb goed nieuws voor u. Over een halfuurtje gaan we het vliegtuig verlaten. Helaas krijgt u geen toestemming om het vliegveld te verlaten of door te reizen naar andere bestemmingen, aangezien u allen nog verhoord zult worden.

'Wat krijgen we nou?' schold de man achter mij.

'Het spijt ons ook heel erg, maar er zijn aanwijzingen voor de veiligheidsmensen om nader onderzoek te doen.'

De piloot zweette. Ik vond het dapper van hem. Hij stelde zich toch kwetsbaar op om iedereen zo toe te spreken. Tenslotte nam hij het risico dat de woedende menigte hem zou lynchen. En hij leerde snel: het woord terreurbrigade gebruikte hij niet meer.

'We zullen uiteraard ons best doen om te zorgen dat u vandaag nog op uw eindbestemming aankomt.' Na deze woorden maakte de piloot weer rechtsomkeert.

Er ging weer een golf van gemompel en gemopper door het vliegtuig. Het was toch wat. Zaten we hier al meer dan vijf uur vast in een vliegtuig, werden we ook nog eens een keer verhoord.

Toen we uiteindelijk als slachtvee naar een zaaltje op het vliegveld werden gebracht, kon ik eindelijk Merel bellen en mijn vriendinnen op de hoogte brengen van mijn onvrijwillige opsluiting. Ze leefden met me mee, de lieve schatten. Daarna duurde het nog drie uur voordat ik eindelijk aan de beurt was en mij het hemd van het lijf werd gevraagd over mijn activiteiten en wat ik allemaal in Londen had gedaan. JVJ en Dubock werden gebeld om mijn verhaal te verifiëren en ik voelde me net een crimineel. Op een bepaald punt begon ik echt te huilen en zei ik met gierende uithalen dat het de bedoeling was dat ik nu in Zwitserland zou zitten bij een open haard met mijn vriendinnetjes. Dat ik het helemaal had gehad en dat ik een aantal nachten slecht had geslapen en alleen maar aan het werk was geweest. Jankend voegde ik eraan toe dat ik nu echt naar huis wilde. Dit was voldoende om mij te laten gaan, maar ik moest helaas tot de volgende dag wachten om terug te vliegen want alles zat vol.

'En rechtstreeks?' vroeg ik nog smekend. 'Is er geen vlucht meer rechtstreeks naar Zürich?'

'Helaas, alles zit vol, mevrouw. Maar als u kiest voor de viproom in plaats van een overnachting in een hotel, dan bent u als eerste aan de beurt als er iemand mocht uitvallen.'

Ik keek de vermoeid ogende dame aan en besloot dat ik de nacht in de viproom ging doorbrengen, maar dan wenste ik ook absoluut héél erg belangrijk behandeld te worden.

'Ik blijf hier, maar ik heb bijna niets te eten gehad dus...'

'Uiteraard zorgen wij voor een heerlijk driegangenmenu,' viel ze me in de rede.

'En een heel goede fles wijn.'

Ze knikte.

'En de Nederlandse kranten graag.'

'Uiteraard.'

'En ik heb een vreselijk stijve nek. Kan er iemand langskomen die dat even masseert?'

Ze keek me aan met een blik in haar ogen die deed vermoeden dat ik mijn hand overspeelde. 'Die is helaas niet meer aanwezig.'

'Jammer. Ik heb overigens wel een vreselijke tijd gehad in dat afschuwelijke vliegtuig en ik vermoed dat het gruwelijke verhoor geen juridische grondslag had, dus ik zou een financiële tegemoetkoming bijzonder op prijs stellen.'

'Daar kunnen wij helaas niet aan beginnen, mevrouw. U kunt wel een klacht indienen.'

'Een fles parfum omdat ik inmiddels niet meer zo fris ruik?'

De dame keek me strak aan. Ze kon er de humor niet van inzien. Waarschijnlijk had ze inmiddels alle passagiers van deze vlucht onder moeten brengen en had ze de bizarste wensen te verwerken gekregen.

Ik draaide me om, maar een paaltje stond onhandig in de weg en om te voorkomen dat ik heel dramatisch languit zou gaan, maakte ik een rare beweging waardoor onder luid gekraak mijn hak afbrak.

Shit! Nu moest ik als een manke pinguïn mijn entree in de viproom maken.

Ik trok mijn schoen uit en met een verontwaardigd gezicht vroeg ik aan de dame achter de balie: 'Een gratis opknapbeurt in de hakkenbar? Kan dat er nog vanaf?'

Met een chagrijnige kop wierp ze me een tube lijm toe. Ze had het helemaal met mij gehad.

'Ook goed, ik heb tenslotte de hele nacht om voor schoen-maker te spelen.'

Zonder verder nog wat te zeggen, wees ze me de weg naar de viproom waar ik strompelend aankwam.

Binnen een halfuur kreeg ik een heerlijke maaltijd geserveerd. Net toen ik een hap wilde nemen, ging mijn mobieltje.

'Hoi, met Merel. We wilden even weten hoe het met je gaat?'

'Prima. Ik denk dat ik de nacht wel doorkom.'

'Wat ben je aan het doen?'

'Ik ben aan het genieten van een Very Important Picknick.'

Merel begon te schateren van de lach en ik kon bijna niet wachten tot ik ze morgen allemaal weer zou zien.

26

Ik kreeg een welkom zoals ik zelden had gekregen. De dames hadden een heerlijke lunch voor mij klaargemaakt en honge-rig viel ik aan.

'Ongelofelijk zeg, dat heb jij weer,' zei Merel.

'Een bommelding! Gaaf zeg! Dat lijkt me nou echt span-nend!' voegde Bo eraan toe.

'Zat er nou eigenlijk een bom in dat vliegtuig of niet?' vroeg Kim, die uiteindelijk toch had besloten om mee te gaan.

'Nee, die zit nog in mijn tas. De terreurbrigade heeft hem niet gevonden,' antwoordde ik lachend.

'Anne, jij maakt nog eens wat mee!' zei Madelief met een enorme grijns op haar gezicht.

Anders jij wel, dacht ik bij mezelf.

'Lieve Anne, jij gaat vanmiddag heerlijk genieten van die fantastische, glooiende hellingen. Daarna gaan we borrelen en in de sauna. Dat heb je wel verdiend!'

'Anne, dit chalet is echt ongelofelijk,' zei Kim enthousiast. 'Ze hebben hier een badkamer, dat wil je niet weten. En een sauna!'

'Na de sauna gaan we lekker eten, en daarna gaan we wild op stap,' zei Merel.

'Ja, en dan moet je morgen weer terug,' zei Jasmijn een beetje vals. 'Jeanna heeft nog nooit geskied. Ik denk dat ze het heel leuk zou hebben gevonden.'

'Niet zo zeuren, Jasmijn,' zei Bo. 'Ik ben zo blij dat Anne er is. Nu zijn we tenminste compleet en kan het feest beginnen.'

Ik had een fractie van een seconde overwogen om niet door te vliegen, maar ik was dolblij dat ik anders had besloten. Ook al was het kort, ik was vast van plan om optimaal te genieten van dit miniweekend. En vanavond zou ik eens ouderwets uit mijn dak gaan.

'Zeg, hebben jullie de tent al gevonden waar de skileraren zitten?' vroeg ik nieuwsgierig.

'Wat denk jij?' zei Madelief.

'En?'

'Ze zijn weer goed geconserveerd de zomer doorgekomen,' zei Merel.

'Ik vond die ene leuk,' zei Bo.

'Welke?' vroeg Merel.

'Nou, die ene met die rode skibroek aan.'

'Wat ben jij een onnozele gans, zeg!' zei Jasmijn. 'Ze hebben allemaal een rode skibroek aan!'

'Ik bedoel dat stoere gozertje met dat zwarte haar en die groene ogen.'

'Ümbald?' vroeg Merel.

'Ik geloof het wel,' zei Bo. 'Rare naam eigenlijk. Ümbald, Ümbald.' Ze liet de naam een paar keer uit haar mond rollen.

'Anders noem je hem toch gewoon Tim,' zei Madelief waar iedereen keihard om moest lachen en ik vooral.

'Jongens, ik moet ski's gaan huren. Waar kan ik dat doen?'

'Er zit een verhuurder in het dorp maar die is pas om vier uur weer open,' zei Merel.

'Ah, dat meen je niet. Dan kan ik pas morgen skiën!' riep ik teleurgesteld uit.

'Wat voor schoenmaat heb je?' vroeg Jasmijn.

'Achtendertig,' antwoordde ik.

'Neem die van mij maar,' zei Jasmijn.

'En jij dan?' vroeg ik bezorgd.

'Ik heb hartstikke last van mijn rug. Ik ga toch niet meer vandaag, en als ik slim ben dan ga ik morgen ook niet. Ik houd Kimmie lekker gezelschap, dan ben ik vanavond weer helemaal fit. Dus neem die van mij nou maar,' drong ze aan.

'Kom op, meiden, we gaan die hellingen af,' zei ik enthousiast.

Binnen een mum van tijd stonden Merel, Bo, Madelief en ik in zo'n gammel bakje, dat ons met een rotvaart naar de toppen van de bergen moest brengen.

'Hoe vaak zou zo'n ding nou naar beneden vallen?' vroeg Madelief angstig. Ze had zichzelf voor de gelegenheid in een gifgroen glanzend Gucci skipak gehesen, dat zo strak zat dat ik me afvroeg of ze er nog wel in kon bewegen.

'Niet zo vaak,' zei ik, 'je leest het maar zelden in de krant.'

'Ze willen nog wel eens blijven hangen. Dat heb ik laatst nog gelezen,' zei Merel. 'Dan zit je acht uur in zo'n bakje te wachten op het bevrijdingsteam.'

'Ik heb ook wel eens gelezen dat een kabel van zo'n paal schoot en dat twintig bakjes naar beneden gingen, maar net boven de piste bleven hangen. Net te hoog natuurlijk om eruit te springen. Bewegen moest je niet want anders donderde je alsnog te pletter. Schijnt een heel gedoe geweest te zijn,' zei Bo.

Net op dat moment ging ons bakje langs een paal. Met veel gekraak en lawaai namen we deze hobbel, waarop Madelief keihard begon te gillen en riep dat ze eruit wilde. Het kostte ons zeker vijf minuten om haar weer tot bedaren te krijgen, en toen we uiteindelijk bij het eindstation aankwamen, snotterde Madelief dat zo'n ritje met zo'n aftands bakje toch wel heel burgerlijk was. Als je het een beetje goed wilde doen, nam je een helikopter.

Het was even wennen, maar na drie bochtjes had ik de smaak weer te pakken en skiede ik als een dolle, jonge hond naar beneden. We namen de ene na de andere lift, en na alle spanningen van de afgelopen dagen voelde ik me weer helemaal de oude worden. Ik genoot, en lachend doken we na een paar uur skiën de eerste de beste après-skihut in waar ik me liet vollopen met glühwein.

We hadden al snel vier skileraren te pakken die al hossend en zuipend achter ons aan zaten, waardoor we compleet de tijd vergaten. Pas tegen acht uur gingen we naar huis waar Kim en Jasmijn op ons zaten te wachten met dampende schalen spaghetti.

Mijn enthousiasme en vrolijkheid over de geweldige middag werkten zo aanstekelijk dat de thuisblijvers al snel weer vergaten dat ze uren op ons hadden gewacht, en toen de flessen wijn werden geopend zat de sfeer er goed in.

'Dames, om elf uur moeten we in Die Fröhliche Witwe zijn. Onze vrienden met hun strakke skibroekjes zijn daar ook,' gilde Bo enthousiast.

'Zit Ümbald daar ook bij?' vroeg Jasmijn.

'Ja,' grijnsde Bo, '*der Ümbald ist auch da!*'

'Je weet dat Ümbald in de zomer met zijn geiten de bergen in trekt?' zei Jasmijn.

'Het is nu winter, Jasmijn. In de winter heeft Ümbald een heel lekker figuur in dat snelle pakje van hem. In de zomer ben ik hier niet. Wat mij betreft loopt hij dan wekenlang in een korte broek met gezondheidssandalen door de bergen. Dat zal mij toch echt een rotzorg zijn. Ik was namelijk niet van plan om het product Ümbald en zijn driehonderd geiten mee te nemen naar Nederland.'

'Dus jij gaat gewoon zoenen met de eerste de beste domme Zwitser die toevallig een beetje leuk kan skiën?' zei Jasmijn weer.

'Moet jij begrip voor hebben, dame,' zei Bo kattig, 'jij valt tenslotte ook op sportieve types.'

'Jongens, kom op! Laten we nou genieten van de tijd die we samen hebben en lekker lol maken. Principes hebben we maandag wel weer als we in het vliegtuig stappen,' zei ik optimistisch.

'Daar ben ik voor,' riep Bo en ze hief het glas.

'En als der Ümbald nou eens keurig getrouwd is en kindjes thuis heeft die allemaal gevoed moeten worden van papa's skilessen?' vroeg Jasmijn met een zuinig mondje.

'Ja, eh, het mannetje kan toch wel zelf nadenken. Dat hoef ik toch niet voor hem te doen. Als hij wil neuken dan gaat hij toch lekker neuken. Als het even kan graag met mij. Ik hoef de wereld toch niet te verbeteren,' antwoordde Bo op de laconieke toon die zo eigen was aan haar.

'Jij bent een enorme stomme trut,' viel Kim plotseling boos uit. 'Wat ben jij een ongelofelijke, egocentrische takkedoos.' Woest stond Kim op en liep zo van tafel en met een knal sloeg ze de deur van de eetkamer achter zich dicht.

'Dat komt er nou van,' zei Jasmijn op een belerend toontje.

'Hoezo?' riep Bo verontwaardigd. 'Wat heb ik nou weer fout gedaan?'

Merel en ik keken elkaar zuchtend aan.

'Ik ga wel even bij haar kijken,' zei Jasmijn.

De sfeer was eruit, en stilletjes keken we elkaar aan.

'Dat was ook niet zo'n handige opmerking,' zei Madelief, die vreselijk zat te zweten in haar gifgroene glanzende skipak. 'We weten toch dat ze vreemdgaat? Daar mochten we het toch niet over hebben. Ze voelt zich natuurlijk aangesproken. Dat zou ik ook hebben als ik haar was.'

Ik keek haar aan en trok verbaasd en vragend mijn wenkbrauwen op. Die durfde! Madelief bleef mij strak aankijken en haalde even haar schouders op alsof ze zich afvroeg waar mijn verbaasde blik vandaan kwam. Het werd mij allemaal iets te ingewikkeld en ik schonk mijzelf nog een glas wijn in. Het enige wat ik hoopte was dat het gesodemieter snel afgelopen zou zijn. Ik kwam hier tenslotte voor de gezelligheid.

Na een halfuurtje kwam Jasmijn weer terug. Ze keek ernstig en ik kon niet anders concluderen dan dat ze haar roeping als begrafenisondernemester misgelopen was.

Ik stootte Merel even aan en sloeg wanhopig mijn ogen ten hemel. Merel grijnsde even terug, wees op haar klok en daarna naar de deur. Ik knikte. Zeker weten! Om elf uur zat ik in Die Fröhliche Witwe en geen seconde later.

Jasmijn ging zitten en keek ons allemaal een voor een langdurig aan zonder iets te zeggen. Knap werk! Ze wist de spanning er aardig in te houden.

'Zeg, Jasmijn, kun je een beetje haast maken. Ik wil zo op stap,' zei Bo, die heel tactisch meldde wat Merel en ik dachten.

'Ongelofelijk, wat kun jij bot zijn,' snauwde Jasmijn. 'Kim heeft het zwaar. Het is allemaal niet wat wij denken. Kim gaat niet vreemd. De olijvenman gaat vreemd.'

Geschokt keek ik Jasmijn aan. 'Dat meen je niet!'

'Dat heb ik altijd al wel gedacht,' zei Madelief verontwaardigd. 'Ik vond het altijd al een geniepig ventje. Dat gedoe met die olijven in dat kraampje. Ik vertrouwde het maar niks. Viespeuk. Ik vind het typisch zo'n mannetje dat het met zo'n vrouwtje van de bananen in het kraampje aan de overkant gaat aanleggen.'

'Nou, het is de dame van de stoffen geworden,' zei Jasmijn, die nog wel graag even de aandacht wilde. Tenslotte wist zij van de hoed en de rand.

'Goh,' zei Merel. 'Arme Kim, hoe moet dat nu verder met haar en al die kinderen?'

'En hoe zit dat nu met die man in het park?' vroeg ik.

'Die man met wie ze gesignaleerd is in het park is een goede huisvriend. Bij hem kan Kim fijn uithuilen,' antwoordde Jasmijn.

'Ja, ja,' zei Madelief.

'Wat nou, ja ja?' hakte Jasmijn terug.

'Leg nou niet op alle slakken zout, oké,' zei ik sussend.

'Weten jullie eigenlijk wel wat er gebeurt als je zout op een slak legt?' vroeg Bo.

'Nu even niet, Bo,' zei Merel.

'Nou, jongens, dit is wel een groot persoonlijk drama. Hoe gaan we Kim helpen om door deze moeilijke tijd te komen?' vroeg ik zakelijk.

'Dat weet ik niet,' zei Bo. 'Ik denk dat ik daar morgen eens over ga nadenken. Nu ga ik me omkleden want ik wil dansen. Wie gaat er mee?'

Ik kon mijn lachen bijna niet inhouden. Ik was ook niet van plan om hier de hele avond te gaan treuren over Kim en haar olijvenman, maar zo bot als Bo het kon maken! Gelukkig kwam Merel diplomatiek tussenbeide.

'Jasmijn, jij hebt je over Kim ontfermd en dat vind ik heel goed van je. Ik weet niet of het verstandig is als wij vanavond allemaal rond haar bed gaan zitten. Misschien moeten we haar wat rust gunnen. Is het een goed idee als degene bij wie ze zich het meest vertrouwd voelt vanavond bij haar blijft?'

Alle ogen richtten zich op Jasmijn.

'Dat lijkt me een prima idee. Ik hoef toch niet zo nodig op stap.'

Ik zuchtte opgelucht, waarop Merel, Bo en Madelief besloten dat we konden gaan.

Het was een drukte van jewelste in Die Fröhliche Witwe en we stonden al snel te hossen op de een of andere Zwitserse André Hazes. Madelief had zich voor de gelegenheid in een of ander te kort rokje gehesen, waarop ze een glinsterend topje droeg. Haar beha was opgevuld tot de gewenste cupmaat, die een dure chirurg over een maandje bij haar zou aanmeten. Om alvast te wennen aan een wat grotere boezem had ze voor veel geld een speciale opgevulde beha gekocht. Wild zwaaide ze met haar borsten in het rond en liet ze vol trots aan iedereen die het wilde zien de tekst op haar glittertop lezen. 'Big Tits' stond erop, met daaronder een met zilverglitter bestrooide varkenskop. De grap sloeg niet echt aan bij het Zwitserse publiek, maar dat maakte Madelief allemaal geen donder uit. Op een gegeven moment drong ze haar opgevulde borstpartij op aan Siebold, de achttienjarige skileraar die dit jaar voor het eerst mee mocht doen met het skiteam en de kleuters lesgaf.

Merel sloeg het bezorgd gade en vroeg zich af of we niet moesten ingrijpen.

'Waarom?' vroeg Bo.

'Omdat ze getrouwd is en misschien wel strontbezopen. Straks weet ze niet meer wat ze doet,' zei Merel.

'Houden wij toch gewoon onze mond,' zei Bo.

Merel keek mij aan en ik haalde slechts mijn schouders op. Een avontuurtje met een skileraar leek mij in Madeliefs geval een actie die niets voorstelde vergeleken met al haar andere escapades, maar dat kon ik Merel en Bo natuurlijk niet uitleggen.

Merel had 's middags haar oog al laten vallen op een boomlange skileraar die een zilveren oorbelletje in zijn rechteroor droeg.

'Wel een beetje ordinair, hoor,' waarschuwde ik Merel.

'Ordinair? Een eikelpiercing, dat is pas ordinair,' zei ze lachend.

'Heeft hij dat?' vroeg ik met enige walging.

'Niet dat ik weet, maar daar kom ik snel genoeg achter.'

Mijn held van de avond heette Jürgen en was veruit de mooiste van het viertal. Tot mijn grote schaamte hoorde ik dat hij nog bij zijn ouders thuis woonde, maar ik besloot dat ik deze gênante informatie niet met mijn vriendinnen ging delen. Ik had hem gewoon verkeerd begrepen!

We dansten en dronken tot sluitingstijd en tegen die tijd hadden we hem allemaal aardig om. Enigszins onvast ter been verlieten we giechelend Die Fröhliche Witwe.

Madelief ging lachend naast haar nog net niet minderjarige jonge god in de auto zitten en riep dat Siebold haar naar huis zou brengen. Deze informatie ging er bij Merel en Bo als zoete koek in, tenslotte was ze getrouwd, maar ik wist dat Madelief professioneel de weg zou kwijtraken en tussen nu en morgenochtend zes uur niet thuis zou arriveren.

Merel en Bo stapten in de auto bij Ümbald en het mannetje met de oorbel, van wie ik de naam niet wist, en ook niet wilde weten. De mannen deelden samen een huis, dus dat zou wel goed komen.

En daar stond ik dan met mijn Jürgen, die verantwoording bij zijn moeder moest afleggen als hij te laat thuiskwam.

'*Und jetzt?*' vroeg hij.

'*Keine Ahnung,*' antwoordde ik, en ik besloot voor de verandering de regie eens niet op mij te nemen.

Hij nam me mee naar zijn Opeltje, dat met geeloranje vlammen was bespoten. Ik zuchtte eens diep en vroeg me af of ik het dieptepunt in mijn leven ging meemaken. Mijn benevelde brein signaleerde dit alles wel, maar conclusies trekken zat er helaas niet meer in. Voordat ik het in de gaten had, gingen we via een klein weggetje de bossen in en kwamen we bij een houten skihut uit. Even flitste het door me heen dat ik hier ook vermoord kon worden, maar snel wuifde ik die gedachte terzijde. Mij begraven in deze bevroren grond leek mij een karwei waaraan der Jürgen zijn handen niet vuil wenste te maken.

Jürgen hield de deur uitnodigend open en ik stapte naar binnen. Binnen een mum van tijd had hij een knetterend haard-

vuurtje branden en zaten we met een glas wijn op een schapenvachtje naar de vlammen te staren. Zo bleven we een uurtje zitten waarna hij mij bij de hand nam, galant de deur van
de auto voor mij opendeed en mij keurig netjes naar huis
bracht.

'*Bis morgen,*' zei hij toen we voor de deur van ons chalet
stonden.

Stomverbaasd over datgene wat mij was overkomen, rolde
ik in mijn bed, maar niet voordat ik de slaapkamers van de
anderen had gecontroleerd. De bedden van Merel en Bo waren nog onbeslapen. En in het bed naast mij was uiteraard
geen Madelief te bekennen. Uitgeput viel ik in slaap.

27

Om een uurtje of zeven werd ik wakker van gestommel in huis.
Het waren Merel en Bo, die giechelend door de gangen strom-
pelden.

'Laten we maar een ontbijtje klaarmaken,' hoorde ik Merel
zeggen.

'Ja, goed idee. Met van die lekkere warme broodjes,' zei Bo
net iets te hard.

Zuchtend draaide ik mij nog een keer om, en tot mijn verbazing zag ik de blonde plukken haar van Madelief onder het
dikke dekbed vandaan steken. Ik vroeg me af wanneer zij binnen was komen rollen.

Ik hoorde de deur van de badkamer open en dicht gaan en
besloot nog even te wachten voordat ik mijzelf onder de douche zou zetten.

'Ben je wakker?' fluisterde Madelief.

'Ja,' fluisterde ik terug.

'Hoe was jouw avond met Jürgen?' vroeg ze.

'Heel bijzonder. En die van jou met Siebold?'

'Je raadt nooit wat mij is overkomen?'

'Vertel,' vroeg ik nieuwsgierig.

'Niet vertellen aan de anderen, hè? Beloofd? Peter trapt me het huis uit als hij erachter komt.'

'En terecht,' mompelde ik.

'Wat?'

'Vertel nou maar. Ik ben hartstikke nieuwsgierig.'

'Eerst hebben we een tijdje rondgereden in zijn auto. Dat was zo romantisch! Reden we daar in het donker terwijl hij van die hitsige Duitse teksten liep uit te kramen. Ik werd daar gewoon ongelofelijk geil van. Had jij dat ook?'

'Eh...' Ik hoefde er gelukkig verder niet op in te gaan want Madelief ratelde zoals gewoonlijk al weer door.

'Op een gegeven moment kwamen we aan bij een of andere skihut. Nou, Anne, wat er toen gebeurde was niet te beschrijven. We kwamen binnen en het haardvuur brandde al, de wijn was al geopend en de glazen stonden klaar. Dat vond ik nou zo romantisch.'

'Goh,' zei ik verbaasd.

'Toen ging hij op zo'n wit schapenvachtje zitten en staarde hij stilletjes naar de vlammen.'

'En toen? Wat gebeurde er toen?' drong ik aan.

'Ik was natuurlijk botergeil, dat lijkt me duidelijk. Dus ik heb hem de kleren van zijn lijf gerukt en toen hebben we het zes keer achterelkaar gedaan. Fantastisch!'

'Zes keer!'

'Ja, wat denk jij! Zo'n knul van achttien die de hele dag in de bergen rondsjouwt. En jij? Vertel?'

Wat moest ik zeggen? Wanhopig zocht ik naar een goed antwoord. Ik vreesde dat ze me keihard zou uitlachen als ze de waarheid hoorde.

'Wij hebben het in de auto gedaan,' zei ik snel. 'Ergens op

een donker bospaadje. Zo spannend. Jaren geleden dat ik het in een auto heb gedaan. Nee, het was echt geweldig!'

'Hé, wakker worden,' gilde Bo, die onze slaapkamer binnenstampte. 'We hebben voor jullie een ontbijtje klaargemaakt. Opschieten dames, hoe eerder we op de piste staan, hoe beter.'

Met een slaperig gezicht zaten we allemaal aan de ontbijttafel.

'Nou, Mereltje en Bomans, ik ben heel erg benieuwd naar jullie verhalen,' zei Madelief.

'Heeft Siebold je nog netjes naar huis gebracht, Madelief?' vroeg Merel.

'Ja, de lieve schat. Nou, die weet wel hoe hij met getrouwde vrouwen moet omgaan. We hebben nog eventjes rondgereden en hij heeft me nog wat leuke dingen laten zien en daarna heeft hij me keurig thuis afgezet.'

'Hoe laat was dat dan?' vroeg Jasmijn, die de feiten even wilde checken.

'Weet ik veel,' zei Madelief en ze wuifde blasé met haar hand. 'Ik ben op vakantie. Eindelijk eens een keer onder het juk van het gezin vandaan, dan ga ik toch niet op de tijd letten. Ik vond mezelf al heel stout om met een skileraar 's nachts rond te rijden in een Zwitsers dorpje. Dat is voor mij al zo spannend dat ik niet meer op de tijd let.'

'Ik vind het eigenlijk heel goed van je, Madelief. Fantastisch zoals jij jezelf laat gaan en toch je grenzen zo goed weet te bepalen,' zei Kim.

Dit was het moment waarop ik mij verslikte in een kaiserbrötchen en hoestend naar mijn keel greep. Bo reageerde meteen en sloeg keihard op mijn rug. Er ontstond even paniek, maar gelukkig schoot het brokje witbrood uit mijn keel en vloog zo over tafel in het theekopje van Jasmijn. Na wat gemompel dat het allemaal niks had gescheeld of Anne was ter plekke dood neergevallen, nam Madelief het gesprek weer op en wilde weten hoe het Merel en Bo was vergaan.

'We hebben ons helemaal gek gelachen,' zei Bo. 'Onze mannen wonen bij elkaar, en jullie raden nooit wat wij hebben gedaan.'

'Zeg het nou maar,' zei Kim een beetje jaloers.

'We hebben een spelletje gedaan,' zei Merel.

'Dat verbaast ons niets, lieverd, maar wat voor spelletje?' vroeg Madelief.

'Risk,' antwoordde Bo.

'Wat?' zei Kim.

'Ja,' zei Merel, 'we hebben gewoon een spelletje risk gedaan. De mannen waren heel duidelijk: geen seks op de eerste avond.'

'Apart hè?' zei Bo. 'Maar weet je wat nou zo gek is, het was gewoon hartstikke gezellig. We hebben ontzettend gelachen.'

'Heb je ze nog uitgelegd dat er geen tweede avond komt,' zei Jasmijn.

'Nee,' zeiden Bo en Merel tegelijkertijd.

'Dan is Anne de enige die het heeft gedaan met een skileraar,' zei Madelief laconiek.

Ik kreeg een kop als een boei en nam snel een slokje van mijn thee.

'Gadver, Anne. Eigenlijk ben je gewoon een vieze afgelikte boterham,' zei Kim afkeurend.

'Dan zijn jullie ook niet lang bezig geweest, want volgens mij heb ik je thuis horen komen,' zei Jasmijn.

'Dat zal ik dan wel geweest zijn,' zei Madelief met een glimlach.

Ik at snel mijn ontbijtje op en stelde voor om te gaan skiën. Jasmijn had besloten niet meer te gaan, zodat ik haar ski's mocht gebruiken. We spraken af dat Kim en Jasmijn de boel zouden opruimen en dat wij om uiterlijk twee uur weer in het chalet terug zouden komen. Dan hadden we ruim de tijd om nog te douchen, waarna we naar het vliegveld zouden gaan.

Het mooie weer was verdwenen en het sneeuwde dikke vlokken. Ik had er zin in. Met een beetje mazzel konden we nog de *Tiefschnee* induiken, dan zou mijn minivakantie helemaal compleet zijn. De sneeuw was prachtig, alhoewel het ijzig koud was boven aan de top.

Door het slechte weer doken Madelief en Bo al meteen de eerste de beste berghut in, maar Merel en ik genoten van de geweldige sneeuw en gingen tot twaalf uur door, waarna we met ons viertjes in de bomvolle en supergezellige skihut gingen lunchen. Helaas kwamen we de skileraren niet meer tegen, maar de sfeer zat er ook zonder hen al snel in, en de glühwein kwam in rap tempo door.

Om halftwee besloten Merel en ik om nog één afdaling te maken. De allerlaatste. De ijzige kou en de sneeuw striemden in mijn gezicht en de harde wind benam me de adem. Met mijn muts ver over mijn oren getrokken, ging ik keihard naar beneden. Mijn ski's klapperden van de snelheid en een ongelofelijk gevoel van vrijheid ging door mij heen. Achter mij hoorde ik Merel gillen van plezier. Ik ging nog verder door mijn knieën om nog meer vaart te krijgen.

Plotseling hoorde ik boven mij mijn naam roepen. Het waren Madelief en Bo die vanuit het skibakje naar ons zwaaiden. Ik keek op en wilde terugzwaaien, maar die beweging bracht mij een beetje uit balans. Op hetzelfde moment kwam ik in een dik pak verse sneeuw terecht, en voordat ik het in de gaten had, werd ik als uit een katapult gelanceerd.

Ik vloog door de lucht en met een enorme smak kwam ik weer op de grond terecht, waarna ik nog drie keer over de kop ging. Al die tijd ging mijn rechterski niet uit, en bij mijn laatste salto hoorde ik mijn knie letterlijk kraken.

Als verdoofd lag ik op de piste en durfde mijn been niet te bewegen. Een geschrokken Merel deed mij het ergste vermoeden en toen ik probeerde op te staan en kermend van de pijn weer naar achteren viel, wist ik al hoe laat het was.

Er onstond een heel gedoe om me heen en allerlei mensen begonnen zich met mij te bemoeien. Ondertussen had ik het ijskoud en lag ik te klappertanden in de sneeuw. Binnen tien minuten arriveerden de hulptroepen en werd ik door twee mannen vakkundig op een brancard naar beneden geskied. Onder bij de skilift stond de ambulance al klaar. Merel, Bo en Madelief lieten me weten dat ze naar het chalet gingen en dat ze op weg naar het vliegveld langs het ziekenhuis zouden komen. Jankend van ellende werd ik met dertig kilometer per uur naar het ziekenhuis gereden.

De diagnose loog er niet om. Ik had de kniebanden van mijn rechterknie gescheurd en ik kon pas woensdagavond met een gipsvlucht naar huis. Ik was nog aan het bijkomen van de schrik toen mijn vriendinnen aan mijn bed verschenen. Ik hoorde Merel met de Zwitserse arts praten en ik begreep dat ik weer zo'n amateur was die het aan zichzelf te danken had. Die idiote toeristen ook, die op verkeerd afgestelde ski's en met een stoot alcohol achter de kiezen als gekken de bergen afsjeesden! Dan mocht je toch niet verbaasd zijn als het misging.

'Hoeveel weeg jij eigenlijk, Jasmijn?' vroeg ik zachtjes.

'Tachtig kilo,' antwoordde ze beschaamd.

Geen wonder dat die ski niet losging! Ik woog nog geen zestig kilo. Hoe had ik zo stom kunnen zijn! Dat had ik toch ook zelf kunnen bedenken?

Mijn vriendinnen stonden dralend en beteuterd naast mijn bed. Merel gaf mij een kort verslag van mijn letsel en eindigde met de opbeurende woorden dat het allemaal wel weer goed zou komen. Tot woensdag moest ik blijven liggen, daarna zou er een of andere constructie omheen komen waardoor ik in ieder geval weer mobiel was. Met krukken, welteverstaan.

'We vinden het echt rot voor je, Anne,' zei Bo.

'Ja,' zei Jasmijn, 'maar helaas moeten we wel zo weggaan. We moeten tenslotte ons vliegtuig halen. We hebben het er nog over gehad of iemand kan blijven, maar we moeten allemaal weer aan het werk.'

'Denk je dat je jezelf redt?' vroeg Madelief bezorgd.

Ik keek Merel vragend aan, maar ze schudde haar hoofd.

'Sorry, Anne, ik heb morgen dienst. Ik kan moeilijk wegblijven. Ik beloof je dat ik je woensdagavond ophaal van Schiphol, oké?'

Ik knikte droevig. Kim gaf me een kus en legde een dik boek op mijn nachtkastje en Bo gaf mij haar mp3-speler.

'Nog één ding,' riep ik. 'De batterij van mijn mobieltje is leeg en mijn oplader ligt thuis. Willen jullie mijn werk bellen?'

'Natuurlijk,' riepen ze in koor.

'Niet vergeten, hè?'

'Ben je mal,' zei Jasmijn.

'Maak je maar geen zorgen,' riep Madelief.

Daarna verdwenen ze met veel handkusjes en onder het uitroepen van beterschapswensen.

Zelden had ik me een grotere kneus gevoeld als die woensdagmiddag, toen het gipslegioen onder grote belangstelling het vliegtuig werd ingeschoven. De een na de ander met de meest onmogelijke gipsen constructies rond armen, benen en nek werd de buik van het vliegtuig ingeduwd.

Ik was het liggen helemaal zat en wilde niets liever dan zo snel mogelijk weer op mijn eigen benen staan. Vreemd genoeg was lopen pas gepermitteerd op het moment dat ik op Nederlandse bodem aankwam. Tot die tijd viel ik onder de verantwoordelijkheid van de Zwitsers, en die wilden geen enkel risico nemen.

Uiteindelijk werd ik in een rolstoel de ontvangsthal op Schiphol in gereden en de tranen sprongen mij in de ogen toen ik Merel zag staan met een grote bos bloemen in haar hand.

'Hoe was je vlucht?' zei ze, en ze gaf me twee dikke zoenen op mijn wang.

'Fantastisch,' antwoordde ik spottend.

Behendig nam Merel de rolstoel van de begeleider over, rolde me naar haar auto en hielp me met instappen. Ik was bekaf en ik wilde niets liever dan in mijn bed liggen.

Met mijn krukken in één hand hinkelde ik thuis de trap op. Onderweg nam ik twee pauzes en zwetend van ellende zat ik puffend op een tree uit te hijgen, met een geduldig wachtende Merel achter mij. Ik mocht het liggen dan zat zijn, voortbewegen was helemaal een ellende.

Toen ik eindelijk in mijn appartement aankwam, zag ik het lichtje van mijn antwoordapparaat druk flikkeren.

'Jeetje, Merel, ik heb hartstikke veel berichten. Kun jij even op het knopje drukken?' vroeg ik aan haar.

Het eerste bericht was van Voorstevoordehoeven, die zich bezorgd afvroeg hoe het was afgelopen met de bommelding. Daarna volgde een bericht van Petra, dat ze telefonisch een interview voor een tijdschrift had gegeven, en vervolgens stond Kees, mijn nieuwe uitgever, tot drie keer toe op het antwoordapparaat. Of ik zo snel mogelijk contact op wilde nemen. De rest van de berichten waren alleen nog maar van JVJ. Waar of ik was? Waar of ik bleef? Waar of ik mee bezig was? De laatste boodschap was een bulderende Voorstevoordehoeven die zich afvroeg of ik wel goed bij mijn hoofd was om gewoon niet meer op te komen dagen. Daarna hoorde ik de schelle piep ten teken dat het bandje vol was.

Met een rood hoofd van schaamte keek Merel mij aan.

'Jullie stomme trutten zijn vergeten om naar mijn werk te bellen!' gilde ik hysterisch.

'Ik dacht dat Bo het zou doen?' stotterde Merel beschaamd.

'Bo? Bo kan je nog niet eens voor een pakje boter de deur uitsturen. Dat weten jullie toch ook wel?' Inmiddels stroomden de tranen over mijn wangen.

'Lieve schat, als je ze morgen uitlegt dat je in het ziekenhuis bent beland en dat je vriendinnen vergeten zijn te bellen, dan is er toch niks aan de hand?'

'Er is wel wat aan de hand,' zei ik snikkend. 'Het is een doodzonde om zonder bericht niet op te komen dagen!'

'Maar jij kon er toch niets aan doen?'

De vermoeidheid begon inmiddels zijn tol te eisen en mijn knie deed hartstikke zeer. Het enige wat ik wilde, was mijn bed in duiken.

'Merel, kun je me helpen in mijn bed te komen? Ik ben zo moe.'

Binnen tien minuten lag ik in mijn bed. Met een zucht van verlichting schoof ik onder de dekens en hoorde ik Merel wat rommelen in de keuken. Even later kwam ze terug met een dienblad met thee en koekjes en zette dat naast mijn bed.

'Ga maar lekker slapen. Morgenochtend ben ik hier om zeven uur. Dan help ik je met aankleden en zorg ik dat je op je werk komt. Dan kun je het zelf uitleggen. Dat is misschien beter dan bellen.'

Ik wierp haar een waterig glimlachje toe. Het was een stomme doos dat ze vergeten was om naar mijn werk te bellen, maar ergens was ze toch wel een lieve schat.

28

'Anne, fijn dat je weer boven water bent,' zei Mieke vriendelijk en ze pakte meteen de telefoon.

Ik zat op de tweede en nam altijd de trap, maar vandaag strompelde ik naar de lift. De lange gang naar mijn kantoor leek eindeloos, en ik voelde de ogen van mijn collega's in mijn rug prikken. Het was duidelijk: iedereen was dodelijk ongerust geweest.

'Waar was je nou? Ik stond bij de trap op je te wachten,' zei Marjolein knorrig terwijl ze mij gehaast tegemoet liep. Ze keek een beetje wild uit haar ogen en haar haren zaten ook niet echt lekker op haar hoofd. 'Wat is er met je gebeurd?' zei ze ontzet terwijl ze naar mijn imposant ingepakte knie staarde.

'Ik ben met skiën...'

Ze liet me niet uitpraten en zei: 'Je moet je onmiddellijk melden op de vierde.'

'Problemen?' vroeg ik zo vriendelijk mogelijk.

Ze keek me aan met een blik van 'ik ben maar een secretaresse, weet ik veel.'

Ik draaide me om en besloot ter plekke dat ik al dit gedoe voor een paar dagen afwezigheid schromelijk overdreven vond.

Ik strompelde weer terug naar de lift en op de vierde werd ik weer opgewacht. Nu door Janine, die me een kopje koffie aanbood en zei dat ik moest wachten. Zonder verder nog iets te zeggen, ging ze weg en liet me alleen.

Ik keek haar verbaasd na. Ze ging weer achter haar secretaressebalie zitten waar ze een perfect uitzicht had op alles wat zich afspeelde op de vierde.

'Hé, Janine. Zeg nou even wat er aan de hand is?'

'Sorry, ik mag niks zeggen.'

'Heeft het te maken met mijn afwezigheid?'

'Nou, ja, een beetje gek toch? Eerst wordt er gebeld omdat je verdacht wordt van een bommelding, en daarna kom je helemaal niet meer opdagen. We waren hartstikke ongerust en je nam je 06 niet op,' zei ze verontwaardigd.

'Mijn batterij was op en mijn oplader lag thuis,' zei ik verontschuldigend.

Ze keek me slechts aan. Janine was een geordend en gedisciplineerd mens. Als zij op reis ging, nam ze haar oplader mee. Dat was duidelijk.

'Wat is er met je gebeurd?' vroeg ze nieuwsgierig.

'Ik ben gevallen met skiën. Ik heb een paar dagen in het ziekenhuis gelegen en mijn vriendinnen zouden jullie bellen om het door te geven.'

'O,' zei ze slechts.

'Wie zitten er allemaal binnen?' vroeg ik.

'Wacht nou maar rustig af.'

'Janine, vertel nou even waarom ik hier zit!'

'Ze zijn er nog niet allemaal, dus het zal nog wel even duren,' zei ze narrig.

'Het lijkt de dag des oordeels wel.'

'Ja, en die heb je over jezelf afgeroepen.'

Met kordate pasjes liep ze naar het kopieerapparaat. Wat een kreng.

Het kleine pingeltje van de lift deed mij opkijken.

Kortewind stapte uit en beende kordaat richting wenteltrap.

'Meneer Kortewind, fijn u te zien,' zei ik zo vriendelijk mogelijk.

Hij keek me aan met een bezorgde blik, zei niets en nam vervolgens met twee treden tegelijk de wenteltrap.

Ik keek hem na. Waarom zei hij niets? Ze zouden me toch niet officieel berispen omdat ik mij niet geheel volgens de regels had afgemeld? Nee. Belachelijk. Ik kon me wel wat permitteren. Ik was senior medewerker, ik stond op de nominatie om partner te worden en ik had een fantastische opdracht binnengehaald. Natuurlijk kreeg ik geen officiële waarschuwing. Dat zou toch wel heel erg kinderachtig zijn!

Ik stond op en strompelde naar Janine, die zich snel omdraaide toen ze mij aan zag komen hobbelen. Het was een duidelijke poging om mij te ontwijken. Dit ging me toch echt te ver!

'Janine, doe normaal. Ik wil alleen nog een kopje koffie!' zei ik geïrriteerd.

'Komt eraan,' snauwde ze terug.

Chagrijnig liep ik terug. Bij de wenteltrap keek ik even omhoog. Er viel niets te zien. Wat had ik verwacht? Dat Kortewind bovenaan op een traptrede op mij zat te wachten?

'Je koffie, Anne.' Ze zette het met een klap op het glazen tafeltje.

'Janine?'

'Wat is er nou weer?' vroeg ze wrevelig.

'Laat maar!'

Ik staarde wat naar het plafond. Het begon een beetje te bladderen. Gek, dat waren nou van die dingen die je nooit opvielen tenzij je niets omhanden had. Meestal rende ik hier de gang door en had ik geen oog voor details. Op het eerste gezicht zag het pand, en met name de vierde, er gelikt en gedesigned uit, maar een kritische blik gaf de haarscheurtjes perfect weer. Heel voorzichtig legde ik mijn been op een stoel. Mijn ogen dwaalden door de lange gang op zoek naar nog meer tekenen van verval. Ik hoefde niet lang te kijken. Het houtwerk kon ook wel een opknapbeurtje gebruiken. Ik zag dat Janine de telefoon opnam, en ook zij kreeg plotseling iets verlopens, alsof ze een tweederangs secretaresse was die JVJ met korting op de kop had getikt. De hele omgeving en het lange wachten begonnen op mijn zenuwen te werken. Ik kreeg het plotseling vreselijk benauwd en voelde hoe mijn wangen rood kleurden. Zweetdruppeltjes verschenen op mijn voorhoofd en ik draaide wat op mijn stoel. De prachtige, blauwe designstoeltjes waren een lust voor het oog, maar niet bedoeld om op te zitten. Dat wil zeggen: niet te lang. Ik voelde heel langzaam een onprettig stijf gevoel in mijn billen opkomen. Het tintelde een beetje, en hoe ik ook schoof en draaide, het nare houten gevoel kreeg ik niet weg.

'Janine?'

'Ja?'

'Je hebt zeker niets te eten?'

'Er staat hier nog wel een doos bonbons. Bestelling van Janssen, maar ze moeten terug. Het zijn de verkeerde.'

'Alweer?'

Ze keek me verbaasd aan.

'Berthold en zijn SinterKerstactie,' zei ik lachend.

Eindelijk kon er een glimlachje bij haar af. 'Ja, dat Janssen verslaafd is aan rumbonen weet toch iedereen.'

Een zoevend geluid deed mij opkijken en met een zachte zucht gingen de deuren van de lift open.

'Morgen, Janine.'

'Goedemorgen, meneer Jansma.'

Het was Jansma met zijn harde bulderende stem. Als hij je gedag zei, klonk het als een bevel. Zoals gewoonlijk ging hij rechtstreeks vanuit de lift naar het toilet. Waarom hij dat altijd deed was iedereen een raadsel. Het was in ieder geval een onderwerp waarover door iedereen altijd druk werd gespeculeerd. Ik had een bloedhekel aan Jansma. Dat kwam niet alleen door zijn zelfingenomen karakter maar vooral door zijn postuur. Jansma leed aan vetzucht. De man was onbehoorlijk dik. Dikke mensen kunnen heel mooi zijn, maar Jansma niet. Hij torste een enorm lichaam met zich mee dat ergens halverwege doormidden werd gesneden door een riem. Onder die riem kwabberde een homp vlees, die tussen zijn liezen eindigde. Dikke, korte pootjes moesten dat hele gewicht dragen, en ik vermoedde dat daarom zijn gang licht waggelend was. Als een enorme eend ging hij al bulderend door de gangen van JVJ. Zijn kin was verscholen onder drie lagen spek en zijn wangen waren net varkensbillen. Stuitend vond ik vooral zijn bril. Een hele grote bril waarvan de pootjes in het vlees gedrukt waren. Min tien. De beste man kon er niets aan doen, maar ik gruwelde als ik hem zag.

Zonder dat ik het in de gaten had, wiebelde ik nerveus op mijn stoel en door mijn gewiebel schoot de stoel waarop ik mijn been te rusten had gelegd een stukje naar achteren. Met een klap schoot mijn gezwachtelde been van de stoel, en de metalen constructie die mijn knie recht moest houden, kwam keihard tegen het glazen tafeltje, dat van dezelfde vormgever was als die van de stoeltjes en dus niet bedoeld voor daadwerkelijk gebruik. Een enorm harde knal volgde en een grote barst verscheen in het glas. Geschrokken keek ik naar het tafeltje. In één vloeiende beweging legde ik een glossy over verzekeringen over de barst en keek vervolgens onschuldig om me heen.

De deur van het toilet zwaaide open en de grote dikke varkenskop van Jansma stak om de hoek.

'Janine?'

'Ja, meneer Jansma.'

'Hoorde jij dat ook?'

'Ik hoorde ook wat, meneer Jansma.'

'Wat was dat?'

'Het leek wel of er glas brak.'

Hij keek me langdurig, doordringend en lichtelijk sarcastisch aan.

Mijn wangen kleurden vuurrood. Hij kon het onmogelijk gezien hebben. Hij was op de wc. Zelfs Jansma kon niet door dichte deuren kijken. Of was hij niet aan het schijten, rukken of plassen, maar loerde hij door het sleutelgat om te zien wat er allemaal gebeurde op de vierde?

Ik schudde mijn hoofd. Mijn gedachten gingen met me op de loop. Ik zat hier te lang. Jansma waggelde van wc naar wenteltrap zonder mij verder nog één blik waardig te keuren. Een geur van wc-eend sleepte hij achter zich aan. Met afschuw zag ik hoe zijn dikke kont bijna klem kwam te zitten tussen de trapleuning. Nog één vreetfestijn in het torentje en Jansma zou nooit meer naar beneden komen.

'Janine, heb jij wel eens lang op deze stoeltjes gezeten?'

'Nee.'

'Moet je eens doen. Ze zitten echt vreselijk.'

Weer wiebelde ik wat op mijn stoel. Ik moest nodig. Onmiddellijk. De zachte spanning op mijn blaas was veranderd in een pijnlijke bal in mijn buik. Als ik zo nog een halfuurtje zou blijven zitten, zou het ondraaglijk worden. Ik keek naar de deur van het toilet. Zo-even had Jansma daar nog met zijn vette billen op de bril gezeten, en het idee dat ik daar moest plassen was verbazingwekkend walgelijk. Normaal zou ik boven de pot gaan hangen maar met mijn knie leek mij dat een volkomen onmogelijke opgave. De vierde had nog meer toiletten maar Janine zou vast niet toestaan dat ik over de verdieping ging zwerven. Ik had geen keus.

Zonder iets tegen Janine te zeggen, hinkte ik het toilet in. Het rook er naar limoen uit een spuitbus. Belachelijk eigenlijk dat ze op de vierde geen apart vrouwentoilet hadden. Dat leek me op zijn minst wettelijk verplicht.

Zorgvuldig drapeerde ik een aantal laagjes wc-papier op de zitting. Heel voorzichtig ging ik zitten. Viezig keek ik om me heen alsof ik elk moment verrast kon worden door een vette handafdruk van Jansma. Met een zucht van verlichting stond ik weer op. Ik was wat duizelig van de inspanning en trilde een beetje. Ik hield mijn polsen enige tijd onder het stromende koude water in de hoop dat ik me daardoor wat beter zou gaan voelen. Net op het moment dat ik de deur van het toilet wilde openen, hoorde ik Janine tegen iemand praten.

'Nee, alsof ze het niet in de gaten heeft! Ze zit hier al meer dan een halfuur te wachten, maar volgens mij heeft ze niets in de gaten. Ja, ongelofelijk.'

Ik sloot de deur weer en keek naar mezelf in de spiegel. Mijn huid was vaal en ik had nare donkere wallen onder mijn ogen. Mijn gezicht verraadde een ellendig verblijf in een ziekenhuis.

Wat had ik niet in de gaten? Waar had Janine het over? Langzaam viel mijn mond een stukje open van verbazing. Was daarom al dit moeilijke gedoe? Ging het soms om de nieuwe partner! Dat was het! De heren hadden gekozen! Ik kon een grinnik niet onderdrukken. Jeetje, terwijl ze mij wilden benoemen, lag ik in een Zwitsers ziekenhuis en hadden ze zich bezorgd afgevraagd waar ik was gebleven. Wat een giller! Geen wonder dat ze pissig waren!

Snel en geroutineerd verzorgde ik mijn make-up. Dit was niet het juiste moment om er belabberd uit te zien. Stralen moest ik. In een mum van tijd zag ik eruit alsof ik een zonnige vakantie achter de rug had. Mijn ogen liet ik twinkelen door een wit, glinsterend poeder uit een doosje. Mijn lippen maakte ik voller door handig een potloodje te hanteren. Daarna was het nog een kwestie van invullen. Ik keek tevreden in de spiegel.

Met een zwaai opende ik de deur van het toilet en probeerde zo waardig mogelijk met mijn krukken het toilet uit te lopen. Een verbaasde Janine keek me aan.

'Wat zie jij er opeens stralend uit,' zei ze.

'Mooie dag toch,' zei ik lachend.

Ze keek me raar aan.

Ik ging weer zitten. De stoeltjes voelden nog steeds hard aan, maar het stoorde me nu minder. Ik zou straks te horen krijgen dat ik tot het heiligdom verkozen was. Ploppende champagnekurken! Een plek aan het ovaal! Wat een overwinning.

'Janine, denk je dat het nog lang duurt?'

Ze keek me alleen maar aan en zuchtte diep.

Wat was het toch een afschuwelijke heks! Mijn eerste daad als partner zou zijn om haar te ontslaan. Vervolgens zou ik de plee tot de mijne maken en zo'n vrolijk vrouwenpopje op de deur plakken.

Ik bekeek Janine nog eens goed. Ze was typisch zo'n geval dat alleen maar wilde dienen onder mannen. Zou ze het doen met een van de partners? Of met allemaal? Nee, daar waren ze hier veel te truttig voor. Hier deden ze helemaal niks, behalve kleine lettertjes neuken.

De hangerige sfeer kreeg weer vat op me. Het wachten had nu wel lang genoeg geduurd. Verveeld pakte ik weer een blaadje van de tafel. Er lagen bijna alleen maar vaktijdschriften en daar stond mijn hoofd absoluut niet naar. Ik graaide wat door de stapel, op zoek naar iets zonder inhoud. Uiteindelijk vond ik onder aan de stapel een Cosmo, vast een oudje van mevrouw Voorstevoordehoeven. Ik bladerde er wat doorheen en bekeek de plaatjes.

'Nieuwe doorbraak in de race tegen de kilo's', stond er met vette letters. Tot mijn verbazing las ik hoe je voor zestig euro per dag maximaal drie kilo per week vet kon verbranden. Dure grap. Niets eten leek mij goedkoper en efficiënter.

'Janine, heb jij wel eens een dieet gevolgd?'

Ze keek me aan of ik haar een onzedelijk voorstel deed.

'Nee, hoezo?'

'Zomaar. Ik lees hier iets over een afslankproduct. Het kost zestig euro per dag. Dat is toch hartstikke duur?'

'Ja.' Ze was duidelijk niet geïnteresseerd.

Ik sloeg de bladzijde om. Een Sudanees jongetje met enorme bruine ogen en een dik oedeembuikje keek mij mistroostig aan. Onder de foto stond met sierlijke letters: 'Voor slechts vijf euro per week, heeft deze jongen een kans!' Hè bah, wat onsmakelijk. Ik was blij dat ik geen kinderen had. Konden die tenminste geen honger krijgen.

Ik keek richting wenteltrap. Er was geen beweging te zien. Ondertussen bladerde ik zonder te kijken gewoon door. Op de achterkant stonden nog wat hoopgevende advertenties: 'anti-aging, anti-stress, anti-wrinkle'; grootse beloftes in potjes van slechts 30 ml.

'Je mag naar boven,' zei Janine plotseling kortaf.

'Nu?'

'Ja. Nu.'

Ik stond niet op, maar bleef gewoon zitten. Als ik straks die trap afstrompelde, zou ik partner zijn. Tweeëndertig, partner en vrouw. Vertwijfeld bleef ik zitten. Hoe kwam ik die trap eigenlijk op?

'Zeg, ze hebben niet uren de tijd. Ga je nou nog of hoe zit dat?'

Moeizaam stond ik op. Morgen zou ik het kreng eerst drie uur op deze stoeltjes laten zitten, daarna zou ik haar ontslaan.

Als een kleuter klauterde ik de trap op. Ondanks het feit dat ik het gevoel had dat ik de Mount Everest aan het beklimmen was, voelde ik mijzelf groeien bij elke trede die ik nam. De narigheid en pijn van mijn knie probeerde ik achter me te laten. Met een beetje mazzel bezorgden al die negatieve gevoelens Janine een migraine. Toen ik de bovenste tree bereikt had, haalde ik diep adem. Ik was er klaar voor.

'Goedemiddag, heren,' zei ik vrolijk, terwijl ik naar binnen hinkelde.

'Wat is er met jou gebeurd?' zei Jansen, een blik op mijn knie werpend.

Kort en bondig deed ik uit de doeken wat mij was overkomen en waarom zij er niet eerder van op de hoogte waren geweest.

'Ga zitten,' zei Jansen op strenge toon.

Jansen speelde wat met zijn hamertje. Het hamertje waar hij reuzetrots op was, maar vandaag zag hij er niet uit als een reuzetrotse man, maar meer als eentje met zorgen. Dat hadden de partners wel vaker. Zorgen waar wij kantoorslaven geen weet van hadden. Zou ik ook zo worden? Zorgelijk kijkend met rimpels boven mijn neusbrug? Ik hoopte maar van niet.

Jansen en Janssen keken me ernstig aan. Jansma bladerde wat in een of ander damesblad, wat ik heel merkwaardig vond, Kortewind keek voor zich uit en Voorstevoordehoeven bestudeerde zijn nagels.

'Anne, we hebben niet lang hoeven na te denken en ons besluit is unaniem.'

Ik voelde mijn hart sneller kloppen van trots. Ik geloof dat ik straalde. Tot partner gekozen worden is één ding, maar met instemming van alle partners was het ultieme compliment. In een fractie van een seconde voelde ik wat macht met mij deed. Ik was iemand. Ik was gekozen!

'We hebben lang nagedacht of we je alle argumenten moeten geven. Het waarom nader moeten toelichten, maar we hebben besloten dat niet te doen. We houden het kort.'

Jammer, dacht ik bij mezelf. Wat mij betreft mocht dit uren duren. Ik voelde me weer het kind dat de dagen aftelde tot haar verjaardag. Tegen de tijd dat het nog maar één nachtje slapen was, namen bij mij de zenuwen de overhand en kon ik alleen nog maar denken aan de intense ontluistering die na twee nachtjes slapen zou volgen. Dat moment wilde ik nu graag voorkomen, maar de barse stem van Jansen deed zijn werking.

'Anne, we hebben besloten dat jij JVJ moet verlaten. We hebben zojuist je kantoor leeggehaald. De dozen staan in de hal. We kunnen onze teleurstelling niet beschrijven en we gaan ervan uit dat je zonder problemen vrijwillig vertrekt.'

Ik hoorde niet meer wat hij zei. Een vreemde zoem zat in mijn oren. Volgens mij zag ik lijkbleek. Ik begreep er geen hol van. Mijn ogen zochten die van Kortewind, maar hij keek nog steeds strak naar de muur. Jansma keek me haatdragend aan en de blik van Jansen was er een van verontwaardiging.

'Waarom?' vroeg ik fluisterend.

'Doe jezelf dit niet aan. Het is toch logisch.'

Ik wilde opstaan maar dat lukte niet. Mijn been zat klem achter een tafelpoot. Wanhopig probeerde ik nogmaals contact te zoeken met Kortewind, maar er was plotseling een kilte ontstaan die mij zo aangreep dat ik spontaan begon te huilen.

Janssen begon geïrriteerd te zuchten en uiteindelijk keek Kortewind mij aan.

'Ga nou maar. Dat is beter voor jezelf.'

Zo snel als ik kon nam ik de wenteltrap, en ik vermoed dat nog nooit iemand met een door een metalen buitenboordconstructie omklemd been zo snel een wenteltrap heeft genomen. Ik pakte mijn krukken, die ik onder aan de trap had laten staan, en sleepte mijzelf naar de wc, waar ik nog net op tijd aankwam om vreselijk over mijn nek te gaan. De kots droop van de bril op de grond. Zo, daar kon Jansma het mee doen. In een roes sleepte ik mezelf het monumentale pand uit.

'Anne, wat moeten we met die dozen doen?' riep Mieke mij nog na maar ik haalde slechts mijn schouders op.

29

Ik strompelde over straat, alles om mij heen was mistig vanwege de dikke tranen in mijn ogen. Mijn knie deed vreselijke pijn en zonder erbij na te denken, liep ik naar Mo.

'Mo,' riep ik beverig terwijl ik met mijn krukken stond te wankelen in het lege café.

'Ik ben hier,' hoorde ik zijn stem vanuit de keuken.

Ik sleepte me richting keuken waar een totaal verslagen, lijkbleke en dodelijk vermoeide Mo aan het tafeltje zat dat midden in de keuken stond.

De keuken oogde kaal nu er geen enkele bedrijvigheid was. De witte tegeltjes aan de muur zagen er wat smoezelig uit, het houten aanrechtblad was op sommige plekken een beetje zwart uitgeslagen. Het was volkomen stil, alleen de koelkast liet af en toe winderig iets van zich horen. Het felle tl-licht maakte de sfeer er niet vrolijker op.

'Mo, wat is er met je aan de hand?'

Hij keek bezorgd naar mijn knie. 'Dat kan ik beter aan jou vragen.'

Net toen ik wilde antwoorden, ging de telefoon. Ik hoorde de teleurstelling in de stem van Mo toen hij de beller bedankte voor de moeite, en met een droevige blik in zijn ogen kwam hij terug.

'Wat is er aan de hand, Mo?' Gek genoeg was ik bezorgder om Mo dan om mijn eigen ontslag en ik pakte hem bij zijn arm. 'Toe, zeg even wat er aan de hand is?'

'De bank heeft vorige week mijn krediet opgezegd.'

'Waarom?'

'Geen idee.'

'Maar dat kunnen ze toch niet zomaar doen?' zei ik verontwaardigd.

'Jij bent jurist. Als een bank twijfelt aan mijn kredietwaardigheid dan kunnen ze het krediet opzeggen.'

'Daar heb je ze toch geen reden toe gegeven? Heb je achterstallige betalingen?'

'Nee, die had ik niet, maar nu wel. Ik moet natuurlijk wel een periode overbruggen om de zaak weer draaiende te krijgen. Nu ze het krediet hebben ingetrokken, zit ik totaal aan de grond. Het gaat nu wel heel hard.' Moedeloos keek hij me aan.

'Maar Mo, de bank maakt je kapot!' zei ik bijna huilend.

'Het zijn meer de merkwaardige roddels dat ik in drugs handel die me kapotmaken.' De tranen sprongen Mo nu in de ogen. 'Ik ben al vier dagen bezig om ergens anders een lening te krijgen, maar ik heb tot nu toe weinig succes.'

Hij slikte een paar keer. 'Wat moet ik doen, Anne? Voor het eerst van mijn leven heb ik schulden. Ik heb het vervallen pand hiernaast voor veel te veel geld gekocht omdat de jvj'ers de zaak uitpuilden. Ik heb aanbetalingen aan de aannemer gedaan, en leveranciers die in mijn nek hijgen, en ik heb geen idee hoe ik het moet oplossen. Zie jij klanten? Ik heb geen klanten meer!'

'Mo, luister nou eens...'

'Er is niets mis met deze tent. Ik heb van mijn leven nog nooit drugs gebruikt, nog niet eens een sigaret gerookt! Al mijn geld stopte ik in de zaak. Het enige waar ik me aan te buiten ben gegaan is een auto. Een dure auto. Eén auto, Anne. Ik ben een jongetje. Jongetjes vinden dat mooi. Dikke banden, glimmende velgen, twee uitlaten, broembroem.'

Hij veegde met zijn mouw de traan weg die over zijn wang gleed. Hij keek me aan, gegeneerd over zijn emotionele uitbarsting. Italianen mogen huilen, Marokkanen niet.

'Maar je hebt mijn vraag niet beantwoord. Wat is er met jou gebeurd?' zei hij en keek me aan met zijn grote bruine ogen.

'Gevallen met skiën. Niks bijzonders.'

'Is dat de reden dat je niet aan het werk bent?'

Ik knikte een beetje halfslachtig. Weer rinkelde de telefoon en Mo stond zuchtend op. Toen hij terugkwam, keek hij mij aan en streek een plukje haar uit mijn gezicht.

'Je hebt een dwarse krul, weet je dat? Die hangt altijd net voor je oog.'

'Wie was dat?' vroeg ik.

'Een bankman.'

'En?'

'Ik kan even komen voor een gesprek. Hij ziet nog een heel klein gaatje voor wellicht een hele kleine mogelijkheid voor een lening. Banktaal.'

'Dat is geweldig!' riep ik enthousiast uit.

Hij keek me aan alsof hij er zelf weinig vertrouwen in had.

'Gaat alles wel goed met je, Anne? Je ziet er zo beroerd uit.'

'Ga nou maar snel naar die bankman,' zei ik. 'Ik zie je straks wel weer.'

Ik zag hem weglopen. Hoopvol. Zijn tred was hoopvol. Op dat moment wilde ik maar één ding: samen met hem die deur uit lopen. Hoopvol doorlopen. Zonder iets te zeggen, om te eindigen op een plek waar niemand was. Alleen wij. Ik voelde hoe mijn wangen nat werden van de tranen, mijn lichaam schokte van verdriet en verwondering. Ik en Mo?

Met trillende handen ging ik een kopje koffie zetten. Ik kon niet meer nuchter nadenken. Het café had iets akeligs gekregen op het moment dat Mo de deur achter zich dicht had getrokken. Het was te stil zo zonder het gebruikelijke geroezemoes van mensen en het gereutel van apparaten. Wat resteerde was een beklemmende stilte.

Ik keek naar mijn handen, die tot mijn verbazing nog steeds trilden. Mijn hele lichaam trilde. Ik ving een blik op van mezelf in het spiegelende metaal van de tapkast. Ik zag er afschuwelijk uit. Zwarte vegen onder mijn ogen, een vlekkerige nek en rommelige slierten haar. Ik weet niet op wie ik leek, maar in ieder geval niet op mezelf. Ik wendde mijn blik af, het was een beeld waar ik niet vrolijk van werd.

Ik liet het espressoapparaat nogmaals zijn werking doen en voelde mijn hart steeds sneller kloppen door de enorme hoeveelheid cafeïne die ik achterelkaar naar binnen werkte.

Een bonkende koppijn, die achter mijn ogen was begonnen, spreidde zich langzaam uit naar de achterkant van mijn hersenpan. Er ging zich een crisis in mijn hoofd afspelen en paracetamol in grote hoeveelheden leek mij de enige oplossing om de ellende te bezweren.

Als een junk gooide ik mijn tas leeg op zoek naar paracetamol om de vreselijke hoofdpijn te onderdrukken. Tot mijn eigen verbazing zat mijn hippe leren tas vol met rotzooi waar je totaal niets aan had. Stukjes touw, een tandenstoker, vier tampons waar de papiertjes half af waren en die dus al viezig waren nog voordat ze gebruikt moesten worden, tien elastiekjes, een grote berg bonnetjes en een lippenstift die qua kleur al jaren uit de mode was. Ik sleepte van alles met me mee, maar geen paracetamol.

Ik zette mijn zoektocht naar de pijnstillers voort achter de bar. In een laatje vond ik tussen de bierviltjes en papieren servetjes een pakje paracetamol. Achter in het laatje lag tot mijn grote verbazing een exemplaar van *Donkere Wolken*. Heel voorzichtig, alsof het een kindje was, haalde ik het boek uit de la. Mijn hand gleed over de glanzende kaft en ik sloeg het boek open. Op de eerste bladzijde stond in sierlijke letters geschreven: 'Voor mijn liefste vriend, dat je de grootste uitbater van Amsterdam mag worden, Anne'. Ik had het aan hem gegeven op de dag van de presentatie.

Ik sloeg het boek met een klap dicht en staarde naar mezelf op de achterflap. Dit was één grote leugen en het eerste wat ik ging doen als Mo terugkwam was hem de waarheid vertellen. Dit afschuwelijke bedrog wilde ik niet langer met mij meedragen. Mijn gedachten werden onderbroken door het stomme deuntje van mijn mobieltje. Een fractie van een seconde overwoog ik om hem niet op te nemen, maar mijn nieuwsgierigheid won het van mijn twijfel. Het was Mira.

'Ik heb het gehoord! Waarom luisterde je nou niet naar mij?' sprak ze gehaast.

'Waar heb je het over, Mira?'

'Jansen heeft ons net toegesproken. Berthold wordt de nieuwe partner, maar ik vind het niet eerlijk. Je kantoor is al leeg en in de gangen gaat het gerucht dat je gedrag ontoelaatbaar was. Ik weet zeker dat jij niet in de boeken hebt geknoeid, Anne.'

Even was het stil. Ik wilde wat zeggen maar ik wist niet wat. Ik wist zelf niet eens waarom ik moest vertrekken!

'Ik moet ophangen,' fluisterde ze plotseling en de verbinding werd verbroken.

Verwonderd staarde ik voor me uit. Wat bedoelde ze? Wie had er in de boeken geknoeid? Als dat de reden was dat ze met spoed mijn kantoor ontruimd hadden dan kon ik bewijzen dat ik er niets mee te maken had. Als ik één ding zeker wist, dan was het wel dat ik niet met cijfers had geknoeid. Ik begreep sowieso niks van die cijfers, dus als er bewust mee geknoeid was, dan moest dat door iemand zijn gedaan die echt verstand van zaken had.

Verslagen ging ik aan een tafeltje zitten. Een grote vrachtauto stopte voor de deur. Hij reed iets naar achteren, wat begeleid ging met licht toeterende geluidjes en knipperlichten. Met een zucht kwam het gevaarte uiteindelijk tot stilstand.

Ik volgde de handelingen van de chauffeur, type te krap T-shirt ook in de winter. Een sjekkie had goed bij hem gepast, maar de griezelige waarschuwingen van de overheid hadden ongetwijfeld vat op hem gekregen. Met een ferme beweging stak hij zijn steekkar onder de kratten en duwde hij met zijn kont de deur van het café open.

'Bestelling voor 57.'

Ik keek hem verbaasd aan.

'Het is hier toch 57?' bromde hij.

'Je bedoelt het huisnummer,' zei ik.

'Ja, wat anders?'

'Ik heb eigenlijk geen idee of dit 57 is?'

'Ik heb meer te doen, mevrouwtje.' De chauffeur begon nu geïrriteerd met zijn vingers op de kratten te trommelen.

'Het zou heel goed 57 kunnen zijn,' zei ik.

'Mooi.'

Met veel herrie begon hij de kratten af te laden.

'Maar ik wil die kratten niet.'

'Daar ga ik niet over. Ik moet ze alleen maar bezorgen.'

'Maar ik betaal ze niet,' zei ik koeltjes. De problemen van Mo waren al groot genoeg. Zesentwintigduizend liter frisdrank kon hij daar niet bij gebruiken.

Stomverbaasd keek hij op en zei vervolgens uit de grond van zijn hart: 'Zoek het toch uit kankerwijf.' Met veel geweld knalde hij de kratten vervolgens weer op de steekkar en manoeuvreerde hij zichzelf weer een weg door de deur naar buiten. Kont eerst, de rest kwam erachteraan. Scheldend en tierend laadde hij de kratten weer in. Woest sloeg hij de deur van zijn wagen dicht en met veel lawaai reed hij weg.

'Nooit geweten dat dit nummer 57 is,' mompelde ik.

Ik keek wat om me heen en vroeg me af hoe lang ik hier nog alleen zou moeten zitten. Ik liep wat doelloos door het café. Op de bar lag een damesblad, maar ik had geen zin in lezen. Wanneer kwam Mo nou terug? Ik wilde met hem praten zoals we vroeger altijd deden. Eindeloos ouwehoeren over zes keer niks.

De deur van het café ging moeizaam open en een ouder echtpaar stapte binnen.

'Bent u open? Wij willen graag twee koffie gebruiken. Kan dat?'

'Wat mij betreft wel,' antwoordde ik. Ik wist tenslotte hoe het apparaat werkte en het leek me dat Mo elke cent kon gebruiken. Een beetje bibberig zette ik de koffie op tafel.

'U komt me bekend voor,' zei de oude man vriendelijk.

'Ik heb een alledaags gezicht,' zei ik lachend.

'Je hebt een mooi gezicht,' zei de oude man. 'Zeker wel lastig om te bedienen met zo'n been.'

Ik knikte, glimlachte vriendelijk en strompelde terug naar de bar waar ik net deed alsof ik het heel erg druk had terwijl ik ondertussen het oudere stel volgde. Ze mompelden wat tegen elkaar maar ik kon ze net niet verstaan.

Met een teder gebaar pakte de man de hand van zijn vrouw en streelde zachtjes over de verweerde huid. Ze waren verliefd! Tot mijn verbijstering zag ik dat deze twee oudjes verliefd waren. Met een glimlach streek de oudere man een kruimeltje van het koekje, dat ik bij de koffie had gedaan, bij haar mond weg. Een steek van jaloezie ging door mij heen. Zij wel. Ik bekeek ze eens goed. Ze leken me een beetje van de wereld.

Plotseling knalde de deur van het café keihard open. Het was Mo die hijgend binnen kwam rennen. Vlak voor de bar stopte hij abrupt en keek verbaasd naar mij en het oudere echtpaar. Binnen een paar seconden had hij een mapje achter de bar weggehaald en rende hij alweer richting deur.

'Mo, waar ga je naartoe?' riep ik naar hem.

'Ik was de jaarcijfers vergeten. Stom, hè. Ben straks weer terug.'

Hij wierp me een kushand toe en rende de deur uit.

'Je vriendje?' vroeg de oude man.

Ik knikte en ging vervolgens als een echte cafésloerie met een nat lapje de tafels afnemen terwijl ik mijn gewonde been dramatisch achter me aan sleepte. Ondanks de ellende voelde ik me even heel erg goed: ik was het vriendinnetje van Mo.

'Zonde van zo'n meisje. Het is vast zo'n Marokkaan,' hoorde ik de oude dame tegen haar man fluisteren.

Geschokt keek ik op. Een rilling van afschuw gleed over mijn rug en de tranen sprongen in mijn ogen. Ik had het helemaal gehad!

'Ik ga sluiten,' zei ik op boze toon.

Met een verbaasde blik in hun ogen keken de twee oudjes mij aan en zonder nog wat te zeggen, dronken ze snel hun koffie op en verlieten ze gehaast het café. Op de tafel hadden ze het geld gelegd. Heel langzaam telde ik de muntjes. Als ik een fooi had, zou alles goed komen. Het was precies drie euro zestig! Ik had het kunnen weten!

Ik ging weer zitten en staarde naar de deur. Ik kon niet wachten tot Mo terugkwam en voelde me met de minuut ellendiger worden. Van opluchting sprong ik op toen hij uiteindelijk binnenkwam, maar mijn opluchting duurde niet lang. Eén blik op Mo's verslagen gezicht was voor mij voldoende om te begrijpen dat het niet gelukt was. Langzaam liep ik op hem af en sloeg mijn armen om hem heen. Zo bleven we een tijdje staan.

'Mo?' zei ik zachtjes.

'Ja.'

'Zullen we samen weggaan en niet meer terugkomen. Zullen we met ons tweetjes ergens helemaal opnieuw beginnen?'

'Jij en ik?' fluisterde hij in mijn oor.

'Ja,' antwoordde ik hoopvol.

Hij zuchtte diep, deed een stapje terug en nam mijn gezicht in zijn handen. 'Ik vind je fantastisch, Anne, maar ik heb enorme financiële problemen en dat wil ik je niet aandoen.'

'Ja, maar...'

'Ik meen het Anne, dat wil ik je niet aandoen. Daar komt nog bij dat jij wel heel spannende boeken schrijft...'

'Mo, daar wil ik iets over zeggen...'

Hij legde zijn vinger op mijn lippen. 'Nee, niet doen! Ik hou van jou, maar tussen ons kan het nooit wat worden.'

Ik keek hem diep in zijn ogen en ik zag dat hij meende wat hij zei. Verdrietig maakte ik me los uit zijn armen en liep de deur uit.

'Anne!' hoorde ik hem roepen.

Ik draaide me om en hij kwam naar me toe met het tijdschrift dat al die tijd op de bar had gelegen. Hij drukte het in mijn handen en gaf me een dikke zoen op mijn wang. 'Wat ben je toch een gekke meid.'

Verward keek ik hem aan en zonder nog iets te zeggen, strompelde ik naar huis terwijl de tranen over mijn wangen liepen.

30

Het kostte me minstens tien dodelijk vermoeiende minuten om de trap op te komen. Uitgeput viel ik op de bank neer. Ik had er wel vaker in mijn leven een puinhoop van gemaakt, maar zo diep als ik nu in de stront terecht was gekomen, was me nooit eerder gebeurd.

Afgewezen door Mo, bedrogen door Rob, mijn knie aan gruzelementen en mijn baan naar de filistijnen. Met een beetje mazzel kwam alleen mijn knie weer goed.

Ik keek naar het tijdschrift naast me, en pas nu viel me op dat mijn naam op de voorkant prijkte. 'Intiem gesprek met

Anne de Bree', las ik tot mijn eigen stomme verbazing. Zo snel als ik kon bladerde ik door het tijdschrift.

Met mijn hand voor mijn mond om een kreet te onderdrukken staarde ik op pagina 12 naar mijn eigen foto. Mijn hart klopte zo hard dat ik vreesde dat het uit mijn borstkas zou springen, en totaal geschokt vlogen mijn ogen over de letters.

'Komt er nog een vervolg op *Donkere Wolken*?' las ik de vraag van de interviewster.

'Ja, ik ben bezig met een nieuw boek. De hoofdpersoon heet Page de Traver. Het boek gaat over haar belevenissen. Ze is een hoer, een dure hoer.'

Buiten adem en trillend van ellende sloeg ik het tijdschrift dicht, om het onmiddellijk weer te openen.

'Kun je iets meer vertellen over je nieuwe boek? Een tipje van de sluier oplichten?' Ik las haastig het antwoord en het schaamrood steeg mij naar de kaken toen ik las over de escapades van Page de Traver die met veel plezier het topsegment van Nederland bediende.

'Is het werkelijkheid of fictie? Moet het zakenleven zich zorgen gaan maken?'

'Werkelijkheid en fictie lopen altijd door elkaar. Het kan goed zijn dat iemand zich herkent in de aan rumbonen verslaafde sm-slaaf die veelvuldig in mijn nieuwe boek opdraaft. Maar ja, of dat ook daadwerkelijk die persoon is. Wie weet kent Nederland er wel meerdere!'

Shit, rumbonen... Dat is... Het werd me zwart voor mijn ogen en een blinde woede deed mijn bloed suizen in mijn oren. Wat moest Mo niet van mij denken! Mijn ouders! jvj! Iedereen! Ik wilde opspringen en het gore kreng van een Petra wurgen, maar mijn knie zat dusdanig in de weg dat ik bij de deur al jankend van de pijn moest omdraaien.

Petra de Grave, Vera de Pagret, Page de Traver. Een en dezelfde persoon. Mijn vriendin. Ze had mijn leven geruïneerd.

Ik dwong mezelf te gaan zitten om rustig na te denken. Binnen vierentwintig uur moest Petra bekendmaken dat zij de schrijver was. Niet dat het veel zou uitmaken, mijn vertrek bij JVJ zou heus niet teruggedraaid worden, daarvoor was mijn rol als pseudoniem te dubieus. Maar misschien dat ik Mo wel terug kon winnen en de schade kon beperken. Dat alleen al was mij op dit moment heel wat waard.

Zenuwachtig en bibberend belde ik het nummer van Petra en hoorde de telefoon vijf keer overgaan. Ze was natuurlijk niet thuis. Net toen ik wilde ophangen, werd er opgenomen.

'Met Petra,' zei ze vrolijk.

'Dag Petra, of moet ik Vera zeggen? Of ben je vandaag Page?' zei ik met een stem die verwrongen klonk vanwege mijn ingehouden woede.

'Hé, Anne. Waar zat jij al die tijd?'

'In een ziekenhuis in Zwitserland. Ik ben gisteren teruggekomen en vanochtend hebben de partners mij vriendelijk verzocht mijn carrière ergens anders voort te zetten. Ik had geen idee waarom, maar ik heb hier een tijdschrift voor me liggen, zo'n tijdschrift waar de vrouwen van de partners van JVJ op geabonneerd zijn. En zo langzamerhand begint het mij duidelijk te worden waarom de partners mijn kantoor leeggehaald hebben.'

'O, dat interview. Ik wilde nog met je overleggen, maar ik kon je niet bereiken. Ik heb nog wel je antwoordapparaat ingesproken!'

'Ik heb maar één vraag en ik wil maar één antwoord: wanneer gaan we aan de rest van de wereld vertellen dat jij de bedenker van dit soort vunzige werkjes bent en niet ik?' Mijn mond voelde droog aan en ik was verbaasd over de rust waarmee ik Petra te woord stond.

'Tja, Anne, weet je wat het is? Petra was sneu, Vera werkte hard, maar Page krijgt aandacht en verdient bakken met geld. Als ik het allemaal op een rijtje zet dan bevalt die Page mij het beste.'

Ik slikte een paar keer. Waar wilde ze naartoe?

'Wanneer gaan we het vertellen, Peet?'

'Nou, weet je, om mijn nieuwe boek te schrijven moest ik eerst research doen, en daar ben ik eigenlijk in blijven hangen. Je zult het niet geloven maar ik vond het enig werk. Ik ben er hartstikke goed in, het loopt storm. Ik heb er weer vijf klanten bij! Dit leventje bevalt me wel. Dus ik blijf lekker Page. Dat schrijven is het ook niet helemaal, hoor. Dan zit je maar op je kamertje, dat is best eenzaam werk.'

'Wil jij zeggen dat je mij met de shit laat zitten?'

'Nou nee, het geld dat je verdient met *Donkere Wolken* komt jou gewoon toe. Dat lijkt me niet meer dan eerlijk.'

'Dan breng ik het zelf naar buiten,' schreeuwde ik door de telefoon.

'Moet je niet doen,' zei ze heel rustig, 'er is niemand die jou gelooft! Lieve schat, ik moet ophangen. Ik heb straks weer een klant. Gewoon alles laten bezinken en over een jaartje is iedereen het weer vergeten.'

'Ik heb geen baan meer! Waar moet ik van leven?' gilde ik door de telefoon.

'Heus, dat komt wel weer goed. Niet zo hysterisch doen. Ik ga hangen. Doei.'

Als verdoofd bleef ik op de bank zitten, stokstijf en voor me uit starend. De voordeurbel ging, maar ik deed niet open. De telefoon ging, maar ik nam niet op. Ik bleef zitten en verroerde me niet. Zo bleef ik zitten totdat ik ergens midden in de nacht in slaap viel.

31

Rond een uur of elf werd ik wakker van de continu aanhoudende deurbel. Ik wilde het negeren, maar het was zo dwingend dat ik niet anders kon dan opendoen. Met veel lawaai kwamen Merel, Madelief, Jasmijn en Bo naar boven.

'Hé, Anne. We komen je opvrolijken,' riep Bo vanaf de trap.

Zuchtend liet ik de deur openstaan en strompelde terug naar de bank.

'Lieve schat, wat zie je er beroerd uit,' zei Madelief bezorgd.

'Heb je zoveel pijn? Je ziet helemaal bleek,' vroeg Jasmijn.

Merel kwam als laatste binnen met in haar handen een grote taart. 'Kijk eens, Anne, wat we voor je hebben meegebracht? Ik ga eerst koffie zetten.'

Ze liep naar de keuken en de anderen begonnen onmiddellijk de troep om mij heen op te ruimen. Het tijdschrift werd achteloos op de stapel oude kranten gelegd en Madelief klopte als een bezetene op de kussens van de bank om ze weer een beetje in vorm te krijgen. Bo deed hetzelfde maar richtte zich op de fatboy, wat vrij kansloos was. Ondertussen keken ze me allemaal bezorgd aan, en om onder de bezorgde blikken uit te komen, luisterde ik de voicemail van mijn mobieltje af.

Ik had één berichtje, van Mo. Dat hij het heel erg jammer vond dat hij geen toekomst in ons zag, maar dat ik nooit moest vergeten dat hij heel veel van me hield. Ik begon bijna te janken. Op hetzelfde moment kwam Merel uit de keuken met een pot koffie en hing Madelief al gevaarlijk met een mes boven de taart te zwaaien.

'Hoe is het gisteren afgelopen op kantoor? Ik heb je gebeld maar je nam niet op. Begrepen ze het een beetje, die partners van jou?' vroeg Merel.

'Ze hebben me vriendelijk verzocht mijn heil elders te zoeken.'

Stokstijf keken ze me met grote schrikogen aan.

'Dat kunnen ze toch niet zomaar doen. Ze kunnen je toch niet zomaar ontslaan?' zei Jasmijn verontwaardigd.

'Dat heb ik op mijn geweten,' zei Bo zachtjes en de tranen stonden in haar ogen.

'Nee, nee, Bo. Daar kon jij niks aan doen. Echt niet. Het is helemaal mijn eigen schuld.'

Vragend keken mijn vriendinnen mij aan.

'Wat heb je dan gedaan, Anne?'

Ik wist absoluut niet waar ik moest beginnen. Peinzend keek ik voor me uit en schoorvoetend begon ik te vertellen over de Rollormozaak en mijn onvrijwillige promotie naar Fusies & Overnames. Ik had verwacht dat ze me een slappe trut zouden vinden omdat ik de zaak niet had doorgezet maar tot mijn verbazing vonden ze me een held. Tegen de stroom in roeien had tenslotte niet zoveel zin en ik was wel heel dom geweest als ik mijn kansen op het partnerschap had laten lopen.

'Lief dat jullie dat zeggen,' zei ik opgelucht, 'maar er is nog meer.' Mijn wangen kleurden rood. '*Donkere Wolken* heb ik niet geschreven,' zei ik snel en keek zenuwachtig om me heen. Wat was dit vreselijk!

Jasmijn keek me vragend aan en Madelief prikte wat met haar vorkje in de taart. Ik had de indruk dat ze het niet helemaal meer kon volgen.

'Dat verklaart een hoop,' zei Merel droogjes met een grote glimlach rond haar mond.

'Wie heeft het dan wel geschreven?' vroeg Bo nieuwsgierig.

'Petra,' zei ik zachtjes.

'Maar waarom staat jouw naam dan op dat boek?' vroeg Madelief verbaasd.

'Dat is een heel lang verhaal.'

'O, jee. De partners zijn erachter gekomen! Is dat de reden van je ontslag?' zei Merel.

'Nee, als dat het geval was geweest, was ik waarschijnlijk

naar het archief verbannen. Dan was de afloop nog onschuldig geweest. Zetten jullie je maar schrap. Het is allemaal nog veel erger.'

Ze keken me aan met een onwaarschijnlijke blik in hun ogen. Nog erger? Dat kon toch niet!

'Bo, wil je dat tijdschrift even voor me pakken?' vroeg ik en wees op de stapel oude kranten. 'Er staat een artikel over mij in. Een interview dat ik niet heb gegeven. Het gaat over mijn zogenaamde tweede boek dat ik niet zal schrijven!'

Met zijn vieren stonden ze voorovergebogen te lezen. Af en toe grepen ze elkaar van afschuw bij de arm en kreten van ongeloof vlogen door de kamer. Ik bekeek het tafereel en zag hoe mijn vriendinnen mijn eigen ondergang aan het lezen waren. Plotseling begon ik te lachen. Niet dat ik daar ook maar één reden toe had, maar ik vermoed dat het de opluchting was dat ik eindelijk dit stomme geheim kon delen.

Verbaasd keken ze op en het was Bo die als eerste mee begon te lachen.

'Spannend leven houd jij erop na!' zei Merel giechelend.

Madelief wilde ook wat zeggen maar slikte haar woorden in.

'Hé, maar als Petra nou eventjes uitlegt hoe het daadwerkelijk zit, dan is er toch niks aan de hand?' vroeg Jasmijn.

'Nou, ik vrees dat Petra haar ware roeping gevonden heeft.' Er viel een totale stilte nadat ik het hele verhaal had verteld.

'Zoiets bizars heb ik nog nooit gehoord,' zei Madelief. 'Ongelofelijk wat een verhaal! Dus jij bent een nepschrijver en Petra verkoopt zichzelf? Dus jij krijgt geld voor een boek dat je niet geschreven hebt en Petra verdient een aardig centje met...'

Ik zag haar denken.

'Goh,' zei ze, en ze beet op haar lip terwijl ze peinzend uit het raam staarde.

'Aangezien er niets te vieren valt, moeten we maar voor straf aan de drank,' zei Bo.

Ik stond op en liep resoluut naar de deur. 'Ga je gang, Bo, er ligt nog wel iets met bubbeltjes in de koelkast. Ik moet even wat doen. Over een uurtje of twee ben ik wel weer terug.'

'Je gaat toch geen gekke dingen doen?' vroeg Merel bezorgd.

'Ben je gek. Ik ga ervoor zorgen dat er weer wat te vieren valt!'

32

Voor zover mijn krukken het toelieten, hobbelde ik zo snel mogelijk naar JVJ. Voor het monumentale pand stond de gele cabrio van Berthold geparkeerd, en ik vroeg me af wanneer ze hem gingen vragen wat discreter met zijn vervoermiddel om te gaan.

Toen ik de grote hal binnenliep, keek Mieke mij verbaasd aan. Ze wilde wat zeggen, maar hield wijselijk haar mond. Zonder iets te zeggen, liep ik naar de lift. Zuchtend sloten de deuren en ik drukte op het knopje van de vierde.

Mijn krukken maakten een bonkend en dreigend geluid, en Janine keek verschrikt op toen ik opeens voor haar neus stond.

'Anne!'

'Janine, ik wil graag de partners spreken.'

Ze keek me spottend aan. 'Ze zijn toevallig aan het vergaderen in het torentje, maar ze zijn met belangrijke zaken bezig en willen niet gestoord worden.'

'Kun je het niet even voor me proberen?'

'Dat dacht ik niet.' Ze keek me spottend aan.

'Ik denk dat het beter is dat je me helpt, Janine, want anders laat ik jou in mijn volgende boek als een ware Monica Lewinsky onder alle bureaus van JVJ kruipen.'

Met een zeldzaam woeste blik in haar ogen pakte ze de telefoon en even later strompelde ik de wenteltrap op. Het koude zweet brak me uit; ik had nog helemaal niet nagedacht over wat ik ging zeggen.

'Anne, ik weet niet wat je komt doen, maar ik denk dat wij gisteren alles gezegd hebben,' zei Jansen nog voordat ik de drempel over was.

'Meneer Jansen, ik heb een héél onprettig gevoel overgehouden aan ons gesprek van gisteren, en om te beginnen wil ik u laten weten dat ik er alle begrip voor heb dat ik moet vertrekken.' Ik keek de partners een voor een aan.

'Ik heb gisteravond uitgebreid met mijn uitgever gesproken en ik heb besloten dat ik mijn tweede boek niet ga uitgeven.'

De zweetdruppels op het voorhoofd van Janssen verdampten bijna van opluchting. Jansen ontspande zichtbaar en Kortewind knikte mij bemoedigend toe.

'Dat is mooi,' bulderde Jansma. 'Maar dat betekent natuurlijk niet dat we je kantoor weer gaan inrichten.'

'Nee, nee. Dat begrijp ik. Daarom ben ik hier ook niet. Ik heb uw vertrouwen beschaamd en dat kan ik niet meer goedmaken, maar ik heb gisteravond met mijn uitgever besloten dat er een ander boek gaat komen. En daarvan wil ik u nu alvast op de hoogte stellen. Ik zou het echt vreselijk vinden als u dat weer via een tijdschrift moet vernemen. Ik vind dat u het als eerste behoort te weten, tenslotte heb ik hier jarenlang met veel plezier gewerkt.

'Waar gaat dat boek over?' vroeg Janssen, die nattigheid begon te voelen.

'Nou,' zei ik enthousiast. 'Het gaat over het advocatenkantoor PVP. Pietersen, Verschuren, Pietersma.'

'Dat lijkt verdacht veel op ons...' zei Voorstevoordehoeven met schorre stem.

'Nee, hoor, elke overeenkomst berust op louter toeval. Het gaat over een ambitieuze advocate die haar cliënten niet alleen met raad maar vooral met de daad terzijde staat. Op kantoor zelf is het natuurlijk een en al roddel en ellende. En elke vrijdagavond na de partnervergadering worden er wilde seksfeesten gehouden. Vooral de heer Pieterssen, met dubbel s, maakt er een zooitje van. Hij laat zich al kersenbonbons etend door strenge in toga geklede advocates met wetboeken op zijn blote billen slaan. Heel ziek, als je het mij vraagt.'

Janssen kromp ineen en met stomheid geslagen keken de andere partners mij aan. Voorstevoordehoeven hapte benauwd naar adem en Jansen trok zijn das los.

'Mijn uitgever was razend enthousiast. Daarnaast hebben we het nog over mijn dilemma gehad.'

'Dilemma?' vroeg Jansma met een opmerkelijk piepstemmetje.

'Als ik echt doorga met schrijven dan kan ik een verdere juridische carrière wel vergeten. Dan krijg ik het zo druk. Moeilijk hoor. Dat zijn lastige beslissingen! Waar ligt nu echt mijn hart? Bij het schrijven of bij het recht? Ik hoef er natuurlijk niet over na te denken.'

'Waarom niet? Je moet niet te snel beslissen. Dit zijn belangrijke keuzes,' zei Jansen snel.

'Ik ben een werkeloze advocate. Terecht, hoor. Ik beschuldig u nergens van, maar dankzij u moet ik wel verder gaan met schrijven. Ik zal toch mijn brood moeten verdienen.'

'En als geld nou eens geen rol speelde. Waar ligt je hart dan, Anne? Stel dat je mocht kiezen?' vroeg Voorstevoordehoeven.

'Je bent natuurlijk een fantastische advocate,' voegde Jansen eraan toe. 'Zoals jij Van Dongen hebt binnengebracht!'

Ik kon mijn lachen bijna niet inhouden. Van Dongen had ik inderdaad handig naar binnen gewipt. Ik sloeg mijn armen over elkaar en deed net of ik heel erg moest nadenken. 'Waar echt mijn hart ligt? Ik denk toch... ja, bij het recht. Maar ja, die carrière is nu voorbij en volgens mijn uitgever kan ik echt veel geld gaan verdienen met dit boek. Dus...'

'Anne, wij betreuren wat er is voorgevallen maar wij vinden jou nog steeds een geweldige advocate. Ik denk dat wij van JVJ er alles aan moeten doen om jou tegemoet te komen.'

Ik deed net of ik ze niet begreep en keek ze hologig aan.

'Hoe bedoelt u?'

'Een financiële tegemoetkoming. Daarmee krijg je de tijd ergens een baan te zoeken en je juridische carrière voort te zetten. Uiteraard krijg je van ons de beste papieren mee.'

'O, dat werpt een heel ander licht op de zaak. Aan wat voor bedrag denkt u, als ik vragen mag?'

Jansen schreef iets op een papiertje en nadat de andere partners goedkeurend hadden geknikt werd het papiertje mij toegeschoven. Ik begon keihard te lachen.

'Nou, dat zijn niet de bedragen die mijn uitgever voor ogen had. Hij kan ernaast zitten, maar met de oplage die hij mij voorhield, kom ik stukken beter uit. Nee, ik denk toch dat ik er verstandiger aan doe om het boek te schrijven. Jammer van mijn carrière, maar ik ga voor het geld.'

Janssen begon zenuwachtig te kuchen en het hele ritueel van het passeren van het briefje herhaalde zich. Ik kon mijn ogen niet geloven toen ik het bedrag zag en ik begon bijna zenuwachtig te giechelen.

'Dit komt een beetje in de buurt. Misschien moet ik een voorstel doen.' Met een simpele pennenstreek veranderde ik een getal en schoof het weer over tafel.

Jansen trok wit weg en ik zag de spiertjes trillen bij het ooglid van Voorstevoordehoeven. Janssen begon al een beetje blauw te zien en ik hoopte maar dat hij deze vergadering zou overleven. Voorstevoordehoeven wilde wat zeggen maar bedacht zich en ik zag Kortewind stilletjes grijnzen. Hij doorbrak uiteindelijk de stilte en zei: 'Ik denk dat we hiermee akkoord moeten gaan.'

Ik stond op en knikte ze allemaal toe. 'Het was ontzettend fijn om hier te mogen werken.' Ik wilde nog veel meer zeggen, ik wilde een speech van een halfuur houden maar het zat er niet in. Ik moest zo ontzettend lachen dat ik het bijna niet meer hield, en ik zou deze meer dan fantastische actie alsnog verprutsen als ik hier nog langer bleef. Zo snel als ik kon maakte ik me uit de voeten.

Ik nam voor de allerlaatste keer de wenteltrap en ik had me nog nooit zo goed gevoeld. Ik wist mijn gezicht in de plooi te houden toen ik langs Janine liep en nam de lift naar beneden, en toen ik uitstapte, liep ik bijna tegen Mira aan. Breeduit lachend keek ze me aan. Ze had een complete metamorfose ondergaan nu al het metaal verwijderd was.

Ze pakte me onmiddellijk bij de arm en sleepte me mee naar de damestoiletten.

'Wat doe je hier? Ik wilde je net bellen. Je raadt nooit wie er in de boeken heeft geknoeid. Het is Berthold. Hij heeft in de zaak-Gelders geknoeid, en daarna ook nog eens een keer in de miljoenenzaak van De Jong versus Elektro. Het is toch niet te geloven. En dat wordt nog partner ook!'

Ik keek haar lachend aan en gaf haar twee dikke zoenen. Dit was echt mijn dag! 'Dank je, Mira!'

Met een brede grijns op mijn gezicht strompelde ik de grote hal weer in. 'Mieke, wil jij voor de allerlaatste keer nog iets voor mij doen?'

'Zeg het maar.' Ze gaf me een knipoog.

'Wil jij Berthold bellen en zeggen dat er een wielklem...' Ze begon keihard te lachen en pakte al de telefoon.

Voor zover ik kon hollen, rende ik naar buiten en stelde me verdekt op bij zijn auto. Nog geen minuut later kwam een hijgende en paniekerige Berthold naar buiten gerend.

'Hoi Berthold. Ik heb ze al weggestuurd hoor. Ik heb ze verteld dat deze auto van een crimineel is, vuurwapengevaarlijk en knettergek. Toen waren ze snel verdwenen. Ze hebben nog wel je nummer genoteerd.'

Inmiddels moest ik bijna in mijn broek plassen van de lach.

Ik zag hem slikken. 'Nu ik je toch zie, Berthold, wil ik nog even iets met je bespreken.'

'Ik neem aan dat je me wilt feliciteren?' Hij keek me sarcastisch aan.

'Dat spreekt voor zich maar ik wil je eigenlijk om raad vragen.'

'Je hebt je eigen carrière verprutst, dame. Nou ga je toch hopelijk niet mij om advies vragen?'

'Nee, ben je mal. Tijdens mijn verblijf op Fusies & Overnames is mij wat opgevallen.'

'Je korte verblijf, bedoel je,' zei hij spottend.

'Ja, precies. Dat hele korte verblijf. Maar lang genoeg om erachter te komen dat er nogal wat mis is gegaan in de zaak-Gelders en in die van De Jong versus Elektro.'

Berthold trok bleek weg.

'Wat zou jij doen als je erachter komt dat een oud-collega in de boeken heeft geknoeid?'

'Je kunt niets bewijzen!'

'Misschien niet, maar misschien ook wel.' Ik klakte met mijn tong. 'Ik kom net bij de partners vandaan. Ik heb uiteraard niks gezegd maar wat niet is kan nog...'

'Wat ga je doen?'

'Nou, grappig dat je dat zegt. Jij gaat namelijk iets doen.'

Met zijn ogen tot spleetjes geknepen, keek hij me aan.

'Jij vindt Mo toch zo'n lekker ding? Nou, Mo zit gigantisch in de problemen en jij gaat ervoor zorgen dat de beste mensen van JVJ hem uit deze shit helpen, en weet je wat nou het leukste is?'

Hij schudde met zijn hoofd.

'Dat Mo daar geen cent voor hoeft te betalen.'

'Maar dat kan ik niet maken! Dat weet je zelf ook wel!'

'Jij kunt zo creatief boekhouden. Daar vind je vast wel een oplossing voor.'

Hij keek me hulpeloos aan. Ik liep weg maar draaide me

nog even om. Verstijfd stond Berthold nog op dezelfde plek.

'O, en dan is er nog wat. Jij gaat die vuile roddel over Mo de wereld uit helpen.'

Zijn ogen werden zo groot als theeschoteltjes.

'Vertel maar aan iedereen dat jij die roddel hebt verzonnen.'

'Maar...'

'Je weet niet hoe je dat moet doen? Hou het gewoon op een valse nichtenactie, Berthold. Je was verliefd op Mo maar toen bleek dat hij mij leuker vond, werd je zo jaloers dat je hem een hak wilde zetten. Zo'n verhaal komt op mij best geloofwaardig over.'

'Maar Anne, dat is helemaal niet zo,' piepte hij verontwaardigd.

'Dat weet ik ook wel maar dat maakt toch niet uit? Je kunt het ook niet doen, maar dan laat ik de partners weten wat ze het torentje binnen hebben gehaald. Ik kan je uit ervaring vertellen dat die gasten handig kunnen inpakken. Binnen vijf minuten is je kantoor leeg!'

Ik keek hem glimlachend aan, zwaaide nog even en liep naar huis. Ik had Mo gered en was zo gelukkig dat het wel leek alsof ik al dansend met mijn krukken over straat ging. Ik had weer de regie, en hoe!

Ik was nog geen twee straten verder of naast mij werd getoeterd. Verstoord keek ik op. Het was zo'n dikke suv en door de getinte ramen kon ik amper zien wie er achter het stuur zat. Het raampje ging zoevend naar beneden en het vrolijke hoofd van Dubock stak naar buiten.

'Wat is met jou gebeurd?'

'Ongelukje met skiën.'

Achter hem begonnen auto's ongeduldig te toeteren.

'Stap in.'

'Nee, dank je. Ik loop liever.'

'Noem jij dat lopen?'

'Zeg tyfuslijer, als je nou niet snel met die pleurisbak door-rijdt, dan snij ik je strotteklep doormidden,' schreeuwde een taxichauffeur, die stapvoets achter Dubock aan moest rijden. Tot mijn verbazing moest Dubock heel hard lachen en stak hij vrolijk zijn middelvinger op. Ik zag de woeste man achter hem rood aanlopen van woede.

Ik bedacht me nog heel even, maar besloot dat ik een bloed-bad kon voorkomen door gewoon in te stappen, en even la-ter zat ik naast Dubock, die mij lachend aankeek. Hij gaf een dot gas en scheurde met zijn dikke auto over de Amsterdam-se grachten.

'Hoe is het eigenlijk afgelopen met die bommelding?' vroeg hij aan mij.

'Dat was niet bepaald een pretje,' antwoordde ik.

'Kan ik me voorstellen. Ik was woest op die stomme Engel-sen want ik mocht niet naar je toe,' zei hij verontwaardigd.

Ik keek hem verbaasd aan. 'Wat bedoel je?'

'Op het moment dat ik het hoorde, ben ik meteen naar Heathrow gegaan, en toen je eindelijk het vliegtuig mocht ver-laten, wilde ik naar je toe. Dat mocht niet! De passagiers moch-ten met niemand praten. Dat vond ik echt schandalig!'

'Ben jij naar Heathrow gegaan?'

'Ja, natuurlijk.'

Ik keek naar zijn grote handen die om het leren stuur lagen. Om zijn ringvinger zat een hele bijzonder zegelring. Hij was van jade en er was een apart teken in gegraveerd. Hij zag me kijken.

'Mooi hè?'

'Familiewapen?' vroeg ik.

'Deze ring is van mijn vader geweest. Hij is twee weken ge-leden overleden. Op zijn sterfbed gaf hij deze aan mij. Ik heb de ring aan mijn vinger geschoven en mezelf beloofd om hem niet meer af te doen. Hij was alleen een maatje te groot en ik was als de dood dat ik hem zou verliezen, dus toen we naar

Londen gingen, heb ik hem afgedaan. Ik heb hem inmiddels een maatje kleiner laten maken. Nu gaat hij nooit meer af.'

'O,' zei ik slechts, en ik voelde mezelf rood worden van schaamte. Het was dus niet een knellende trouwring geweest maar een te grote rouwring die hij in het vliegtuig had afgedaan!

'Hoe gaat het met je?' vroeg hij belangstellend.

'Gaat wel. Hé, je rijdt verkeerd. Je moet hier rechtdoor. Mijn huis is...'

Hij keek me grijnzend aan en ik kon er niets aan doen, maar die o, zo herkenbare kriebel ging als een razende door mijn buik.

Hij stopte bij een oud kerkje, dat was omgebouwd tot café en nam me mee naar binnen. Het eerste wat me opviel was de magische sfeer van het licht dat door de talloze glas-in-loodraampjes naar binnen viel. Het café was niet groot en ook niet supermodern ingericht, maar de sfeer was bijzonder prettig.

'Wat wil je drinken?'

'Doe maar een witte wijn.'

'Ik ben blij dat ik je ben tegengekomen,' zei hij nadat we aan een tafeltje waren gaan zitten. 'Ik wil je namelijk iets vragen.'

'Zeg het maar,' zei ik zo zakelijk mogelijk.

'Ik zoek iemand die 4US in Londen wil gaan leiden. Ik vertrouw die jongens van Six Unlimited niet helemaal en ik wil er zelf iemand aan het roer zetten. Ik ben van plan om me er veel mee te gaan bemoeien, maar ik kan niet continu in Londen zitten. Weet jij nog iemand?'

'Nee, sorry.' Ik zat niet echt te luisteren. In gedachten was ik mijn afscheidsbonus aan het uitgeven aan de meest geweldige dingen. Opeens realiseerde ik me dat ik iets vergeten was. Geschokt keek ik hem aan. 'Wat ben ik een rund! Mijn vriendinnen zitten bij mij thuis op me te wachten. Ik moet gaan.'

'Waarom bel je ze niet even? Zeg je toch dat je hier bent.'

Merel nam onmiddellijk op en toen ik haar vertelde dat ik in In de Here zat, besloot ze dat ze het drankfestijn dat bij mij thuis gaande was, maar beter bij mij in het café kon voortzetten. Dat was tenslotte wel zo gezellig.

'Sorry, ze komen ook,' zei ik verontschuldigend tegen Dubock nadat ik had opgehangen.

Hij gaf me een knipoog. 'Hoe meer zielen. Dus jij weet niemand?'

Ik keek hem vragend aan.

'Voor 4us. Londen! Ik zoek iemand. Waar zit je?'

Met grote ogen keek ik hem aan. 'Jij zoekt iemand voor 4us?'

'Ja.'

'Wat voor iemand moet dat zijn?'

'Een leuk iemand want ik zal er veel mee moeten samenwerken. Iemand die zelfstandig kan werken, leiding kan geven, betrouwbaar is. Het liefst met een beetje juridische kennis.'

'Die heb ik voor je,' zei ik enthousiast.

'Geweldig! Mail mij morgen de naam dan bel ik meteen.'

'Dat is niet nodig. Ze zit voor je. Ik wil die baan.'

'Is dit een grap?'

'Nee, ik meen het.'

Hij keek me verbaasd aan.

'Ik meen het echt! Kijk niet zo ongelovig, dat past niet in dit café.'

Een glimlach brak door op zijn gezicht. 'Aangenomen!'

'Echt?' zei ik enthousiast. Voor het eerst sinds tijden voelde ik weer een beetje hoop dat alles goed zou komen. Ik had een vette bankrekening, een baan, en ik had Mo gered. Mijn hart bonkte van blijdschap. Dus zo voelde het als je de regie weer over je eigen leven had.

'Wanneer kun je beginnen?'

'Morgen,' zei ik lachend.

'Ik moet je wel hoogstpersoonlijk inwerken, en je zult me vaak tegenkomen.'

'Dat moet dan maar.'

'En je moet met mij uit eten!'

Ik keek hem aan en moest lachen. Het sprankeltje hoop dat ik een paar minuten geleden koesterde, was veranderd in gloeiend enthousiasme.

Op dat moment kwamen mijn vriendinnen luidruchtig binnenvallen.

'Hé, Anne, jij bent ook een lekkere,' riep Bo.

'Ja, je zegt dat je iets moet doen en ondertussen zit je in het café,' zei Merel verontwaardigd.

'Misschien kun je ons even voorstellen,' zei Madelief, die Dubock bijna met haar ogen zat uit te kleden.

'Nou, Anne zit hier anders heel serieuze dingen te doen,' zei Dubock. 'We hebben net een zwaar sollicitatiegesprek achter de rug.'

Ik zag dat zijn ogen twinkelden van pret. Stomverbaasd keken mijn vriendinnen mij aan.

Heel langzaam gingen ze een voor een zitten. De monden open van verbazing.

'Volgens mij mis ik iets,' zei Bo uiteindelijk. 'Maar dat interesseert me helemaal niks. Laat de drank maar doorkomen.'

'Sollicitatiegesprek…?' stotterde Merel.

'Anne gaat mijn bedrijf in Londen leiden.'

'Van die fusie tijdens ons skiweekend,' zei ik, en ik kon mijn lachen bijna niet inhouden bij het zien van de verbaasde hoofden.

'Goh,' zei Merel.

'Hebben jullie de arbeidsvoorwaarden al geregeld?' vroeg Bo.

'Nou, daar waren we nog niet helemaal aan toe,' antwoordde Dubock.

'Misschien is het handig als wij daar dan ook even over mee-praten,' zei Bo en ze keek mij voldaan aan.

'Een riant salaris, misschien moeten we daarmee beginnen,' zei Merel, die er na de eerste schrik goed voor ging zitten.

'En wij moeten één keer per maand naar Anne toe. Dat is absoluut noodzakelijk. Uiteraard op kosten van de zaak,' grinnikte Bo.

'Plus wat kleedgeld,' voegde Madelief eraan toe.

'Het appartement van Anne moet dus wel van enige omvang zijn,' zei Jasmijn bedeesd. Ze vond waarschijnlijk dat ze overvroeg.

'Ja, en graag hartje centrum.' Ik keek hem aan met een voldane glimlach op mijn gezicht. Als hij het niet ging betalen, regelde ik het zelf wel, maar dat hield ik wijselijk voor me.

'Ik ga een appartement kopen in Mayfair dus als je er geen bezwaar tegen hebt om met mij een keuken en een badkamer te delen...' Dubock keek me doordringend aan.

Mijn hart bonkte wild in mijn borstkas. Ik wilde dolgraag met mijn blote voeten op zijn badmat staan, uitglijden over zijn zeepje en me stiekem afdrogen met zijn handdoek.

Hij gaf me een knipoog. 'Deal?'

Ik knikte. Mooie ogen, dacht ik bij mezelf. Heel mooie ogen!